El arte de complacer

Alison Tyler
El arte de complacer

Traducción de Sheila Espinosa

 Planeta

Título original: *Learning to Love it*

© Alison Tyler, 2007
© por la traducción, Sheila Espinosa, 2008
© Editorial Planeta, S. A., 2008
  Avinguda Diagonal, 662, 6.ª planta. 08034 Barcelona (España)

Diseño de la colección: Laura Comellas / Departamento de Diseño, División
  Editorial del Grupo Planeta
Ilustración de la cubierta: Self Photo Agency / Latinstock
Primera edición en Colección Booket: junio de 2008

Depósito legal: B. 22.949-2008
ISBN: 978-84-08-08085-5
Composición: La Nueva Edimac, S. L.
Impresión y encuadernación: Litografía Rosés, S. A.
Printed in Spain - Impreso en España

Biografía

Alison Tyler es una de las editoras más importantes de literatura erótica. Además, a lo largo de la última década, ha escrito más de veinte novelas de sexo explícito que han sido traducidas al japonés, holandés, alemán, italiano, noruego y español. Algunos de los títulos que más reconocimiento han alcanzado son *El arte de complacer*, *Strictly Confidential*, *Sweet Thing*, *Sticky Fingers* y *Something About Workmen*.

Sus antologías de relatos eróticos tocan todos los temas (fetichismo, *bondage*, sexo gay-lésbico, juguetes eróticos, fantasías...) de un modo valiente e innovador.

El arte de complacer

—*La idea de ser mala me pone cachonda* —dijo
Lissa.

—*Háblame de ello* –respondió él—. *Puedes contarme todos tus secretos. Todas las fantasías que hayas tenido.*

*Ella se sintió sorprendida, aliviada ante sus pala-
bras. Podía contárselo todo, lo sabía. Y si lo hacía, si
le explicaba todas sus perversiones, todas esas fantasías retorcidas que la habían llevado hasta el orgasmo,
tal vez él las haría realidad, y eso la asustaba y le parecía maravilloso y excitante a la vez.*

Para SAM, siempre

Índice

Prólogo

—Son azotes —le dijo Colin suavemente a la mujer que estaba echada sobre su regazo—. Se supone que los azotes han de doler.

Lissa sabía que Colin estaba sonriendo. No podía ver la expresión de su cara, no en la posición en la que estaba, con la cabeza colgando hacia el suelo y la larga cabellera rubia cubriéndole la cara. Aun así, sentía cómo sus ojos la observaban, podía imaginar una sutil sonrisa jugueteando en su boca. La sonrisa de Colin cambiaba su cara, suavizaba los ángulos de su rostro de belleza austera.

—¿Qué te he dicho esta mañana? —preguntó él con el mismo tono de tranquilidad en la voz. Lissa no contestó. A pesar de que sus sollozos eran ya más espaciados, aún no habían desaparecido por completo. Saboreó la sal de las lágrimas que se colaban entre sus labios abiertos.

Por una vez, Colin le permitió librarse de contestar y respondió pacientemente a su propia pregunta.

—Te dije que si lo hacías de nuevo, el resultado serían unos azotes. —Se detuvo y ella se estremeció. La forma en que decía aquella palabra hacía que algo en su interior se retorciese. Azote, con una zeta sibilante al principio. Cuando era ella la que decía «azote» o «azotar», su voz se arrastraba en sentido ascendente, como si estuviese haciendo una pregunta. Pero no había interrogación alguna en el uso que él hacía de la palabra. Su objetivo era provocar en el estómago de Lissa una sensación de debilidad insoportable—. Y cuando yo azoto —continuó—, siempre hay lágrimas.

Como si quisiera probárselo, Colin golpeó con su poderosa mano las desnudas nalgas de Lissa cinco veces, un golpe tras otro en rápida sucesión. El dolor se propagó a través de su trasero como un torrente. Luchó inútilmente sobre su regazo, golpeando el aire con los pies, el pelo cubriéndole la cara y escondiendo sus sonrojadas mejillas. Era como si Lissa creyera que sus frenéticos movimientos fuesen a aliviar el dolor de su piel en llamas, o a ayudarla a escapar. No ocurrió ninguna de las dos cosas. Colin la tenía inmovilizada, sujetándola firmemente con un brazo alrededor de la cintura y sus delicadas muñecas atrapadas en una sola mano. Esperó hasta que ella dejó de retorcerse, y sólo volvió a hablar cuando Lissa se hubo serenado.

—Empezaremos por el principio, ¿te parece, amor? —preguntó Colin. Su voz seguía siendo suave, casi tranquilizadora. Nunca gritaba. Jamás maldecía o juraba. De hecho, se mostraba más calmado a medida que sus encuentros iban siendo más intensos. Lissa era incapaz de reconocer su descontento sólo por el tono de su voz—. Empezaremos desde el uno.

Lissa no podía creerlo.

—Colin, no. Desde el uno, no.

—¿Disculpa?

Se estremeció, a pesar de que aún no había empezado a azotarla de nuevo, y permaneció en silencio. ¿Cómo había podido decirle que no?

—¿Has dicho algo? —preguntó Colin. Por el tono de su voz, parecía que aquello le divertía.

—Lo siento —respondió Lissa rápidamente—, no quería decir eso.

—El mal comportamiento tiene un precio —le recordó Colin. Era una de sus máximas favoritas—. Todo lo tiene, ¿verdad, Lissa?

Sí, era cierto, y ella estaba pagándolo con su propio dolor. Podía sentir el calor que irradiaba de su cuerpo. Trató de imaginar qué aspecto tendrían sus nalgas en ese instante, la forma en que las marcas de su mano resaltarían en la palidez de su piel en un relieve marcado, de color púrpura, como flores exuberantes y obscenas. Se retorció para tratar de mirar por encima del hombro, pero fue incapaz de ver las marcas que Colin acababa de dejar en su trasero. Sin embargo, sí pudo formarse una imagen mental con relativa facilidad. No en vano, en numerosas ocasiones se había apostado frente a un espejo después de una de sus sesiones, admirando los resultados.

—Como un lienzo —le había dicho Colin una semana antes, después de seguirla hasta el lavabo y mirarse en el espejo, de pie junto a ella. Lissa imaginó que tal vez pensaba regañarla por admirar su reflejo durante tanto tiempo, pero no fue así. En su lugar, parecía como si Colin aprobara el interés en su trabajo, se enorgulleciera de él, como un artista ante su obra—. Tu piel es mi lienzo —le había dicho—. Yo te pinto, te convierto en una obra maestra.

Los dos juntos, uno al lado del otro, habían observado cómo los colores iban perdiendo intensidad, del ciruela oscuro pasaban al frambuesa, hasta llegar a un rosa pétalo. Luego Colin la había obligado a retroceder hasta el espejo y le había hecho el amor, dejando que la frialdad del vidrio penetrara en el calor de su carne. Había sido tierno al principio, pero, al correrse, su lado animal había emergido a la superficie, apretando su boca contra la de Lissa, mordiendo su labio superior, magullando su cuerpo con la intensidad de su beso.

—Cuenta para mí —le decía Colin ahora, mientras la devolvía al presente, la preparaba con sus palabras. Su cuerpo se puso tenso, pero él nunca reaccionaba cuando ella estaba preparada para ello. Y esta vez no fue distinto. En cuanto Lissa empezó a relajarse, él la golpeó. El fuerte peso de la palma de su mano aterrizó sobre la nalga derecha. Dejó reposar la mano sobre la marca, haciendo que sintiera la presión. Lissa exhaló la palabra «uno» con una bocanada de aire de sus pulmones. ¿Cómo podía ser sólo uno, cuando ya había soportado tanto?

Tal pensamiento le hizo recordar una imagen que Colin le había mostrado. Era de un libro de arte erótico. El fondo estaba iluminado por espirales de rojos, azules y dorados, como en un cuadro de Klimt. En primer plano, una mujer joven yacía sobre su estómago en un sofá de tacto aterciopelado, mirando por encima del hombro. El espectador podía ver la parte trasera de sus largas piernas, el culo y la espalda, los hombros esbeltos, la barbilla, dibujada con trazos duros, inclinada hacia abajo. El pelo cubría parcialmente la cara de la mujer, pero su boca era perfectamente visible. Los labios estaban un poco separados, generosos y oscuros, como cerezas. En los muslos y las nalgas de la modelo había marcas que, a primera vista, a Lissa le habían parecido las delicadas huellas de las alas de una mariposa. En una inspección más detallada, se había dado cuenta de que las formas eran marcas de manos, de un rosa pálido en algunos lugares, de un crudo carmesí en otros. A pesar de que el pelo de la mujer caía como una cascada sobre su rostro, se podía adivinar el azul brillante de sus ojos a través de los mechones de cabello rubio platino.

Lissa había observado la imagen durante mucho tiempo, tratando de descifrar el mensaje oculto en aquel rostro dibujado. Su mirada no era fruto sólo del dolor, y tampoco mostraba únicamente culpabilidad o vergüenza, a pesar de que las tres emociones parecían presentes. Había un brillo en la cara de la mujer, como si acabara de experimentar el orgasmo más intenso de toda su vida. Esto, decidió Lissa, mezclado con el dolor obvio, fruto de los azotes que acababa de recibir, era lo que provocaba en la modelo esa expresión radiante, casi trascendente. No recordaba el nombre del cuadro, ni del artista, pero cuando Colin se había detenido en aquella página, ella se había sentido estimulada por la imagen, y su recuerdo era aún más intenso ahora, mientras su amante levantaba la mano en el aire para dejarla caer sobre su piel incendiada por segunda vez consecutiva.

—Dos —dijo ella con voz queda, su cuerpo tenso como un cable eléctrico. Esta vez se portaría bien, se dijo, llegaría a los veinte, no le fallaría.

Se sintió segura de su decisión, hasta que de pronto los dedos de Colin se hundieron entre sus muslos para comprobar la dulce humedad que allí aguardaba. Se deslizaron entre los labios de su sexo y empezaron a dibujar un simple círculo alrededor del clítoris. Una rotación, dos, tres, dando vueltas en un ritmo perfecto, justo como a ella le gustaba. El placer fue inmediato, llegó muy dentro de ella y contrarrestó el dolor y la humillación de ser retenida sobre el regazo de un hombre como si fuese una niña traviesa. Todas estas emociones fluyeron juntas mientras él la tocaba, recorrieron su cuerpo como si fuesen las poderosas olas del mar. Las puntas de los dedos de Colin estaban ligeramente endurecidas, y esa aspereza contra las zonas más sensibles de su cuerpo hizo romper olas aún más intensas, más húmedas, contra su sexo, y la inundaron de placer.

—Oh, Dios. —Las palabras escaparon de su boca antes de que pudiera retenerlas—. Oh, por favor…

—¿Por favor, qué? –preguntó él con voz serena.

No existía forma posible de expresar con palabras lo que Lissa quería. Ni siquiera ella misma lo sabía. Algo, lo que fuera. Todo.

—¿Por favor, qué? —repitió Colin, deteniendo el movimiento de sus dedos en mitad de una rotación.

Ahora Lissa sí sabía qué decir.

—No —susurró, su voz de algún modo más melódica por la súplica—. Por favor, no pares.

Él continuó con el movimiento de sus dedos y el cuerpo de Lissa se tensó, confundido. ¿Dejaría que se corriera? De ser así, sería una violación de sus propias normas. Colin raramente le permitía llegar al orgasmo, no hasta que hubiera acabado con la parte de castigo de cada sesión. Lissa se dio cuenta, casi sin aliento, de que estaba a punto de alcanzar el clímax y, justo en ese mismo instante, él retiró la mano de entre sus piernas y le dio un nuevo azote, muy fuerte, manteniéndola en el límite, como siempre, sin saber qué esperar después.

—Mi niña mala —le dijo Colin suavemente, casi como si estuviera orgulloso de que se hubiera portado mal—. ¿Por qué te comportas siempre como una niña mala, Lissa?

No tenía la respuesta a aquella pregunta. Pero a medida que el dolor se extendía por su cuerpo, quemándola por dentro, recordó de nuevo aquel retrato erótico y entendió de pronto por qué Colin le había mostrado aquella imagen. Era su forma de decirle lo que le esperaba, en un futuro muy cercano. En aquel momento, en aquella misma noche, Colin estaba recreando la imagen del cuadro con ella en el papel de la modelo.

LIBRO PRIMERO

ADULTERIOS DEL ARTE

Ropas que fluyan sueltas, cabello también libre,
tal dulce descuido me conquista más
que todas las falsedades del arte:
me llegan a los ojos, pero no al corazón.

BEN JONSON

Capítulo uno

El hombre desnudo colgaba boca abajo desde el segundo piso del museo. Su cuerpo no se movía por el efecto del viento, y tampoco parecía que la suave llovizna le afectara. Detrás de él, en un rincón del mismo piso, una escultura de mármol observaba el patio desde lo alto con mirada pétrea, como si siguiera con los ojos los movimientos de la mujer rubia y delgada que había más abajo.

A pesar de que el patio del museo estaba repleto de turistas, Lissa era fácilmente distinguible entre la multitud, de pie bajo una cornisa para resguardarse de la lluvia. Llevaba puesto su abrigo favorito, hasta los tobillos y fabricado en tela de un color rojo intenso, con una hilera de botones negros y brillantes recorriendo todo el frontal. Aquél no era, seguramente, el atuendo más apropiado para el tiempo que hacía, pero Lissa no tenía planeado estar al aire libre más tiempo del estrictamente necesario. Sus botas de piel, montadas sobre tacones de diez centímetros, la convertían en una mujer de casi metro ochenta y hacían que su cabeza y sus hombros quedaran por encima de los jóvenes estudiantes que se agolpaban en el atrio como patitos, siguiendo al profesor en dos filas perfectamente ordenadas. Los observó con atención, percibiendo su energía, su entusiasmo, la forma en que se apresuraban tras su maestro. Su visión le hizo sonreír y olvidar por un momento la razón por la cual estaba allí.

—Estas estatuas fueron creadas por un artista local —dijo el profesor a sus alumnos—. ¿Puede alguien decirme qué representa la obra?

Lissa escuchó algunas de las curiosas respuestas y trasladó su mirada de nuevo a la estatua suspendida cabeza abajo. Se sentía seducida por sus formas, pero incluso éstas no fueron suficiente para mantener su atención.

¿Dónde estaba Colin?

Lentamente empezó a caminar alrededor del perímetro del patio, pasando junto a otras figuras humanas parecidas a la que colgaba suspendida en el aire, sin ser demasiado consciente de sus oscuras formas y sí de aquellos que las observaban. Debía reunirse con Colin en el museo, pero aquella exposición había atraído a más turistas de los esperados. «Debe de estar escondido en algún lugar», se dijo. Seguramente en ese mismo instante la estaba observando mientras ella escaneaba la multitud de paraguas y abrigos de color negro y canela en busca de aquellos que sabía que pertenecían a Colin. Era incapaz de localizarle, a pesar de que su pelo, de un color rojo brillante, solía atraer su atención como si fuese un faro. No significaba que no estuviera allí, sino que estaba bien escondido. Le gustaba jugar al gato y al ratón, y se le daba muy bien, mientras que ella siempre acababa confusa y aturdida, perdida en busca de pistas.

Mientras le buscaba entre la multitud, entre aquellos hombres que se enfrentaban a las inclemencias del tiempo pertrechados bajo capas y capas de ropa especialmente diseñada para la lluvia, Lissa se dio cuenta de que conocía mejor la ropa de abrigo de Colin que la que llevaba debajo de ella. Y esto era como consecuencia de que su relación se desarrollaba en Londres. Si se hubiesen conocido en California, donde vivía Lissa, hubiera memorizado todos sus pantalones cortos y sus camisetas, sus trajes de baño o aquellas camisas tejanas o caqui que tanto éxito parecían tener, incluso para acudir a comer en algún restaurante de moda.

Allí estaba. Lissa le espió mientras él permanecía en la esquina de uno de los edificios, escondido entre las sombras justo como había sospechado que haría. Armonizaba a la perfección con las figuras de hierro fundido, con tal inocencia que parecía como si el mismo artista le hubiese colocado allí. «He estado aquí todo el rato —parecía decir con aquella postura—, observándote mientras no me veías.» Lissa avanzó hacia él, pero Colin negó con la cabeza, sólo una vez, y ella se detuvo inmediatamente, expuesta ahora bajo la inclemencia de los elementos. La lluvia, casi una ligera bruma, decoró su melena rubia platino con diminutas gotas brillantes y cristalinas.

Lissa se había detenido junto a una de las figuras en descenso, así que trató de actuar como si se hubiese acercado a aquel punto para admirar la obra, un extraño conjunto de formas de hierro, idéntico al que colgaba del saliente de la ventana sobre su cabeza.

¿Qué esperaba que hiciera ahora?, se preguntó Lissa. Sabía que debía obedecer a la silenciosa orden de Colin y esperar la siguiente. Pero si no permitía que se acercara a él, ¿cómo podía saber qué deseaba de ella? Los grises ojos de Lissa se movían de un lado para otro, de los estudiantes, ahora en semicírculo alrededor

25

de las esculturas en el patio principal, a Colin, que no dejaba de mirarla. Sentía que estaba a punto de romper a llorar en cualquier momento, aunque sabía por propia experiencia que hacerlo no le sería de ayuda, no le atraería hasta su lado y posiblemente lo único que conseguiría con ello sería que Colin se marchase.

¿Qué quería de ella?

Lissa podía ver, a través de las ventanas del edificio, a los trabajadores en las oficinas del museo. No se sentían intimidados por todas aquellas obras a su alrededor. Seguramente se habían acostumbrado. Lissa lo entendía, aunque siempre se sorprendía de la rapidez con la que uno se vuelve inmune al arte. La exposición actual le parecía inquietante, como si se tratase de los restos metálicos de un campo de batalla, lleno de figuras deformes, algunas retorcidas en posición fetal.

Ella misma había estado en una posición similar no hacía mucho, en la habitación de Colin, acurrucada con las rodillas contra las mejillas. Su pálido cuerpo había temblado bajo la mirada de Colin, que la observaba de la misma manera en que lo hacía ahora mismo, vigilándola pero sin dejar entrever en ningún momento cuáles eran sus pensamientos. Miradas vacías de toda emoción. Sin embargo, Colin era perfectamente capaz de mostrar sus emociones, de ejercerlas sobre ella. Cuando esto ocurría, Lissa siempre se sorprendía de la profundidad de esos sentimientos, de la forma en que él conseguía expresarse cuando así lo deseaba. A pesar de que sabía cómo esconder sus emociones hasta casi comportarse como un autómata, también sabía expresar dolor, deseo e ira.

¿Estaría ahora furioso?

Tal vez le hubiese hecho enfadar al dirigirse hacia

él tan decididamente, con la cabeza erguida y los tacones de aguja resonando sobre el sendero de piedra. Su actitud había sido la de alguien seguro de sí mismo, casi desafiante. Ésas no eran cualidades que Colin apreciara en su relación con ella, y Lissa, a pesar de todas las lecciones que había recibido postrada a sus pies, sumisa y obediente, había sido incapaz de reprimir ese aspecto de su carácter. O tal vez Colin sí apreciara esa parte de su personalidad porque le permitiría mirarla fijamente con gesto reprobatorio, llamarla su pequeña rebelde, su niña insolente, y castigarla por ello. Si Lissa no se portara mal, él no tendría razones para castigarla.

Pero ¿sería capaz de hacerlo allí, en público? Su cuerpo se estremeció involuntariamente ante la idea. No sería la primera vez que Colin la aleccionaba en un lugar público, pero nunca antes lo había hecho en uno tan concurrido. De hecho, siempre escogía el emplazamiento en función de su tranquilidad. Aun así, Lissa había aprendido a no subestimarle, por lo que en seguida la asaltó la duda: ¿qué pensaba hacer con ella ahora?

En lugar de buscar a Colin con la mirada, Lissa fijó su atención en la figura que tenía más cerca, en el suelo, con la cabeza inclinada hacia atrás y las piernas contra el pecho. Sé preguntó qué era lo que el artista pretendía expresar con aquella exposición y, mientras trataba de descifrar su significado, notó de inmediato cómo su nerviosismo desaparecía, aun cuando no era capaz de adivinar las intenciones del artista de forma inmediata. ¿Acaso el autor quería decir que el mundo es como un campo de batalla? ¿O tal vez trataba de hablar de las miserias de la guerra? ¿Eran aquellas explicaciones demasiado simples o no lo suficiente?

Después de tantos años estudiando historia del arte, diseccionar muchas de las obras más importantes de la historia era para Lissa algo natural. Con el arte moderno, sin embargo, todo era más difícil. Una obra maestra se podía estudiar a través de un libro, o de una persona, o de las visiones de todos aquellos cuyas valoraciones podían ser destiladas con el fin de conseguir una interpretación única y personal. Con las creaciones más recientes Lissa se sentía como si avanzase a tientas. Le ocurría lo mismo cuando intentaba adivinar los sentimientos de Colin, como si tratase de arrancar de los objetos su verdad. Una simple pincelada sobre el lienzo podía contener muchos significados o ninguno en absoluto.

Marcus era incapaz de entenderlo. Sentía que nada que pudiese crear con sus propias manos merecía ser considerado arte. «Mira, esto sí que es un cuadro —solía decir mientras señalaba un retrato de Rembrandt o de Vermeer, mostrándole con arrogancia las luces y las sombras, aun cuando ella conocía aquellas obras mucho mejor que él—. Pero eso —continuaba, refiriéndose a otra obra de estilo vanguardista—, eso no es más que basura.» Entonces le daba la espalda y se negaba a escucharla mientras ella le explicaba la importancia de los artistas modernos. O por qué cualquier tipo de arte vale la pena sólo con que llegue a una sola persona. O por qué gente como Rauschenberg o Warhol o Mapplethorpe habían sido capaces de exponer en salas cerradas hasta entonces al arte moderno. Habían sido exploradores en el mundo del arte. Trazaron mapas y aprendieron nuevos idiomas.

Lissa sacudió la cabeza para ahuyentar de su mente los recuerdos de sus continuas discusiones con Marcus.

Aquellas peleas formaban parte del pasado, casi diez años atrás, desde que se conocieron en la universidad. Ahora debía concentrarse únicamente en Colin. Si no dejaba que se acercara a él, seguramente era porque tenía otros planes en mente. Colin siempre tenía planes. Lissa miró a su alrededor, tratando de pensar como él lo haría, algo que nunca le resultaba fácil. Siempre había sido incapaz de controlar sus emociones. Cuando quería algo, luchaba hasta conseguirlo. Y cuando sentía algo, era incapaz de esconder sus sentimientos. Marcus a menudo se burlaba de ella porque no podía jugar al póquer. No importaba si sus cartas eran buenas o malas, porque su rostro nunca mentía.

Miró en dirección a Colin. Ya no estaba de pie junto a aquella esquina. ¿La habría dejado sola? Desesperada, dio una vuelta sobre sí misma, buscándole con la mirada, y casi golpeando a uno de los estudiantes que había a su alrededor. ¿Dónde se habría metido? Sabía que se estaba poniendo nerviosa sin motivo. Tal vez se hubiese resguardado bajo una marquesina para protegerse de la lluvia. O puede que se hubiese movido a otro punto del patio del museo. Giró sobre sí misma de nuevo, rápidamente, y entonces oyó su risa detrás de ella. Colin siempre adivinaba sus movimientos, era capaz de saber qué pensaba hacer incluso antes de que ella misma lo supiera.

Era así como él había sabido que tendrían una aventura, y así se lo dijo el día en que se conocieron, en la Feria del Libro de Fráncfort. Colin se acercó a la caseta en la que ella promocionaba su último libro de arte y, tras situarse furtivamente a sus espaldas, presionó sus labios contra la oreja de ella.

—Esta noche estarás en mi cama.

Ella se volvió para mirarle, para golpearle por su osadía, pero al ver la expresión de su cara lo pensó mejor. Seguramente la había confundido con otra persona. Y, para su sorpresa, Lissa no se sintió ofendida por sus palabras. La apariencia de aquel hombre, con el pelo del color del fuego tan bien peinado y unas pequeñas gafas de carey sobre la nariz, le recordaba más a un profesor que a un cerdo lujurioso. Vestía traje negro. La camisa y la corbata también eran negras, y el alfiler con el que sujetaba esta última era parecido a uno que tenía su marido, del que estaba separada. Por alguna extraña razón, esta pequeña conexión con un objeto que le resultaba familiar hizo que se sintiera más cómoda en su presencia.

Durante los pocos segundos en los que Lissa le observó atentamente, tratando de formarse una opinión acertada de él, Colin permaneció en silencio. Por su apariencia, resultaba evidente que buscaba a otra persona, que la había confundido con una amante. Lo sabía todo acerca de las aventuras que se producían durante una feria de libros. Mucha gente conectaba durante los siete días que duraba el evento, encontraban un refugio seguro lejos de las responsabilidades de aquel inmenso mercado del libro. Aquel hombre podía ser perfectamente una de aquellas personas. Además, había otras mujeres trabajando en su misma caseta, jóvenes y atractivas. Tal vez la había confundido con Marie. Ambas eran rubias y delgadas.

—Lo siento —le dijo, en lugar de «¿Disculpe?».

—Por supuesto que lo sientes —contestó él—. Ésa es tu forma de ser.

Aquel encuentro la hizo sentirse confusa y, horas más tarde, cuando se encontró en su cama, en el hotel más lujoso de la ciudad, con una botella de champán caro, dos copas sobre la mesa y el suelo cubierto de pétalos de rosa, recordó lo que le había dicho.

—¿Por qué? —le preguntó, sin estar segura de querer saber la respuesta—. ¿Por qué dijiste que ésa era mi forma de ser?

Tenía las muñecas atadas por encima de la cabeza con la corbata de seda negra y el cuerpo apenas cubierto con una sábana blanca. Colin estaba sentado en el borde de la cama y observaba su cuerpo maniatado, admirando sus curvas, con la cabeza ligeramente ladeada. Lissa reconocía la mirada en sus ojos, la había visto a menudo en museos y galerías. Aquélla era una expresión internacional. La miraba con la fascinación con la que se admira una obra de arte.

—Porque lo es. Y no puedes evitarlo. Cualquiera reconocería tu voluntad de sometimiento. Te disculpaste por algo que ni siquiera habías hecho, dijiste que lo sentías cuando no habías hecho nada malo. Fui yo el que se comportó de una forma grosera contigo, el que se te acercó por detrás, el que te habló descaradamente, con insolencia. Deberías haberme abofeteado.

—Y pensé en hacerlo.

Aquel comentario le hizo sonreír. Y estando en aquella situación, con las muñecas atadas con fuerza y sin posibilidad de escapar, Colin se inclinó sobre ella y la golpeó en la mejilla derecha con tanta fuerza que Lissa cayó sobre las almohadas. Suspiró. Otra sorpresa. Sin embargo, en sus ojos no había lágrimas. Le había gustado, porque se sintió mojada de nuevo, preparada para recibirle entre sus piernas, a pesar de que acababan de hacer el amor por segunda vez. Nada de todo aquello parecía tener sentido.

Como tampoco había tenido sentido cuando la había rodeado con sus brazos en el patio del museo, sujetándola con fuerza durante un instante antes de darle una nueva orden. Presionó los labios contra su oreja y le dijo con voz dulce que fuera al restaurante que había en la esquina, que pidiera dos copas de vino, una para cada uno, y que le esperara allí. En otro tiempo, en otro lugar, la persona que solía ser hubiera preguntado por qué. Pero aquello era parte del pasado. Las lecciones habían sido dolorosas y ella había aprendido.

Colin observó a Lissa mientras abandonaba el patio del museo, escuchó el sonido de sus tacones, de aquellas botas que él mismo le había comprado, contra el suelo sucio y resbaladizo. No era perfecta, aún no. Pero lo sería. Lissa tenía más potencial que cualquiera de las otras. Cuando se dio media vuelta para mirarle, él tenía el entrecejo fruncido.

Dios, cómo la conocía. Todos y cada uno de sus movimientos.

Capítulo dos

Lissa pidió el vino, pero no bebió. Cuando Colin se reuniera con ella, ambos levantarían sus copas juntos. Mientras tanto trató de apartar las preocupaciones de su mente observando la decoración del restaurante. De las paredes colgaban láminas del pintor americano Maxfield Parrish, con su colección de mujeres exóticas tendidas al borde de acantilados, junto a fuentes y bajo cielos del color del oro. Lissa se sintió mejor, más tranquila, rodeada por todas aquellas imágenes llenas de colorido. El arte de Parrish tenía como objetivo calmar al espectador, e incluso después de tantos años, sus pinturas conseguían precisamente ese efecto sobre ella.

Pronto dejó de observar los cuadros para fijarse en las parejas que tenía a su alrededor. A menudo se preguntaba si habría más gente con relaciones parecidas a la suya con Colin. Fijó su atención en una chica morena y muy guapa que llevaba un jersey de cuello alto de color carmesí. ¿Acaso sería como Lissa? ¿Estaría nerviosa, preparada para recibir a su amante en un encuentro secreto? Y si era así, ¿le hacía su amante las cosas que Colin le hacía a ella? ¿La azotaba? ¿La ataba? ¿La atormentaba con los métodos más decadentes imaginables?

«Lo más probable es que no», se dijo Lissa mirando a su alrededor. Lo más probable es que el resto de los clientes fueran empleados de las tiendas de la zona que pasaban unos minutos de descanso con un sándwich vegetal o de pollo y una buena revista. Lissa observó su propia imagen en el espejo que había sobre la barra del bar. Nadie aparentaba el nerviosismo y la falta de seguridad que ella sentía. La lluvia había despeinado su melena y creado pequeños rizos. Sus mejillas habían enrojecido, como si ya hubiese apurado la copa de merlot.

A pesar de que el ambiente en la cafetería era agradable, Lissa apenas se sentía más cómoda que en el museo. Colin estaba enfadado con ella y, sabiéndolo, no conseguía relajarse por completo. ¿Cuánto tiempo pensaba hacerla esperar? La idea de encontrarse en el museo había sido de ella. Se le había ocurrido después de leer un artículo sobre la exposición. Pensó que sólo encontrarían a unos pocos rezagados y no la horda de escolares que inundaban el patio del museo. Por la crítica que había leído, aquella exposición parecía poco apropiada para niños. Nunca hubiera imaginado que un profesor la escogería para una excursión un miércoles por la tarde.

Con todo, a Colin le gustaban los lugares públicos y le tocaba a Lissa escoger uno. A él le gustaban especialmente los sitios donde alguien pudiera descubrirlos. Le encantaba empujarla contra el frío muro de piedra de algún edificio con trescientos años de antigüedad, besarla en la boca hasta dejarle los labios hinchados, con las manos bajo su blusa, pellizcándole los pezones, clavando las uñas en su vientre liso. Lo habían hecho bajo puentes, con el ruido atronador de los coches sobre sus cabezas, o a medianoche en un oscuro callejón cerca del apartamento. Pero como era un médico de reconocido prestigio, Colin debía controlar sus impulsos y no mostrarse en público como el exhibicionista que Lissa sabía que era. Normalmente era él el que escogía los emplazamientos para sus juegos, ya que conocía la ciudad mucho mejor que ella y era capaz de encontrar callejones y parques desiertos con facilidad. Ella no solía tener la misma suerte.

—Te toca a ti —le decía con una media sonrisa de suficiencia en los labios—. Encuentra un sitio y dime cuándo nos vemos allí.

Con aquella simple petición, Lissa era presa de un estado de nerviosismo continuo. Hojeaba guías de viajes en busca del lugar ideal, preguntaba a algunos de sus conocidos en Londres, siempre tratando de disimular para que nadie descubriese sus verdaderas intenciones. No podía expresar abiertamente «Necesito encontrar un lugar un poco apartado para que mi novio me folle». Colin, evidentemente, era consciente de la dificultad de sus encargos y parecía disfrutar con el nerviosismo de Lissa casi tanto como disfrutaba con el acto en sí cuando finalmente ella encontraba un lugar adecuado.

El sitio escogido para hoy no había resultado una buena elección y por ello Lissa se sintió aún más insegura al ver a Colin entrando en el restaurante. La próxima vez se esforzaría más. Tenía varias posibilidades en mente: la azotea del edificio en el que vivían, los baños de su restaurante favorito… Hoy había intentado ser original y mira lo que había conseguido.

Observó a Colin mientras dejaba el paraguas en el paragüero de porcelana blanca y azul que había junto a la puerta y luego se dirigía lentamente hacia la mesa. Su rostro mostraba una de aquellas expresiones indescifrables. Lissa no sabía si estaba molesto con ella, aunque le conocía lo suficiente como para pensar que así era. Sintió que la recorría por dentro aquella humedad tan familiar y apretó los muslos fuertemente bajo la ajustada falda negra, como tratando de evitar un accidente. A veces, antes de uno de sus encuentros, y con lo que aquella palabra podía llegar a significar, sentía aquella sensación entre las piernas. Esta vez, con sus fríos ojos verdes sobre ella, pudo visualizarlo, el charco formándose debajo de su silla, sobre el brillante suelo de madera, y la forma en que Colin se reiría al saberla avergonzada. Él disfrutaba con su incomodidad y así se lo hizo saber una vez. «Pareces tan segura —le había dicho—, guiando a la gente por las salas de un museo, explicándoles los pensamientos más íntimos del artista. Pero es tan fácil hacerte perder el equilibrio… Un simple soplido y te derrumbas.»

Sus ojos, en calma como la superficie de un lago, parpadearon por un instante, mientras se sentaba, como si le enviaran un mensaje. Lissa trató de descifrarlo sin éxito. ¿Estaba enfadado? ¿O tal vez no? Antes de dirigirle la palabra levantó su copa y tomó un sorbo de vino. Después, para sorpresa y alivio de Lissa, sonrió; una sonrisa que se contagió primero a sus ojos y luego a sus labios, y ella le imitó, pensando inocentemente que todo iba a ir bien.

Colin escogió ese momento para inclinarse sobre la mesa y susurrar, como quien transmite un mensaje secreto:

—Has sido una niña muy mala, Lissa. Parece que te gustan los castigos. Debes de disfrutar con ellos.

La sonrisa de Lissa desapareció al instante. El color rosado que hasta ese momento teñía sus mejillas se convirtió de pronto en un rojo intenso. En un gesto de puro nerviosismo, se llevó una mano temblorosa al cuello, sobre la oquedad que se formaba entre las clavículas, y sintió el latido agitado de su corazón.

—¿Recuerdas qué les pasa a las niñas malas? —preguntó Colin. Sin darle tiempo a responder, continuó—. Seguro que lo recuerdas, Lissa. No ha pasado tanto tiempo desde la última vez que te tuve sobre mi regazo, ¿verdad?

Ella asintió instintivamente para luego negar con la cabeza. ¿Cuál era la respuesta correcta? ¿Sí? ¿No? No estaba segura. Nunca lo estaba. Lo único que sabía a ciencia cierta era que Colin disfrutaba atormentándola, que jugaba con ella, se burlaba y siempre se salía con la suya.

Continuó mofándose de ella con un hilo de voz, casi como si quisiera tranquilizarla. No en vano estaba acostumbrado a tratar con sus pacientes, y era algo que se le daba muy bien.

—¿Qué les pasa a las niñas malas, Lissa? —preguntó. Y, aún con mayor dulzura, asegurándose de que nadie más le oyera, añadió—: ¿Qué le pasa a mi pequeña niña mala?

Lissa suspiró. No quería responder a su pregunta. Decir aquellas palabras en voz alta siempre hacía que parecieran más reales que cuando únicamente revoloteaban en su cabeza.

—Dime —insistió, y su voz descendió otro nivel más, cambiando de tono, dejando claro que esperaba una respuesta. Inmediatamente.

—Las niñas malas son castigadas —respondió ella,

rezando en silencio, deseando que sus palabras fuesen suficiente. Pero no lo eran. Del mismo modo que su naturaleza la llevaba a someterse a su voluntad, la de Colin siempre quería más de ella, la empujaba hasta el borde del precipicio, la mantenía en un precario equilibrio.

—¿Cómo? —preguntó él.

Ella agachó la cabeza y deseó que estuvieran en su apartamento, que él no se sintiera tan cautivado por la idea de jugar en lugares públicos. Sí, le ponía cachonda la idea de que la miraran, de estar expuesta, pero el acto en sí le resultaba muy difícil. Se encontró de nuevo con el reflejo de su rostro, esta vez cabeza abajo en una cuchara de plata, y pudo distinguir el reflejo púrpura de sus mejillas. Su piel era tan fina que cuando se sonrojaba las marcas le recorrían la cara hasta la línea del escote.

—Me azotarás —contestó ella, hablando todavía en voz baja.

—Háblame más de ello —exigió Colin, disfrutando abiertamente de la situación. Tomó otro sorbo de vino y se recostó ligeramente sobre el respaldo de la silla, de modo que ella supiera por aquel gesto que esperaba oírla hablar en un tono más razonable. Lissa ya había pasado por aquello antes, pero aun así nunca le resultaba fácil.

—Me llevarás de vuelta al apartamento —continuó, lo que tan sólo era una esperanza, porque en ocasiones la había azotado en público, pero aparte de amenazarla con hacerlo, solía disfrutar de aquellos placeres únicamente de noche—. Me dirás que me quite las bragas y luego me darás unos azotes.

—¿Con qué?

Las lágrimas se acumulaban en los ojos de Lissa.

—Lo siento —se excusó, incapaz de controlarse.

—No lo sientas —respondió él—. Sabes que no me importa que llores.

Se inclinó de nuevo sobre la mesa para atrapar una lágrima antes de que rodara por la mejilla de Lissa. Recordaba haberle oído decir que las lágrimas realzaban su belleza, antes de aparecer y cuando ya eran reales y se deslizaban por su cara. Le había explicado que le gustaba aquella expresión en sus ojos anterior al lloro, pero que prefería las lágrimas fruto del dolor que él le infligía. Aquéllas, según Colin, eran las más sinceras porque se las había ganado.

—¿Qué utilizaré para azotarte? —continuó él, retomando el hilo de la conversación.

Lissa suspiró de nuevo, profundamente, y el aire tembló en sus labios. Le resultaba casi imposible hablar abiertamente de sus necesidades y de sus deseos. Sí, había escrito sus fantasías sexuales en un diario, pero era incapaz de dejarse llevar más allá. Jamás había considerado siquiera la posibilidad de decirle a Marcus lo que quería que le hiciera. Sólo la idea le resultaba humillante.

Por culpa de su timidez, Lissa apenas había sentido un orgasmo antes de su relación con Colin, al menos no de la forma en que las actrices parecían tenerlos en la gran pantalla, gimiendo, suspirando, con las mejillas sonrosadas. Lo único que le había proporcionado un placer similar era el arte, y por ello, como historiadora que era, pasaba horas recorriendo museos y galerías, siempre deseando descubrir una nueva obra maestra.

Y Colin la trataba como si ella fuese la obra maestra.

Era extraña la forma en que él siempre parecía adivinar sus deseos, cualquier cosa que quisiera. Se encargaba de todo, consciente como era de que sus deseos siempre superaban a sus miedos. Lissa quería revelar sus secretos, ser mala, ser decadente. Y con Colin era capaz de entregarse por completo, como él quería que hiciese en aquel preciso momento.

—¿Con qué? —preguntó él.

—Con una pala —respondió ella en voz baja, jugueteando incontrolablemente con los dedos sobre la falda, con la barbilla casi tocando el pecho.

—Con tu pala especial —replicó él, y en su voz se adivinaba una sonrisa, más siniestra aún que la que le había ofrecido a su llegada al restaurante.

Lissa retorció la alianza de platino que llevaba en el dedo anular sin dejar de observarla, como si despertase en ella una fascinación especial, incapaz de mirarle a los ojos.

Capítulo tres

Para cuando apuraron las copas de vino, el cielo se había cubierto de nubes grises y las aceras eran un mar de paraguas negros.

—Iremos en metro —dijo Colin, dirigiéndose hacia la estación más cercana. Protegida bajo su paraguas y con su brazo alrededor de la cintura, Lissa se sentía inmensamente segura, aun sabiendo lo que le esperaba cuando llegaran al apartamento y a pesar de que la idea le hacía bajar la mirada, avergonzada, como si el resto de los peatones pudieran leerle la mente y saber que en cuanto llegaran a casa su novio la azotaría colocándola sobre sus rodillas y con el culo al aire.

Como siempre solía ocurrir, Colin parecía estar dentro de su cabeza.

—Recuerdas la primera vez que recibiste unos azotes, ¿verdad?

Una mujer corpulenta, de mediana edad, oyó el comentario y se volvió para lanzarle a Colin una mirada escandalizada que él simplemente ignoró. No le importaban lo más mínimo los complejos ajenos, mientras que Lissa odiaba ser juzgada, aunque quienes lo hiciesen fueran extraños. Con todo, consiguió asentir con la cabeza a modo de respuesta. Aquel recuerdo había quedado grabado a fuego en su memoria, permanente e imborrable.

—Pues aquello parecerá un simple juego de niños comparado con lo que te espera esta noche. —Se detuvo, la expresión en su rostro era de una placidez absoluta, como si estuviesen hablando del tiempo. Y menuda previsión era aquélla, pensó Lissa: se esperan lloros desconsolados con una inesperada ola de calor desplazándose hacia la parte inferior de mi anatomía.

El metro bullía con la actividad normal de cualquier día laborable por la tarde. Colin encontró un asiento para Lissa y después se colocó frente a ella, bloqueándola con su cuerpo, el pene justo a la altura de su boca. Bajó la mirada hasta encontrarse con la de Lissa y le guiñó un ojo con gesto lascivo, para luego inclinarse y susurrarle al oído:

—Quiero que pienses en la primera vez —le dijo—, quiero que lo recuerdes todo.

Ella esperó por si Colin le daba nuevas instrucciones, pero él se limitó a poner una mano sobre su hombro, como si quisiese reconfortarla, y luego apartó la mirada.

Fue fácil para Lissa recordar la primera vez. Su adoctrinamiento en el mundo del castigo físico entendido como placer sexual había sido en Fráncfort, en su segunda noche juntos. Lissa cerró los ojos mientras el suave traqueteo del vagón mecía su cuerpo, y se dejó llevar suavemente por los recuerdos de aquella noche de hacía ya un mes.

Después de cenar en un restaurante en el que, según Colin, había el peor ambiente de todo Fráncfort pero la mejor comida, se retiraron de nuevo a la habitación del hotel. Lissa pensaba que, en cuanto llegaran, harían el amor de nuevo, como lo habían hecho la noche anterior, abalanzándose el uno sobre el otro, arrancándose la ropa con un ansia tal que sus medias estaban llenas de carreras y había perdido uno de los botones del jersey. Colin, sin embargo, la sorprendió de nuevo.

Sentado al borde de la enorme cama, la observaba, esperando. Aquella mirada hacía que Lissa, de pie junto a la puerta, se sintiese de pronto desnuda, aun cuando su cuerpo estaba cubierto por una falda negra y una blusa de seda de color lila. Se había recogido la rubia melena en un moño francés y su cuello, de formas delicadas, quedaba así al descubierto. Había escogido las joyas con sumo cuidado: tan sólo llevaba unos diminutos pendientes de aro y una delgada cadena. Quería dar un toque de clase a su vestuario porque se había percatado, la noche anterior, de lo bien que vestía él. Toda su ropa era sobria, pero de las mejores marcas del mercado.

Sin embargo, de pie frente a él, Lissa sentía que su atuendo no era el apropiado, aun cuando Colin parecía haberle dado el visto bueno a su llegada al restaurante. ¿Le quedaba la blusa demasiado ajustada? ¿O tal vez la falda era demasiado corta? Por la mirada en sus ojos verde oscuro supo que había hecho algo mal. Al fin, cuando ya no era capaz de soportar aquel silencio durante más tiempo, le preguntó, tartamudeando:

—¿Algo no va bien, Colin?

Silencio.

—¿Estás enfadado?

Él negó con la cabeza, pero sin sonreírle. Las manos de Lissa habían empezado a moverse de forma incontrolable, una sobre la otra, como si toda aquella energía y todo el nerviosismo estuviesen concentrados en las puntas de sus dedos.

De vuelta en el metro, sus manos imitaron de nuevo aquella misma reacción y, cuando abrió los ojos y miró a Colin, él le sonrió, como si supiera exactamente en qué estaba pensando.

Sin emitir sonido alguno, Colin formó las palabras con sus labios, y Lissa pudo leerlas en aquel gesto exagerado: «Chica mala.»

Él apartó la mirada para concentrarse en el periódico que sostenía entre sus manos el hombre que había de pie junto a él. Lissa entendió aquel gesto como una señal de que volviera a sus propios pensamientos. De nuevo, cerró los ojos.

En aquella segunda noche en Fráncfort, ella apretó las manos una contra la otra para detener el temblor incesante. Colin, al darse cuenta, se rió abiertamente de ella.

—Estás nerviosa —le dijo con una sonrisa jugueteando en sus labios. No era una sonrisa amistosa, sino una que Lissa fue incapaz de descifrar. (Ahora sabía lo que significaba aquella expresión. En aquel entonces, la había atemorizado aún más que sus silencios.)

Lissa sabía, obviamente, que podía marcharse si así lo quería, dar media vuelta y salir de la habitación de hotel de Colin y también de su vida. Muchos de los *affaires* que empezaban en Fráncfort acababan en Fráncfort. No había necesidad de seguir con ello una vez hubiese finalizado la feria. No al menos hasta el año siguiente, cuando apareciese de nuevo la posibilidad de un nuevo encuentro.

Pero Lissa no quería irse. Quería saber qué había hecho para que Colin la mirase de aquella manera. Y también quería experimentar otra noche de pasión indescriptible como la que habían compartido el día anterior. Sintiéndose incómoda, fijó la mirada en el suelo, concentrándose en las puntas de sus zapatos mientras trataba de decidir qué hacer. Se sentía como una niña en el colegio a la que el director llama a su despacho para regañarla por su mal comportamiento. El silencio que reinaba en la habitación le resultaba abrumador. Al fin, Lissa levantó la vista del suelo y paseó la mirada por toda la habitación, evitando siempre el rostro de Colin: el típico cuadro de flores que colgaba de la pared; el pesado edredón sobre la cama, decorado con enormes rayas de color rojo; el espejo ribeteado sobre el cabezal...

Sus ojos se posaron por último en el alfiler de la corbata de Colin, el mismo que llevaba la noche anterior. Era un dragón tallado en platino. Después de aclararse la garganta, preguntó:

—¿Fuiste a la universidad en Estados Unidos? —No era más que un tema de conversación trivial, pero al menos estaba hablando. Cualquier cosa era mejor que seguir atrapada en aquel silencio extraño y gélido.

Colin ignoró la pregunta y en su lugar dijo:

—¿Por qué estás tan nerviosa?

—Quiero decir —continuó Lissa con voz temblorosa—, conozco a dos personas que tienen alfileres parecidos al tuyo. Era el símbolo de una especie de club al que pertenecían. —Tanto Marcus como su antiguo novio Beau habían sido miembros de una fraternidad, lo cual había resultado bastante incómodo cuando su marido y ella empezaron a salir. Pero al acabar los estudios le perdieron la pista a Beau, de modo que aquella embarazosa sensación desapareció. Se dio cuenta de que le estaba contando todo esto a Colin, pensando que tal vez si continuaba con aquella banal conversación él le sonreiría.

Pero no fue así.

—Cuando te haga una pregunta, espero que me respondas.

Aquélla era la norma número uno. Así lo recordaría Lissa más adelante, por la forma en que había pronunciado esas palabras, como si ella debiese prestar la mayor de las atenciones a lo que él le decía. Como si nunca debiese defraudarle.

—No lo sé —contestó Lissa—. Tal vez sea por la forma en que me miras.

Su respuesta fue instantánea.

—¿Y cómo te miro?

Lissa lo pensó durante un instante, tratando de encontrar la forma de expresar sus sentimientos con palabras, consciente de los latidos de su corazón. El sonido retumbaba con tanta fuerza en sus oídos, como el estruendo de un tambor o una compañía de soldados marchando, que se preguntó si tal vez podría oírlo desde donde la observaba sentado.

—Me miras como si yo... —Dejó la frase suspendida en el aire.

—¿Como si...?

—Como si hubiese sido mala.

Aparentemente aquélla era la respuesta correcta. O, al menos, la que Colin había estado esperando, porque necesitó tan sólo un segundo para reaccionar y acercarse a ella, moviéndose ágil, con rapidez. Lissa se dio cuenta, en algún lugar de su mente, de que a pesar de que le tenía por un intelectual, posiblemente también fuese un magnífico atleta. Era un hombre ágil, que se movía con la suavidad de un gato; y allí estaba, junto a ella, dominándola. Con un tono de voz que jamás había usado con ella, le susurró:

—¿Has sido mala, Lissa? ¿Has sido una niña muy, muy mala?

No estaba preparada para la respuesta de su cuerpo ante aquellas preguntas. Le temblaban las piernas. Pensó que ojalá Colin la sujetara, que la rodeara con sus fuertes brazos y le dijera que todo iba a ir bien. Pero también se dio cuenta de que sus bragas estaban mojadas —empapadas, de hecho—, y de que si él quisiese hacer cualquier cosa con su cuerpo podría hacerlo, sin más preliminares, sin ningún tipo de lubricación extra. Sabía que estaba empapada incluso antes de que Colin se arrodillara frente a ella, le levantara la falda y le bajara las bragas.

—Estás lista para mí —le dijo suavemente mientras la acariciaba con dos dedos—. La idea de ser mala te pone cachonda, ¿verdad?

No la tocó con delicadeza. En su lugar, le metió los dedos con más fuerza de la que cualquiera de sus otros amantes hubiera utilizado nunca, y aquello hizo que se mojara más aún. Entonces, y sin previo aviso, cambió la forma en que la estaba tocando y empezó a acariciarle los labios con dos dedos, lentamente, para luego separarlos con el pulgar y el índice y dejar así el clítoris al descubierto. Por un momento simplemente la observó, como quien mira una obra de arte de una belleza extrema. Luego volvió a acariciarla, con el pulgar entre los labios y sobre el botón rosado que le proporcionaba tanto placer.

—Te encanta la idea de ser sucia, ¿verdad?

Lissa asintió, con los ojos cerrados, disfrutando. El devenir de los acontecimientos la había confundido, pero aun así no era capaz de contener la reacción de su cuerpo ante el tacto de las manos de Colin. Éste, sin embargo, contrariado al no recibir respuesta alguna, retiró los dedos rápidamente.

—Lo mínimo que espero es que contestes a mis preguntas. No te lo diré una segunda vez sin que recibas el castigo que mereces por romper esta norma.

Castigo. Su cuerpo se estremeció al oír la palabra, y cuando los dedos de Colin volvieron a acariciarla entre las piernas, no pudo reprimir un gemido, sin saber si era fruto del placer o de la amenaza. ¿Cómo pensaría castigarla? ¿Y por qué aquel pensamiento la intrigaba y la excitaba a partes iguales? Pensó por un momento en ser mala, en llevarle la contraria sólo para saber en qué consistiría el castigo. ¿Sería capaz de hacer algo así? No. Era demasiado cobarde para ponerle a prueba.

—Sí —contestó Lissa en voz baja, casi ronca—. La idea de ser mala me pone cachonda.

—Háblame de ello.

—No sé si…

—Explícame más, Lissa.

Su voz era como una melodía dulce y aterciopelada que emanaba de sus labios, a tan sólo unos centímetros de los labios de su sexo. Notó la calidez de su aliento en su piel y se sintió desfallecer. Si acercaba más su lengua, si exploraba su interior con ella, se derramaría sobre el suelo en un charco de placer.

—Puedes contarme todos tus secretos —continuó Colin, y su voz era ya tan suave, casi inaudible, que Lissa tuvo que esforzarse para entenderle—, cada una de tus fantasías más secretas.

Estas palabras provocaron en ella una sensación de liberación que jamás había experimentado, y aquello la sorprendió. Realmente podía contárselas, era cierto. Y si lo hacía, si se acurrucaba junto a él en aquella cama enorme y le susurraba al oído todas las fantasías retorcidas, todas las perversiones con las que se había masturbado a lo largo de su vida, tal vez él las llevara a la práctica. Quizá asumiera como suya la misión de convertir todas y cada una de aquellas fantasías en realidad.

Lo supo al bajar la mirada y encontrarse con los ojos de Colin, más verdes que nunca bajo la luz de una única lámpara. Era como si brillaran, como los ojos de un gato en la oscuridad.

—Dime, Lissa —continuó—, ¿cuál es tu fantasía secreta?

Antes de que tuviera tiempo de responder, Colin se acercó aún más y Lissa supo que le iba a lamer el clítoris un segundo antes de que lo hiciera. Dios, qué sensación. El tacto, la humedad cálida de su boca contra el templo sagrado de entre sus piernas. Empezó a provocarla con la lengua, primero serpenteando con la punta entre los labios de su sexo, luego lamiendo en círculos con trazos planos y gruesos.

En el metro, de vuelta a la realidad, Lissa cerraba los ojos mientras recordaba con tal intensidad que se le escapó un gemido involuntario. Colin, que estaba de pie junto a ella, observándola, se rió a carcajadas. Y cuando ella se cubrió la boca con la mano, horrorizada por haber perdido el control de sí misma, aunque sólo hubiese sido por un instante, le hizo un leve gesto con la cabeza y le sonrió, como si supiera exactamente qué parte del recuerdo estaba reviviendo, complacido por aquella excursión por los senderos de la memoria.

Lissa, avergonzada, consultó el mapa que había frente a ella para saber cuántas paradas quedaban para la suya. Se sorprendió al descubrir que se habían pasado de largo. Colin se limitó a encogerse de hombros e inclinarse para susurrarle al oído.

—No tenemos prisa. Continúa recordando aquella primera vez. Quiero que estés preparada para mí cuando lleguemos a casa. Quiero poder retorcer tus braguitas y ver cómo el líquido gotea sobre el suelo.

Lissa le obedeció al instante y cerró los ojos de nuevo. Fue casi como si volviese a entrar en una sala de cine, rodeada por la más absoluta oscuridad, donde la película ya había empezado a proyectarse sobre la pantalla de su mente.

Recordó la sensación de la lengua de Colin contra la zona más sensible de su cuerpo. Le temblaron las piernas de nuevo, pero ahora por otra razón totalmente distinta. Colin había besado su clítoris durante un instante, justo antes de retirarse y repetir la pregunta. Mientras hablaba, sus dedos se deslizaron hasta donde había estado su lengua. Aquello se le daba bien, muy bien. Sabía exactamente cómo tocarla, cuánta presión era capaz de soportar, si debía ir más rápido o más lento, como si estuviera sincronizado con sus necesidades.

—Cuéntame, Lissa —la instó de nuevo, antes de volver a sus lánguidos quehaceres.

Sintió cómo la lengua de Colin le rozaba el clítoris, en un leve contacto que fue suficiente para que tuviese que agarrarse a sus hombros si quería mantenerse en pie. Él se acercó aún más a su cuerpo y ella sintió cómo su suave cabellera le acariciaba la parte interna de los muslos, y suspiró al notar el tacto áspero de sus patillas. Ambas sensaciones eran deliciosas, y cuando él añadió la tercera, cerrando los labios alrededor del clítoris, Lissa gimió de nuevo. No pensaba en que Colin le había hecho una pregunta, que esperaba una respuesta y que, con el simple acto de responder al placer que él le estaba proporcionando, ya había roto la regla número uno.

Durante bastantes minutos, Colin la acarició con la lengua, creando formas con la punta, arriba y abajo, dentro y fuera. Parecía disfrutar con aquella parte de su rutina amatoria, porque trabajaba sin prisas, tomándose el tiempo necesario para encontrar todas las formas en que Lissa quería que la tocara. Entonces, como si de pronto hubiese entendido exactamente lo que ella era capaz de aguantar antes de correrse, se puso de pie, la cogió en brazos y la llevó a la cama.

—Pon las manos por encima de la cabeza —le dijo—. Júntalas. No quiero que las separes. —Lissa obedeció inmediatamente mientras observaba cómo Colin se quitaba la chaqueta primero, luego la camisa, y se dirigía al lavabo. Oyó cómo hacía ruido con algo en la otra habitación, pero no se movió. No quería desobedecerle. Aún no. Cuando Colin regresó de nuevo a la cama, llevaba unas tijeras plateadas en la mano. No dijo ni una sola palabra mientras le rasgaba la blusa con ellas, y Lissa, aunque en su mente quería protestar, no le detuvo.

Cuando llegó al sujetador, cortó la banda que unía las dos copas y luego separó la seda blanca en dos. Besó la suave piel de sus pechos antes de concentrarse en los pezones, primero uno, después otro, para luego pellizcarlos entre el pulgar y el índice. Lissa arqueó la espalda y un suave ronroneo se escapó de entre sus labios mientras Colin la besaba, cada vez más abajo, hasta la cintura. Al llegar a la falda, cogió las tijeras de nuevo y dejó que Lissa sintiera el frío metal en su piel desnuda mientras cortaba la fina tela.

Una idea revoloteaba sin cesar por la mente de Lissa. ¿Qué se suponía que se iba a poner cuando se fueran del hotel? ¿Una de las toallas blancas que había en el baño? ¿La bata roja de Colin? Pero en seguida él borró aquella preocupación reemplazándola con otra nueva.

—Cuéntame la primera fantasía que te venga a la cabeza —le dijo—. Y luego le daré a este culo increíblemente bonito que tienes los azotes que se merece.

Capítulo cuatro

Colin acarició la mejilla de Lissa y ella abrió los ojos. La estaba mirando con una expresión dulce en la cara y no pudo evitar sonreírle. En ocasiones la tocaba con tanto cuidado que ella se sentía como si estuviese hecha de porcelana fina. Como si se rompiese con facilidad.

—Nos vamos a bajar aquí y cogeremos el próximo metro de vuelta a nuestra parada.

Asintió con la cabeza, algo aturdida. Colin la guió entre la multitud de viajeros hacia el andén. Luego, situado detrás de ella, rodeó su cintura con los brazos y atrajo su cuerpo hacia sí. Lissa sintió el contacto de su pene erecto, y aquello la hizo excitarse aún más de lo que los recuerdos lo habían hecho. Cuando Colin estaba excitado, cualquier cosa podía pasar. Lissa miró a su alrededor, tratando de encontrar alguna oscura esquina a la que Colin tal vez la arrastrase, o una columna detrás de la cual esconderse. Siempre iba al menos un paso por delante de ella, lo cual no significaba que ella no pudiese tratar de adivinar qué le esperaba. ¿Lo harían en público, sólo para probar que él podía tener éxito donde ella había fallado?

No. El metro se acercó y ambos entraron en el vagón. Esta vez encontraron dos asientos libres, uno al lado del otro, al final de todo. Él la miró con aire travieso y de nuevo ella se preguntó qué pensaba hacer.

No tardó mucho en descubrirlo. En cuanto el metro empezó a moverse, Colin deslizó una mano por debajo del abrigo rojo de Lissa. Rápidamente buscó entre sus piernas y, en la más absoluta clandestinidad, empezó a acariciarla, arriba y abajo, a través de la tela de la falda, sus furtivos movimientos perfectamente disimulados por el abrigo. Luego se inclinó hacia ella y le susurró suavemente:

—Recuerda, Lissa. ¿Cómo fue la primera vez que te puse sobre mi regazo?

Ella respiró profundamente mientras regresaba de nuevo al pozo de sus recuerdos, como si saltase desde el trampolín a las frías y azules aguas del pasado.

Ser azotada. Como si él hubiese sabido desde el primer momento que aquello era lo que Lissa más deseaba. Abrió aún más los ojos, pero Colin no la estaba mirando, demasiado concentrado en cortar la costosa tela de su falda de seda negra. Al llegar a las bragas, hizo un pequeño corte en la parte superior, dejó las tijeras a un lado y acabó de rasgarlas con las manos, arrancándolas de su cuerpo hechas jirones. Lissa se sintió más expuesta por aquella forma de desnudarla, más que si le hubiese pedido que se quitara la ropa ella misma.

—Eres tan bonita...—le dijo Colin observándola con expresión de reverencia.

Lissa siguió su mirada y vio los jirones en los que se había convertido su ropa. Levantó la vista de nuevo y observó a Colin mientras él convertía sus preciosas medias en tiras. De nuevo se encontró a sí misma preguntándose qué se pondría para regresar a su hotel. Pero lo más importante era qué pensaba hacer ahora Colin.

Debería haberlo adivinado, porque lo sabía, mientras le ataba las muñecas con los trozos de tela mojada que habían sido sus braguitas. Quiso decirle que mantendría las manos unidas sin necesidad de ataduras, pero en cuanto él volvió a comerle el sexo, se dio cuenta de que no hacía más que engañarse. Quería alargar los brazos y acariciarle el pelo, fino y del color del fuego, hundir los dedos en él, sujetarle aún más fuerte contra su cuerpo. Las ataduras habían impedido que lo hiciera, le habían recordado que tenía que portarse bien.

Portarse bien. Las palabras resonaron en su cabeza. Colin iba a azotarla porque no se había portado bien y ahora, si quería no desobedecerle por segunda vez, tenía que contarle una fantasía.

—O pararé —le advirtió Colin, levantando la cabeza de entre sus piernas, con los labios mojados y brillantes por el dulce líquido de su placer—. No te haré nada más.

Tenía que continuar, no podía ser de otra manera, de modo que Lissa trató de pensar en algo que pudiera contarle. Si le hubiese dicho que quería ser azotada, seguramente no la hubiese creído, como tampoco que era algo que le había rondado la mente desde mucho antes de que él lo propusiese. A pesar de que era la verdad. Aunque hubiese fantaseado con la idea muchos años antes de conocer a Colin, antes incluso de conocer a Marcus o a su ex novio Beau. Había escrito sobre ello en su diario electrónico cuando aún era aquella chica virgen de dieciocho años que sabía qué quería, pero que no tenía ni la más remota idea de cómo pedirlo.

No sabía muy bien por qué le gustaba recibir azotes. No se le ocurría ninguna razón que lo explicara, como no fuera que, para ella, era lo más parecido a dejarse llevar, a perder el control. Cuando un hombre la colocaba sobre sus rodillas y le pegaba en el culo, Lissa sentía que estaba a su merced, y aquél era un sentimiento tentador. Sabía, por la forma en que Colin la miraba, que él la entendía. Quería de ella algo distinto, algo más.

De modo que, ¿qué podía decirle? Le resultaba cada vez más difícil concentrarse con Colin jugueteando con la lengua entre sus piernas. Dios, la sensación era increíble. No hubiera sido capaz de guiarle para que lo hiciera mejor. Era como si él supiese cuándo ser más suave o cuándo aumentar la velocidad. Con cada movimiento de la lengua, Lissa avanzaba aún más hacia la línea de meta, con lo que ya era casi imposible obedecer sus órdenes y compartir una de sus fantasías sexuales con él. Pero aquél era, y Lissa estaba segura de ello, su objetivo. Quería ponérselo difícil de la forma más erótica imaginable.

—Quiero… —empezó Lissa al fin, antes incluso de saber qué iba a decir, pensando que si empezaba a hablar se le ocurriría algo.

—¿Sí…? —la interrumpió Colin, y sus palabras vibraron contra la tierna piel de su sexo. No detuvo lo que estaba haciendo, por lo que Lissa le estaba tremendamente agradecida.

—Siempre he querido… —empezó de nuevo, reformulando la respuesta, consciente de que Colin esperaba una continuación. Los movimientos de su lengua empezaron a ser cada vez más lentos y más suaves, justo cuando ella necesitaba que fuesen más rápidos y contundentes. Estaba jugando con ella, poniéndola a prueba, y Lissa entendió que tenía que darle una respuesta si quería conseguir lo que más deseaba. Desfilaron por su mente multitud de fantasías y dudó entre unas y otras antes de decidirse—. Siempre he querido hacerlo en público —respondió finalmente.

Colin levantó la cabeza para mirarla a los ojos.

—¿Hacer qué?

No iba a dejar que se librase tan fácilmente.

—Follar —añadió Lissa, en lugar de «hacer el amor», que era lo que había estado a punto de decir—. Siempre he querido follar donde todo el mundo pudiese verme.

—Eso no es una fantasía. Eso es un deseo. Cuéntame cómo fantaseas con ello. Dame hasta el detalle más insignificante.

Lissa cerró los ojos y trató de visualizar la imagen. La primera vez que tuvo aquella fantasía estaba en su segundo año de universidad, en California. Era otoño y las jacarandas estaban en flor. Sus pétalos, de un exuberante color púrpura, creaban una gruesa alfombra violácea sobre los caminos y el césped del campus. En la mente de Lissa, aquélla era una tierra de ensueño, casi demasiado perfecta, pensó, el día que descubrió a una pareja besándose sobre la hierba del jardín de las estatuas. Habían extendido una manta de cuadros blancos y rojos junto a una de sus estatuas preferidas, la de una mujer desnuda de pie con los brazos sobre sus pechos, y parecían absortos en aquella demostración pública de afecto, sin que aparentemente les importara ser observados. Lissa, que estaba dibujando una de las estatuas, decidió permanecer donde se encontraba y dibujarlos a ellos.

Aquella misma noche, de vuelta a su habitación, esperó presa de la impaciencia a que su compañera se durmiera. Con el sonido de los ronquidos de Catherine de fondo, Lissa se masturbó pensando en aquella pareja de amantes. Aquél era el escenario que escogió para describirle a Colin.

—¿Has estado en la Universidad de California? —preguntó, sin saber si Colin entendía sus palabras. Su propia voz le resultaba irreconocible. Él estaba a punto de hacerla llegar al clímax.

—En un seminario —contestó él retirando la boca de los labios de su sexo el tiempo justo para responder.

Con añoranza en la voz, Lissa le explicó la primera parte de la historia y le describió detalles como la época del año o la belleza del jardín de las esculturas bajo la luz del crepúsculo.

—Pero lo que más me gustó —confesó— fue el hecho de que parecía no importarles que la gente los mirara.

De nuevo Colin apartó la boca de entre sus piernas, esta vez para sonreírle, para hacerle saber que la entendía. En el lugar de la lengua puso sus dedos y masajeó suavemente el clítoris y toda la zona alrededor de él, manteniéndola así en lo más alto, pero sin permitirle alcanzar la cumbre. Dios, se le daba tan bien aquello... Era demasiado bueno. Era como si tuviese un manual sobre cómo tocarla, cómo darle el máximo placer imaginable.

—¿Te masturbaste pensando en ellos? —preguntó Colin, observándola como si ya conociese la respuesta.

—Me imaginé a mí misma en el lugar de la chica, y

en el del chico puse a un estudiante de último curso de una de mis clases de arte. Nos imaginé arrancándonos la ropa y follando sobre la manta. —Follando. Lo había dicho de nuevo. Y esta vez había sido mucho más fácil una vez había empezado a hablar. Se preguntó qué otras cosas acabarían resultándole más sencillas con el tiempo.

Colin asintió, como si aquello fuese exactamente lo que esperaba oír. Y ahora que finalmente Lissa le había dado lo que quería, él le daría a ella lo que más necesitaba. Cortó las ataduras que mantenían sus muñecas prisioneras y la puso rápidamente sobre sus rodillas, con el culo preparado y esperando el contacto con su mano. Se había movido con tanta rapidez que Lissa no había tenido tiempo de quejarse, aunque, si estaba en lo cierto, posiblemente tampoco quisiese protestar.

Inmóvil sobre el regazo de Colin, su mente se había quedado en blanco. Lo único que era capaz de entender era lo siguiente: Colin iba a darle unos azotes. Aquel pensamiento irrumpió de pronto a través de su conciencia, del mismo modo que la mano de él entró en contacto con la piel desnuda de su culo. Iba a azotarla, y era precisamente eso lo que iba a hacer que se corriera.

Capítulo cinco

Colin siguió acariciando suavemente a Lissa a través de la falda. Le gustaba la sensación de provocarla en aquel abarrotado vagón de metro, notando el traqueteo mientras avanzaban bajo la superficie y con la sensación de estar haciendo algo indecente en público. Su pene erecto tensaba la tela del pantalón, pero él trató de ignorarlo. Posponer el momento en que finalmente le haría el amor a Lissa era uno de sus placeres favoritos. De este modo, los preliminares podían durar horas, incluso días. Aquella noche, sin embargo, había planeado ocuparse tanto de sus propias necesidades como de las de ella antes de que amaneciese.

Miró a Lissa y vio que tenía los ojos cerrados y que se mordía el labio inferior. Estaba tan caliente como él. Para él, la excitación nacía del hecho de que ambos estaban en medio de un vagón lleno de pasajeros y que aquellas personas no tenían ni idea de lo que estaba ocurriendo justo delante de sus narices. La mayoría no conocían el mundo que los rodeaba. Y era triste, se dijo Colin, vivir la vida en semejante estado de inconsciencia, aunque en el fondo a él le beneficiase.

Faltaban aún dos paradas. Durante unos minutos Colin se permitió el placer decadente de recordar aquel primer logro con Lissa.

Descubrir si realmente eran compatibles fue un momento crucial para él. Las palabras de Lissa, pronunciadas en voz queda, con un matiz de miedo, le habían convencido.

Estaba claro que la fantasía que le había contado apenas había despertado el interés de Colin. Follar en público era fantástico, eso era evidente, algo con lo que él mismo disfrutaba, pero tampoco era nada innovador. Muchas personas compartían esa misma fantasía. Sólo había que abrir una revista que contuviera las más íntimas confesiones de sus lectores para comprobar que muchos de ellos soñaban con hacerlo en público. No, lo que más le había gustado de la fantasía de Lissa era que se había masturbado pensando en ella mientras su compañera de habitación dormía plácidamente a tan sólo unos metros de su cama. Aquello significaba que su nueva compañera de juegos había sido incapaz de controlar sus impulsos y, para él, eso era indicativo de que perseguía sus deseos. ¿Qué hubiera pasado si la compañera de habitación se hubiese despertado y hubiese visto lo que Lissa estaba haciendo? No parecía el tipo de chica que albergara necesidades sexuales tan urgentes, y Colin disfrutó descubriendo aquel tipo de sexualidad bajo su apariencia de mujer formal.

Sabía lo difícil que era para ella expresar sus deseos en voz alta, pero el simple hecho de que los tuviera le llevó a imaginar posibilidades infinitas. Juntos podían conseguir que se dejara llevar por completo, y a ello la obligaba siempre que podía, como aquella noche en la cafetería en que le hizo hablar cuando ella se sentía incapaz de hacerlo y la presionó aunque ella pensara que había llegado al límite del precipicio.

Lo más importante era no tener prisa. La primera vez que la azotó trató de no ser demasiado severo. Quería introducirla en el mundo de los placeres que le esperaban en el futuro. No se trataba de asustarla, de hacer que huyera de él: dándole a probar las mieles del futuro sabía que la haría suya.

Los azotes habían sido casi rutina, como una definición de diccionario —un único golpe sobre la piel desnuda administrado con la mano—. Más adelante probarían con la pala, con el cinturón de cuero negro que tanto le gustaba, con la fusta. Había, sin embargo, algo sensual en la idea de piel contra piel, en notar el calor cada vez más intenso contra la palma de la mano.

Y, de hecho, cada nueva compañera de castigos aportaba algo nuevo a la experiencia. Con Lissa era la forma en que trataba de mantener el cuerpo rígido o cómo intentaba controlarse cuando la sensación de dolor empezaba a recorrer todo su cuerpo. Era aquélla una dulzura añadida que él no se esperaba. A algunas de sus amantes las tenía que sujetar, con firmeza, desde el primer momento. Así es como debía ser si querían que funcionase. Lissa parecía más preocupada en controlarse, en tratar de complacerle hasta el último momento.

No la había hecho llorar aún, lo cual había sido premeditado por su parte. Llorar en esa situación implicaba una sensación de liberación muy especial. Y, aunque deseaba que llegara el día en que viera su precioso rostro cubierto por las lágrimas, había decidido reservar el momento para más adelante, cuando estuvieran de vuelta en Londres. En Fráncfort se había limitado a abrirle el apetito para el festín de placeres que los esperaba.

Cuando llegaron a la siguiente parada, Colin supo que Lissa estaba a punto de correrse. Perfecto. Así estaría aún más hambrienta para lo que había planeado para la noche. Sin decirle nada, cogió su mano y la guió fuera del vagón y por las escaleras de cemento hacia la luz.

Capítulo seis

Lissa se estremeció. La temperatura dentro del apartamento parecía aún más baja que la del exterior. Al avanzar por el pasillo en dirección a la sala de estar, supo por qué. Colin había dejado las ventanas abiertas, y las delicadas cortinas de color blanco ondeaban dentro de la estancia empujadas por la brisa. La lluvia ya había cesado, pero a pesar de ello el agua brillaba en el alféizar y sobre el suelo de madera en el que se había formado un pequeño charco plateado. Era como un diminuto estanque que hubiese manado en medio del apartamento, y a Lissa le recordó una de las pinturas de Parrish que había visto aquella tarde en la cafetería.

Se quitó el abrigo, lo colgó en el armario y luego se dirigió hacia las ventanas para cerrarlas. Colin la detuvo.

—Déjalas abiertas.

Estuvo a punto de preguntarle por qué, pero se contuvo antes de que las palabras llegasen a sus labios. A Colin no le gustaba que le hicieran demasiadas preguntas. Siempre le decía que le daría respuestas cuando estuviese preparado, si es que para entonces ella no las había encontrado por sí misma. «Eres una chica lista —le decía siempre—. En seguida lo entenderás todo. Y si no, te daré una pista.» Sus pistas no solían ser agradables porque siempre comportaban algún tipo de dolor. Claro que, pensó Lissa, acababa de descubrir su afinidad con el dolor, de modo que en cierta manera sí eran agradables.

Ahora, viendo cómo arrastraba una pesada silla de piel hasta el centro de la habitación, pudo responder a la pregunta por sí misma. Varias de las plantas del edificio que había al otro lado de la calle eran oficinas. En la que quedaba justo al mismo nivel que la suya había una sala de reuniones, con un moderno ventanal de cristal justo enfrente de la ventana abierta. Mientras le observaba, Colin descorrió las cortinas para que todo el que estuviera en aquel momento en la oficina tuviera una vista perfecta de la sala de estar. La sala de reuniones estaba vacía, pero ¿por cuánto tiempo? En aquella empresa —recién establecida y dedicada a algún producto de Internet—, a menudo se celebraban reuniones hasta altas horas de la noche. Colin no le permitió seguir absorta en aquel pensamiento. Con sólo una mirada en su dirección, le dijo:

—Ve a buscar la pala, Lissa.

Ella se movió sin apenas pensar en lo que hacía, siguiendo la orden como un autómata. Agradeció el hecho de que sus manos y sus pies aún se moviesen, mientras que su mente permanecía totalmente en blanco. Era como si se activase un piloto automático en su mente. Podía hacer que su cuerpo avanzara por el pasillo hasta el cajón de la habitación en el que Colin guardaba sus juguetes. Luego le ordenaba que volviera, los tacones repiqueteando contra el suelo de madera, para entregarle la pala y esperar la siguiente orden.

Pero esa nueva orden no llegó. En su lugar, Colin tomó asiento en la silla —escogida por su robustez y por no tener brazos— e hizo que Lissa se colocara sobre sus rodillas. No le dijo que se desnudara primero, no le pidió que se quitara las medias o la ropa interior. Lissa sabía que él disfrutaba teniéndola en ascuas. Su cerebro trataba de procesar lo que estaba ocurriendo, pero su corazón latía con tanta fuerza en sus oídos que se sintió confundida. En realidad, no es que hubiese mucha información que procesar. Colin iba a propinarle una azotaina.

E iba a ser doloroso.

El tacto de sus manos bajo la falda la hizo estremecer. Avanzó por debajo de la apretada tela hasta llegar a la cintura de sus braguitas de color azul cobalto. Tiró de ellas con fuerza hasta que se deslizaron por sus piernas y quedaron colgando de los tobillos. Llevaba medias de color gris perla y un liguero a juego, como Colin siempre le exigía, pues eran mucho más prácticas para sus intenciones. Las braguitas se deslizaron por encima del liguero, de modo que dejó las medias en aquellas esbeltas piernas. Tiró de la rica tela de la falda hasta que ésta estuvo enrollada alrededor de su cadera, revelando su precioso trasero, perfectamente enmarcado por el encaje gris del liguero, perfectamente enmarcado para la pala.

Habían comprado aquella lencería los dos juntos. Colin escogió diferentes conjuntos y luego Lissa fingió un desfile de modelos para él en los probadores. Con cada cambio de vestuario, ella se excitaba más y más, cubriéndose con aquellas prendas que en el pasado habría rechazado por demasiado frívolas. Ahora entendía el atractivo que ejercían sobre los hombres. ¿Quién podía no sentirse deseada llevando semejantes modelitos —saltos de cama casi transparentes fabricados en marabú, ligueros cubiertos de cintas de satén, medias con tiras de encaje— que sólo a un amante le estaría permitido ver?

A pesar de que no se permitía el acceso de hombres a la parte trasera de la tienda, donde estaban los probadores, el dueño había hecho una excepción con Colin por ser uno de sus mejores clientes. Lissa se quedó pálida al ver la suma que se acababan de gastar en toda aquella lencería, transformando mentalmente las libras en dólares. Colin, sin embargo, pareció no darle importancia.

Ahora, boca abajo sobre su regazo y llevando el liguero de color gris perla, Lissa pensó que había un momento, justo antes de que la golpeara, que siempre le parecía peor que el propio azote. La espera. Sabía de qué se trataba, lo entendía, pero nunca conseguiría acostumbrarse a ello. Pensar en el dolor le hacía sopesar la posibilidad de pedirle, de suplicarle, que la perdonara. Pero ¿qué había que perdonar? No había cometido una indiscreción o un error, ni siquiera había dado un paso en falso. Todo se reducía al placer que Colin sentía al darle unos azotes, a que él se ponía cachondo y ella mojaba las bragas, y por mucho que implorara no conseguiría cambiar nada.

Como siempre ocurría, algo en su mente cambió con el primer golpe. La expectativa, la anticipación no eran nada comparadas con el azote en sí mismo. El escozor que la pala dejó sobre su piel hizo que sus ojos se inundaran de lágrimas. Aquello era mucho, mucho peor que la espera. Ésos eran los pensamientos que se repetían en su mente, una y otra vez, cada vez que Colin la azotaba, aunque él siempre era capaz de desintegrarlos con otro golpe, y otro, y otro, cayendo primero sobre la nalga derecha y luego sobre la izquierda.

Lissa empezó a retorcerse. Colin la retuvo aprisionando sus piernas entre las suyas, fuertes y poderosas. La sujetó mejor por la cintura y comenzó a golpearla aún con más fuerza. Se había colocado de cara al edificio de oficinas y le dijo a Lissa que mantuviera la cabeza agachada, que no apartase la vista del suelo de madera, mientras él le describía lo que ocurría en la sala de reuniones, justo al otro lado de la calle.

—Que tú no puedas verlos no significa que ellos no puedan verte a ti —dijo Colin entre azote y azote—. Eres tan bonita que los cuatro ejecutivos que acaban de llegar no pueden creerse su suerte. Ah, espera —le dio tres azotes seguidos y luego continuó—, se acaba de unir a ellos una pelirroja adorable. Parece bastante joven. Te está mirando, Lissa. Apuesto a que le gustaría estar aquí, junto a ti, tal vez incluso hacer cola esperando su turno.

Lissa imaginó la escena en su cabeza: los hombres colocando las sillas frente a la ventana para poder ver el espectáculo; la chica, delgada como un pajarillo, temblando detrás de ellos. Añadió detalles a la imagen, puso sobre el cuerpo de aquella desconocida un elegante traje de color azul claro que le quedaba precioso bajo la corta melena caoba. A los hombres los imaginó altos y atléticos (fanáticos del deporte, sin duda) y no los típicos ejecutivos gordinflones y de mediana edad que podrían estar allí, sentados, viendo cómo recibía aquellos azotes. Casi se rió de sí misma ante la estupidez de aquella imagen mental. Colin, mientras tanto, le estaba infligiendo demasiado dolor como para que le quedaran ganas de emitir la más leve de las carcajadas.

—La chica parece sentir pena por ti —dijo, describiendo la escena mientras descansaba después de una
serie de golpes—. Seguramente sabe qué se siente. Me
apuesto lo que quieras a que ha estado sobre el regazo de alguno de sus robustos novios para recibir una
buena azotaina en el culo. Es evidente por cómo re-
tuerce las piernas cada vez que te golpeo. Seguramente se resiste tanto como tú.

Aquella historia, urdida de la nada, no era más que
una invención. La oficina al otro lado de la calle seguía
vacía. Sin embargo, no importaba que las palabras de
Colin fuesen ciertas o no, porque para Lissa lo eran.

—Eres una chica mala —le dijo, sin poder reprimir
una sonrisa al oír cómo Lissa retenía el aliento ante sus
palabras. No tenía ni voz ni voto y tampoco forma de
hacer que se detuviese—. Muy, muy mala, Lissa. Ojalá
pudieses ver cómo nos observa la pelirroja. —Dudó un
instante—. ¿Sabes?, creo que me equivocaba con ella.
No es el tipo de chica que haría cola para ponerse sobre mis rodillas. —Se detuvo de nuevo—. Por la mirada hambrienta de sus ojos, creo que esperaría para te-
nerte a ti sobre sus rodillas. Parece fuerte. Podría ma-
nejarte. No siente la más mínima pena por ti.

A Lissa no le importaba. Sentía suficiente pena por
sí misma. Las lágrimas le recorrían la cara en dos sur-
cos paralelos. Había conseguido contener los sollozos,
pero las lágrimas se precipitaban sobre la madera.
Pensó que tal vez Colin las oía, entre golpe y golpe,
caer y estallar contra el suelo. Pequeños y melancóli-
cos tintineos sobre la dura madera.

Se preguntó si la haría llorar hasta formar un pequeño charco antes de acabar con ella.

Capítulo siete

Colin era capaz de imaginar la expresión en la cara de Lissa incluso cuando lo único que podía ver era su alborotada melena rubia. La transformación era de una belleza increíble, la forma en que su rostro cambiaba con la primera chispa de dolor. Sus ojos se volvían cálidos, como si dentro de ellos ardiese una fuente de calor mágica. El labio inferior se adelantaba formando un puchero, y Colin deseaba poder morderlo. Fuerte.

No sin esfuerzo, detuvo los azotes de nuevo el tiempo justo para permitirse admirar su belleza al completo. Mientras disfrutaba de la visión del trasero de Lissa, tuvo, sin saberlo, exactamente los mismos pensamientos que ella había considerado tan sólo unos segundos antes. ¿Qué era mejor, la expectación de lo que estaba a punto de ocurrir o el hecho en sí mismo? Antes de una de sus sesiones, Colin siempre se sentía como un niño en la mañana del día de Navidad, deseando saber qué le ha traído Papá Noel. ¿Sería carbón o tal vez una montaña de juguetes? O mejor aún, una mujer traviesa para tumbarla sobre sus rodillas y atormentarla.

A veces, cuando Lissa suplicaba, a Colin se le ponía aún más dura que con los azotes. Escuchar todas aquellas excusas mientras golpeaba la pala de cuero contra la palma de la mano era casi más dulce que colocarla sobre su regazo y golpearla con aquel instrumento de tortura. Pero al final, como siempre ocurría, acababa decidiendo que prefería los azotes. Le gustaba el color que la pala dejaba sobre la pálida piel de Lissa, un matiz rosa intenso que se oscurecía en aquellas zonas en las que golpeaba más repetidamente.

Pero ya era hora de volver al trabajo que tenía entre manos. Colin le dio una serie de azotes fuertes y rápidos. El sonido era como el de un aplauso, agradable tanto por el ritmo como por el volumen. Aquella noche había decidido utilizar una pala comprada en un viaje a Amsterdam, después de visitar unos cuantos sex-shops antes de encontrar un ejemplar que fuera de su agrado. La pala tenía el peso exacto y, a diferencia de otros artículos más baratos que había visto en las tiendas, podía golpear con ella durante mucho tiempo sin provocar ninguna herida en la piel. No era su intención hacerle daño. Aunque él fuera el que la castigaba, era al mismo tiempo su protector.

De pronto Lissa se retorció en su regazo, golpeándole entre las piernas y haciendo que tuviese que reprimir un gemido de dolor. Debía evitar por todos los medios que supiera cuánto poder tenía sobre él. Al fin y al cabo, él era el dominante en aquella relación y era su obligación que todo saliera bien.

—Estate quieta —le dijo, sujetándola con más fuerza. Le gustaba, sin embargo, la forma en que las caderas de Lissa se frotaban contra su entrepierna. Unos cuantos azotes más y estaría listo para follársela. Preparó la pala de nuevo, pero detuvo el movimiento en el aire. Tenía un culo perfecto. Los colores que él mismo había creado en él iban ahora del rosa al morado.

Colocó una mano sobre las nalgas para sentir el calor. Una vez hubiese acabado con ella, lo pasaría mal cada vez que se sentara.

No importaba.

Según sus planes para aquella noche, Lissa tendría que estar de pie.

Capítulo ocho

De pie, sobre unos tacones del charol más brillante que hubiese visto en su vida, Lissa se mantenía erguida gracias a una gruesa cadena de metal unida a las esposas que le aprisionaban las muñecas. Colin había enganchado la cadena a una argolla que colgaba del techo para tal propósito. Le costaba mantenerse en pie, sujeta como estaba por las muñecas y ligeramente temblorosa sobre aquellos tacones de aguja. La cadena había sido comprada en una ferretería normal y corriente, pero las esposas eran especiales, de las que Colin se había enamorado una vez en Nueva York.

Durante aquel viaje, uno de los dos que le habían separado de Lissa, se dio cuenta de cuán ligado se sentía a ella. Había pasado aquellos días echándola de menos, planeando qué le haría cuando regresara y llamándola a horas intempestivas empujado por la necesidad de oír su voz. Después de comprar las esposas, se puso una en su propia muñeca y luego se masturbó mientras Lissa le describía por teléfono cómo había sido la primera vez que la azotó en público. Las esposas le habían costado casi tanto como las dos noches en aquel hotel de lujo, pero a él no le importaba derrochar el dinero. Sólo tuvo que imaginar a Lissa con el metal alrededor de las muñecas para que todo valiese la pena.

Ahora Colin estaba sentado en la mesa, frente a ella, con un enorme álbum de fotos entre las manos. Una venda mantenía a Lissa en tinieblas, literalmente, pero él le describía con todo lujo de detalles lo que estaba viendo.

—A ti —le dijo—. Tengo aquí una preciosa foto tuya en esa misma postura.

Lissa trató de entender lo que Colin le decía. La mordaza, en forma de bola roja, le impedía hacer cualquier pregunta y, con ello, le evitaba recibir otra azotaina. Se lo explicaría todo, seguro. Sin embargo, no podía dejar de preguntarse qué quería decir con aquellas palabras. Sin contar unas cuantas fotos eróticas que se había hecho con su novio Beau mucho antes de estar casada, nunca había posado desnuda para una cámara. Y aquellas imágenes no eran nada en comparación con la posición en la que Colin la tenía; eran simples desnudos que entonces le habían parecido increíblemente eróticos, pero que ahora resultaban menos reveladores que el desplegable de la revista *Playboy*.

No podía imaginarse a sí misma siendo atada por Marcus. Él nunca tenía tiempo para aquel tipo de cosas. Le gustaba estar siempre en movimiento, listo para lo que pudiese venir. Nunca quería hacer el amor con ella los sábados o los domingos por la mañana porque siempre había quedado con alguien para jugar a *racquetball* y quería estar en forma. «El sexo me vuelve lento —le dijo una vez después de que ella le insistiese—. Me pasaré toda la mañana pensando en nuestro revolcón matutino y la pelotita azul acabará dándome en la cabeza. Y tú no quieres ser responsable de la muerte de tu marido, ¿verdad?» No, no quería matarle. Sólo quería acostarse con él. Por la noche solía encontrar tiempo para ella, pero siempre en las mismas posturas: el misionero o de lado. Nunca nada más atrevido. Y aquél fue precisamente uno de los motivos por los que Lissa quiso separarse de él. De alguna forma sabía que había más vida —y más amor— más allá de las puertas de su dormitorio.

—El único problema es tu pelo —continuó Colin—. Mañana iremos a una tienda de pelucas y buscaremos una que te siente bien.

La venda desapareció de sus ojos y con ella todos los pensamientos sobre su antiguo compañero. Colin estaba de pie frente a ella, sosteniendo un grueso libro de fotografías de los cincuenta en el que aparecía Bettie Page en una postura similar a la suya, cautiva, maniatada. Mordaza de bola, felpa imitación de piel de leopardo y tacones. Lissa ya había visto aquel libro antes, en una tienda en Londres, con aquellas letras de color rosa en la portada y la imagen de Bettie en la playa. La colección de fotos le había parecido interesante, pero aun así no lo había comprado. Una parte de ella, la más pomposa, no lo consideraba un libro de arte. Ahora ya no estaba tan segura de ello.

—Mira —dijo Colin sonriendo—, podrías ser su hermana gemela.

Lissa no entendía nada. El sabor a goma que la mordaza había dejado en su boca era agrio y desagradable. Prefirió concentrarse en él. ¿Iba Colin a castigarla aún más de lo que ya lo había hecho? Todavía le escocía el culo, pero aún no lo habían hecho y normalmente él necesitaba azotarla para conseguir una erección. Era algo que había aprendido durante la primera semana que pasaron juntos. El sexo entre ellos nunca era dulce, lo cual no dejaba de ser un alivio para Lissa. Ya había tenido suficientes caricias para el resto de sus días.

—Es para mi colección —continuó Colin—. Me gusta llevar el arte a la vida real.

Lissa le miró fijamente, interrogándole. Estaba hablando de algo que le interesaba. El arte era una parte fundamental de su mundo. Siempre era capaz de encontrar una obra que representara cada una de las etapas de su vida. Y no importaba si estaba feliz o triste, enfadada, furiosa o excitada. Siempre había una escultura, una pintura, un *collage*, una colección, que expresara sus emociones. ¿Sentiría Colin lo mismo?

—Tienes preguntas que hacerme —dijo Colin, aún con una sonrisa en los labios—. Siempre las noto. Brillan en tus ojos, sin respuesta. Pero si te portas bien y te las guardas para ti misma, como una niña buena, te quitaré la mordaza. Me gustan más las preciosas líneas de tu boca sin ella.

Asintió para hacerle saber que obedecería. Colin le quitó la mordaza y la dejó sobre la mesa, brillante junto al libro de fotos. Toda la colección estaba dedicada a Bettie Page, ahora lo veía claramente. De modo que el comentario sobre la peluca significaba que le compraría una de pelo oscuro. Una melena larga y morena cayendo en cascada sobre su espalda desnuda. La imagen se formó rápidamente en su cabeza. Pero ¿por qué?

Colin la dejó con los brazos por encima de la cabeza. Lissa, demasiado concentrada en lo que él hacía, casi había olvidado la extraña postura de su cuerpo. Acercó el libro hacia ella y empezó a pasar las páginas.

—¿Ves estas posturas? —dijo Colin señalando varias, todas ellas con Bettie esclavizada de una u otra forma—. Quiero recrearlas. Te pareces bastante a Bettie, excepto por el pelo, como ya he dicho. He pensado que me gustaría fotografiarte en cada una de estas posturas.

Sus dedos señalaron las distintas imágenes. Bettie atada a un árbol. Bettie vestida como una esclava sexual y sonriendo a la cámara. Bettie desnuda, con esposas alrededor de sus muñecas, mirando hacia la cámara con insolencia. Colin continuó pasando páginas hasta llegar a una imagen en la que Bettie aparecía sobre las rodillas de otra mujer. Lissa tragó saliva y se sonrojó. Él la observó atentamente, y la expresión en su cara le hizo reír. Era una mezcla entre miedo y deseo, ambas emociones enfrentadas en dura batalla. Tenía los ojos muy abiertos, como si le asustara aquella idea. Su boca estaba entreabierta ante la perspectiva de dejarse caer sobre las rodillas de otra mujer.

—Todas —dijo Colin de nuevo, enfatizando la palabra—. Buscaré otra chica, una que sea apropiada, y empezaremos por esta foto.

Por supuesto que le haría empezar por la más difícil. Siempre la ponía a prueba. Pero cuanto más fallaba en aquellos exámenes, más parecía aprobarlos. Aquello la confundía porque no tenía sentido alguno. Aun así sabía que Colin disfrutaba viendo cómo ella se tambaleaba, cómo las lágrimas se formaban en sus ojos y se deslizaban por sus mejillas. Si lo hacía todo bien, entonces no tenía motivos para castigarla. Y en ese caso, ¿dónde estarían entonces?

Lissa fijó la vista primero en el libro y después en la cara de Colin. Luego bajó la cabeza. Los músculos de los brazos empezaban a dolerle.

—Tan sólo unos minutos más —dijo él, desabrochando el botón de sus pantalones y dejando su pene al descubierto. Estaba duro. Lo acarició descuidadamente con una mano mientras continuaba explicándole sus planes—. Quiero ver esa preciosa expresión de tortura en tu rostro mientras me masturbo.

No iba a dejar que ella se corriese, no aquella noche. Ella le miró con ojos de animal indefenso, lo más parecido a una súplica que era capaz de aparentar después de la ferocidad de aquella noche de azotes, pero él se limitó a darle un tortazo y empezó a mover la mano con más velocidad.

—La vida imita al arte —le dijo dulcemente, mientras su mano se agitaba con movimientos rítmicos arriba y abajo, sus ojos fijos en el rostro de Lissa—. Recuérdalo —continuó, sonriendo—. Es de las preguntas que seguro que se repiten más adelante.

Colin había planeado para aquella noche ocuparse únicamente de sus propias necesidades, dejar a Lissa pidiendo más.

Pero ella parecía derrotada y él se sentía generoso, de modo que se colocó detrás de ella y le quitó la poca tela que le cubría el cuerpo deslizándola más allá de la cintura. Así podría penetrarla desde atrás. La sujetó con fuerza. Su cuerpo, flexible y turgente, se retorció bajo la fuerza de sus manos. Sus muñecas seguían encadenadas y estuvo a punto de perder el equilibrio montada sobre aquellos tacones. Colin deslizó el miembro entre los muslos de Lissa sin encontrar oposición y la penetró, dándole así lo que ella más ansiaba.

La había depilado por completo con sus propias manos aquella misma mañana, de modo que sintió el suave tacto de su piel desnuda contra la suya mientras introducía el pene entre los labios de su sexo. La recordó en el suelo del lavabo, desnuda sobre la alfombrilla de la ducha, mientras él pasaba lentamente la cuchilla por aquella piel tan delicada. Mientras la afeitaba, ella había ido poniéndose más y más caliente, y su propio lubricante se había mezclado con la espuma de afeitar.

—Te gusta —le había dicho—, estás toda mojada —y ella simplemente había suspirado, incapaz de decir una sola palabra.

La había acariciado con la brocha de afeitar, haciéndole cosquillas en los labios internos con ella, para luego separarlos con dos dedos y deslizar la brocha arriba y abajo sobre el clítoris, hasta que alcanzó el clímax. Ahora estaba recogiendo los frutos de la aventura de aquella mañana. Su piel era tan suave que era casi como frotarse contra una rica tela, convirtiéndola en un envoltorio hecho de seda o satén.

Mientras follaban, se perdió en pensamientos sobre lo decadente de aquel trato, en el que tenía una modelo a su entera disposición para vestirla, atormentarla, hacerle el amor como y cuando quisiera. Y además era perfecto que a ella le gustaran las mismas cosas. Ninguna de sus otras amantes se había adaptado con tanta precisión a él, a sus necesidades, a sus fantasías. A los pensamientos oscuros y retorcidos que le catapultaban al orgasmo. Lissa, en cambio, era como él. Aun cuando ella ni siquiera lo sabía.

Y cuando le comprara la peluca, cuando la convirtiese en aquella belleza, en su propia creación… Joder, no podía ni imaginar cuánto disfrutaría de ello.

La fuerza de los empujones de Colin hizo que Lissa estuviese a punto de perder el equilibrio, y él no hizo nada para ayudarla. En vez de eso, dejó que sintiera que se iba a caer, hasta que sus muñecas tensaron la cadena al máximo. Su cuerpo se retorció en el aire y una exclamación de terror escapó de entre sus labios. En ese momento Colin la sujetó de la cintura con una mano para estabilizarla. Luego penetró de nuevo en su cuerpo, muy adentro, para que sintiese la envergadura de su pene en su interior, presionando todos aquellos lugares sagrados. La provocó sin descanso, acariciándola por dentro y por fuera, antes de darle tan sólo la punta de su miembro. Lo meció contra la boca de su vagina hasta que Lissa suplicó más. Quería que le pidiera, que le rogara que la hiciese suya. Cuando lo hiciera, podría follarla sin parar, penetrarla con tanta fuerza que sentiría sus pelotas golpear su dulce piel.

Con sólo la punta de su miembro dentro, Lissa no tenía suficiente, necesitaba más, y Colin se sintió triunfante cuando los quejidos se volvieron gemidos de placer.

Sabía cómo ser dulce. A su propia manera, eso sí, pero sabía cómo hacerlo.

LIBRO SEGUNDO

EL CÓMPLICE

El arte es cómplice del amor.
Sin amor ya no hay arte.

REMY DE GOURMONT

Capítulo nueve

El mecenas recibió las primeras fotografías por correo aéreo. Sabía lo que eran, había estado esperando su llegada con impaciencia, y aun así dejó a un lado aquel sobre de entre todo el correo para abrirlo el último. Observó el envoltorio marrón con la dirección elegantemente escrita a mano y decidió tomar una copa antes, un buen trago de algo, antes de descubrir los misterios que se escondían dentro de aquel sobre acolchado.

Buscó entre las bebidas del mueble bar algo que valiese la pena. Había vino tinto, Amaretto, Campari. Pero no le apetecían. Quería algo que le adormeciese, que le llevara lejos de allí. Encontró una botella de whisky de dieciocho años regalo de algún cliente satisfecho. Aquello era exactamente lo que necesitaba. Saber qué podía esperar de aquel sobre hizo que de algún modo fuese aún más difícil encontrar el valor para abrirlo. Hubiese pensado que lo contrario podría ser igualmente cierto.

Tomó una primera copa, y luego una segunda. Tras caminar arriba y abajo por la oficina hasta que pudo ver las marcas de sus zapatos de piel sobre la gruesa alfombra de color rojo, finalmente cogió el abrecartas. Le dio la vuelta al sobre y vio que en la solapa, en grandes letras legras, el remitente había escrito «EL AR-

TE ES VISIÓN». No se molestó en pensar qué querría decir aquello. Rompió el sello y vació el contenido sobre la mesa.

Y allí estaba ella.

Bella, como Colin había prometido que sería. Deslumbrante, vestida con un diminuto conjunto que parecía haber sido creado pensando en ella. Sus pechos, aunque pequeños, eran maduros y turgentes, realzados aún más gracias al sujetador. Era aquél un artilugio ingenioso, con aberturas para los pezones. No pudo evitar imaginarse a sí mismo chupando de ellos, atrayendo el cuerpo de aquella mujer hacia el suyo y cerrando los labios alrededor del pezón derecho primero, del izquierdo después, lamiendo la piel de alrededor lentamente, con la punta de la lengua, antes de atraerlos hacia su boca y chupar. Los mantendría firmes, erectos, como si fuesen pequeñas joyas. Los pellizcaría con los dientes hasta hacerla gemir.

A pesar de que la foto era en blanco y negro, imaginó el color rosado de su carne. En la segunda imagen, el culo aparecía enfocado hacia la cámara; creyó distinguir las líneas carmesíes que cubrían sus nalgas y sus muslos.

Había sido una chica mala, seguro. Justo como Colin había dicho.

Su pene cobró vida dentro de los anchos confines de sus bóxers de seda color ébano. Pensó en procurarse alivio, extendiendo las fotos boca arriba sobre la pesada mesa de roble, con el miembro en una mano. Podía visualizar la imagen fácilmente, su semen sobre la brillante superficie de las fotos, que más tarde quemaría con ayuda de su antiguo encendedor de plata. Pero aquello no era lo que realmente quería, ¿o tal vez sí? ¿Una fiesta en solitario? No. No era lo que tenía en mente.

Colocó las fotos sobre la mesa. Quedaban muchas dentro del sobre, junto con una carta de Colin escrita a mano. El mecenas registró aquel detalle, pero no hizo ningún movimiento para sacar el resto de las fotos. Tendría tiempo suficiente para ello más adelante. Por ahora lo que necesitaba era otra copa.

Y la necesitaba ya.

Capítulo diez

Era un sueño. Tenía que serlo. Lissa lo sabía, pero no hizo nada por despertarse. Estaba atada a una cama, con las muñecas sujetas por encima de la cabeza, pero esta vez sin esposas. Había algo contra su carne, algo metálico y frío. Trató de averiguar qué era, pero se dio cuenta de que su visión estaba bloqueada.

No, no era un sueño. Estaba despierta. Podía oler la loción de afeitado de Colin, un perfume exótico y especiado, y también sentía sus ojos fijos en ella, observándola. Muy despacio, volvió la cara hacia la ventana y notó la luz que entraba a través de las cortinas. Desde luego, aquello no era un sueño, y tampoco sabía exactamente qué estaba pasando.

—Es hora de despertarse, Bella Durmiente —dijo Colin con suavidad.

Sus dedos liberaron las muñecas de Lissa y deambularon sobre su piel desnuda, a lo largo de los costados y luego hacia los pechos. Allí era donde había notado la sensación de frío, la que la había despertado de su sueño. De pronto las cortinas se abrieron de par en par y Lissa tuvo que parpadear rápidamente hasta que sus ojos se acostumbraron a la luz. Colin estaba sentado en el borde de la cama y la miraba con una extraña expresión en la cara. Lissa bajó la mirada para encontrar la respuesta al misterio del frío y descubrió que él le había colocado unas pequeñas pinzas plateadas en los pezones. Una fina cadena unía las dos pinzas. Colin la tenía sujeta entre dos dedos y tiraba de ella con cuidado.

—¿Te gustan? —preguntó, tirando todavía del diminuto cordón de metal.

¿Cómo podía no haberse despertado mientras le colocaba aquel artilugio? Los últimos días habían sido un torbellino de actividad. Después de la primera sesión de fotos, la había llevado, tal y como le había prometido, a una tienda de pelucas, donde habían comprado varios modelos distintos. Más tarde habían venido toda una serie de actividades intensamente planeadas, cada una de ellas impulsada por el deseo de Colin de unir el arte con la vida real. A pesar de que no había introducido a otra chica en la relación, juntos recrearon varias de las fotografías del libro de Bettie Page. A esas alturas no debería sorprenderse por nada que Colin hiciera. Aun así…

—Contesta, Lissa, ¿te gustan?

Asintió con la cabeza, porque, aunque nunca antes hubiese contemplado la posibilidad de utilizar aquellas pinzas, o no se hubiese preguntado cómo sería llevarlas o si disfrutaría con ellas puestas, su cuerpo estaba respondiendo como siempre le ocurría ante las propuestas sexuales de Colin. Estaba mojada, lo notaba en sus labios internos. Si él hubiese levantado las sábanas de algodón para escabullirse entre sus piernas, podría haber saboreado su esencia entre sus muslos.

¿Lo haría?

Arqueó la cadera contra la sábana, suplicando en silencio con su cuerpo para que le diese alivio. De algún modo sabía por la mirada de Colin que no lo haría. Aquél no era más que el primer paso en otro de sus elaborados planes.

—Me encanta que así sea —continuó él mientras se ponía de pie y empezaba a vestirse—. Porque quiero que las lleves todo el día.

«No puede estar hablando en serio», pensó Lissa, aturdida. Y un segundo después, con la misma rapidez, entendió que por supuesto sí que hablaba en serio. Colin nunca bromeaba con cosas como aquélla. Las pinzas tenían un dispositivo para apretarlas, como el de los pendientes antiguos que ella usaba para disfrazarse cuando era pequeña. Colin lo había apretado lo suficiente como para que se mantuviese firme pero no resultara doloroso. Sí, podía llevarlas. Pero ¿cómo conseguiría concentrarse en el trabajo?

—Nos vemos en el museo —dijo Colin.

Conocía a la perfección sus horarios, sabía exactamente dónde tenía planeado pasar el día. Lissa le observó mientras se abrochaba los botones de la camisa azul, se colocaba su corbata favorita, una de color azul marino con un discreto toque de brillo, antes de buscar en la pequeña caja de cuero del tocador un alfiler para la corbata. Adoraba mirarle mientras se vestía. Tenía un sentido del estilo que nunca variaba. Incluso cuando utilizaba ropa informal, había algo en su apariencia, una pincelada de auténtica clase, que no se encontraba en demasiados hombres.

—Lavabos de la tercera planta.

Se ajustó el cinturón negro de piel sin mirarla, y Lissa se puso colorada al verle acariciar la hebilla plateada. Era un gesto casi inconsciente por su parte, suficiente para despertar todo tipo de emociones en ella.

Conocía el tacto de aquel cuero contra su piel. No lo había utilizado con ella demasiado a menudo, pero las pocas veces que lo había hecho las marcas no habían aparecido en su cuerpo, sino en su mente.

—A la una en punto —repitió—. Y espero que sigan en su sitio.

Asintió mientras él salía por la puerta. Se quedó en la cama, inmóvil, escuchando sus movimientos en el despacho que tenía en la habitación contigua. Estaba comprobando su correo electrónico. Podía oír el zumbido del módem y luego el sonido de sus dedos sobre el teclado mientras escribía una contestación. Luego, cuando Colin se despidió de ella y cerró la puerta del apartamento, se levantó de la cama y abrió el cajón de la ropa interior para vestirse. El peso de las pinzas en sus pezones no le dejaba pensar en nada, y el sonido de la minúscula cadena era como música para sus oídos.

¿Cómo se las arreglaría para llevarlas todo el día? No lo haría. Las metería en el bolso y luego se las pondría de nuevo justo antes de encontrarse con Colin. Se dispuso a quitárselas con una mano, pero se detuvo. Él se daría cuenta. De algún modo sabría lo que había hecho, estaba segura. Se sentó en el borde de la cama, pensativa. De nuevo sus dedos se dirigieron hacia las pinzas, pero esta vez para apretar las tuercas un poco más.

Oh, Dios, cómo le gustaba. Se estiró sobre la cama deshecha y sus dedos se escabulleron rápidamente entre sus piernas. Sólo necesitaba unas cuantas caricias, certeras y calculadas, y llegaría al clímax. Se le daba especialmente bien. Sabía muy bien cómo tocarse para liberarse lo más rápidamente posible. Un círculo apretando, luego otro más suave, un movimiento rápido con el pulgar sobre el clítoris. Las puntas de sus dedos revolotearon con rapidez sobre los labios...

Pero entonces se detuvo de nuevo. Colin también se daría cuenta. Tenía un sexto sentido para aquellas cosas y, por la mirada que le había echado antes de irse, sabía que no le gustaría. ¿Acaso quería ella poner a prueba su ira? No, al menos hoy no. Respiró profundamente y luego se puso en pie, fue hasta el armario y buscó algo apropiado que ponerse. Haría lo que Colin le había pedido, llevaría las pinzas puestas todo el día. Y no se daría placer a sí misma sin pedir antes permiso. Sabía, eso sí, que aquélla sería una jornada de trabajo inútil.

No había forma de ponerse un sujetador encima de las pinzas, de modo que decidió prescindir de él. No tenía mucho pecho, pero se había acostumbrado a llevarlo. A pesar de que en un museo pudiera encontrarse arte vanguardista, muchos de sus empleados tendían a ser bastante conservadores. Lissa siempre se vestía con recato. La idea de estar desnuda bajo la blusa era nueva para ella, y al mismo tiempo excitante.

Después de revisar todo su vestuario, escogió una blusa que era lo bastante holgada como para que las pinzas no se marcasen. Se puso el liguero favorito de Colin, una falda negra y unos zapatos de tacón. Las pinzas en sus pezones hacían que se sintiera más sexy que nunca y, cuando se miró en el espejo justo antes de salir, vio aquel color en sus mejillas, el que únicamente aparecía después de hacer el amor.

No pudo quitarse a Colin de la cabeza en todo el trayecto hasta el museo. Una de las cosas que más le gus-

taban de él, pensó en el autobús, era que le hablaba.
Y lo hacía de verdad. Antes de separarse, Marcus parecía no tener nunca tiempo para mantener una conversación con ella, como si cinco años de matrimonio hubiesen acabado con toda necesidad de comunicación, hubiesen secado el pozo de la conversación trivial, o el de la educación, o lo que fuese que la gente hacía mientras desayunaba o en la sobremesa después de comer. En los meses anteriores a que Lissa le dejara había estado especialmente silencioso, a menos que tuviera algún fantástico caso nuevo que le apeteciera discutir.

Pero Colin parecía disfrutar hablando con ella. Después de pasar horas atormentándola con cualquiera de sus métodos, la liberaba, le apartaba el pelo de la cara y le daba un beso. Incluso con los ojos cerrados tras una venda, Lissa sabía que estaba pensando en algo. Y aquel algo, por norma general, la pillaba por sorpresa. Justo cuando estaba preparada para soportar otra diatriba sobre su mal comportamiento, sobre lo sucia y lo pecaminosa que era, él le hablaba sobre una nueva exposición en el Soho y le decía que tal vez deberían coger un avión a Nueva York e ir a verla.

La relación con Colin era más parecida a la que había tenido con su novio Beau, el hombre con el que había salido antes de Marcus. Beau tenía un lado salvaje que le recordaba al de Colin. Necesitaba poner a prueba los límites y, si podía, romperlos. Pero en aquel entonces Lissa no había estado preparada para él. Era demasiado joven para dejarse llevar, para disfrutar de las cosas que Beau sugería que hiciesen. Ahora sí estaba preparada.

Le encantaba acurrucarse en la cama con Colin y

ver la lluvia empapando las calles, o el amanecer, mientras hablaban de la obra de teatro que habían ido a ver la noche anterior, antes de llevarla de vuelta al apartamento para colgarla del techo y utilizar el cinturón para decorarle los muslos y las nalgas, con el pelo cayendo sobre su cara, sobre el suelo, con la extraña sensación de no pesar nada, deliciosa y terrorífica al mismo tiempo. Siempre la obligaba a aguantar en una posición más tiempo del que ella se creía capaz. Conocía sus límites y se negaba a aceptarlos. Y eso era exactamente lo que ella esperaba de él.

«Lo mejor de los dos mundos», pensó mientras recogía sus cosas y se preparaba para bajar del autobús en su parada. Al descender los escalones la cadena rebotó contra su piel y de pronto supo que estaba mojada de nuevo. Y que no sería capaz de aguantar tanto tiempo.

Capítulo once

Colin regresó de su reunión de la mañana un poco antes de mediodía. Se quitó la chaqueta y se dirigió a la otra habitación del apartamento, mucho más pequeña, donde había instalado un pequeño despacho. Encendió el ordenador y se aflojó el nudo de la corbata mientras esperaba a que la máquina se pusiera en funcionamiento. Quería releer uno de los *e-mails* del mecenas antes de encontrarse con Lissa en el museo.

La pantalla cobró vida y Colin presionó unas cuantas teclas con impaciencia para introducir su contraseña en el equipo. Tenía varios mensajes nuevos, pero los ignoró. En su lugar, abrió la carpeta donde guardaba el «correo antiguo» y leyó el último de AMANTE DEL ARTE con tanta concentración en su rostro que Lissa se hubiese asustado de verle.

Al mecenas le había gustado el primer envío de fotos, las imágenes de Lissa con las muñecas encadenadas al techo del apartamento, recreando viejas instantáneas de la famosa serie de Bettie Page realizada por Bunny Yeager. Ahora quería algo que demostrara que habían explorado el mundo exterior, pruebas de que Lissa estaba expandiendo sus horizontes, que no sólo podían jugar y divertirse en privado.

Aquello era parte de la misión que Colin debía

cumplir: investigar cuáles eran los pensamientos de Lissa, sus fantasías, sus experiencias. Y cuando AMANTE DEL ARTE le pedía algo, él se limitaba a entregárselo. Ése era el trato, y por alguna razón Colin disfrutaba con los encargos más que si tuviera una relación normal con Lissa. Tan «normal» al menos como cualquiera de sus relaciones pudiese ser. (Se preguntó qué significaba exactamente «normal». Seguro que no era el único que necesitaba juegos de dominación y sumisión para alcanzar el clímax. ¿O tal vez sí?) Le gustaba la intriga que suponía aquella tercera parte, aquel tercer sujeto involucrado en la relación. Y sus encargos conseguían que su mente y su líbido trabajaran a todas horas.

Hoy Colin había decidido llevar a Lissa al entorno en el que se sentía más a gusto: el mundo del arte. Sí, iba más allá de lo que el mecenas le había pedido, pero al fin y al cabo él siempre quería ser más que los demás.

Capítulo doce

Lissa se desperezó estirando los brazos por encima de la cabeza y miró el enorme reloj que colgaba de la pared de la biblioteca. Ya casi era la una. Su corazón empezó a latir con fuerza pensando en lo que le esperaba, pero se obligó a mantener la calma. Durante unos minutos, y sólo para demostrarse a sí misma que aún tenía el control sobre sus propios actos, continuó estudiando las notas que había esparcidas desordenadamente sobre la mesa.

¿A quién creía que estaba engañando?

Miró de nuevo el reloj y empezó a recoger los papeles. Sólo tenía cinco minutos para guardarlo todo y correr hasta los lavabos de la tercera planta. No tenía sentido hacer esperar a Colin y poner a prueba su ira.

La biblioteca estaba situada en la planta baja del museo y sólo tenían acceso a ella los empleados del edificio y aquellos que tuvieran un pase especial, como Lissa. Sobre la mesa descansaba un grueso libro de arte italiano abierto por la mitad. Lo cerró y lo colocó en una pila donde descansaban varias de las obras que llevaba toda la mañana tratando de leer. Tal y como había supuesto, prácticamente no había avanzado nada en su investigación, demasiado absorbida por Colin y sus planes.

Lissa había viajado a Londres para realizar la investigación de su nuevo libro, y para ello se había tomado un año sabático de su trabajo en el ART (el Instituto Tecnológico de Investigación Artística). Se dedicaba en cuerpo y alma al proyecto, un estudio sobre nuevos artistas emergentes y sus fuentes de inspiración clásicas. Se sometía a sí misma a una disciplina férrea. Dedicaba parte de su tiempo a visitar galerías y el resto lo invertía en museos y bibliotecas. Y es que no podía trabajar de otra manera, ya que si no planeaba su tiempo debidamente, el libro nunca vería la luz. Había demasiadas cosas en Londres, demasiados reclamos, con los que distraerse.

Como Colin.

Guardó los apuntes en su mochila de piel negra, mientras se regañaba por no haber aprovechado más la mañana. Aunque en realidad no había sido culpa suya, sino de Colin. Era él el que había monopolizado sus pensamientos mientras debería haber estado investigando sobre famosos pintores renacentistas. Normalmente, y a pesar del tiempo que pasaban juntos y de sus jueguecitos, el libro avanzaba a buen ritmo. Tal vez ayudase que su vida amorosa le resultara tan satisfactoria. Había descubierto que, mientras estaba en la biblioteca investigando, era capaz de desconectar de su lado más sexual. Casi siempre, al menos. Pero hoy sus intentos habían sido en vano. Las palabras se volvían borrosas ante sus ojos y las imágenes que conocía de memoria eran imposibles de descifrar.

Se pasó la mano por el pelo para poner orden en su rubia melena. El movimiento hizo que las pinzas se tensaran sobre sus pezones y un suspiro se escapara de entre sus labios sin poder hacer nada para evitarlo.

Avergonzada, recogió rápidamente la mochila. ¿Cómo había sabido Colin que le gustaría aquel nuevo juguetito? ¿Es que acaso aparentaba ser el tipo de mujer que disfrutaba llevando pinzas en los pezones? ¿O esposas, o cualquiera de los objetos que utilizaban cuando estaban juntos?

Salió de la sala principal de la biblioteca aún con aquellos pensamientos en su cabeza y empezó a subir las escaleras que llevaban a la segunda planta. Las obras que colgaban de las paredes del museo eran una selección de varios artistas locales. Lissa ya las había visto en su primera visita al museo y ahora pasó junto a ellas sin ni siquiera darse cuenta. En lugar de ello, vio su imagen reflejada en el cristal de una ventana y comprobó con alivio que parecía tranquila, como siempre. Nadie hubiese podido imaginar que sus bragas ya estaban empapadas sólo ante la idea de lo que Colin y ella estaban a punto de hacer.

Aunque en realidad no sabía qué había planeado Colin para ella. La infinidad de posibilidades era lo que más la excitaba. Con él había aprendido que cualquier cosa era posible. Y era importante no tratar nunca de adelantarse a sus planes. Siempre tenía la capacidad de sorprenderla.

Deslizó los dedos por la barandilla de madera de las escaleras mientras subía los peldaños que la llevarían a la tercera planta. Se cruzó con un trabajador del museo, que la saludó con un gesto de la cabeza. Ella le devolvió el saludo, aunque su mente estaba centrada en Colin. ¿Habría llegado ya? ¿La haría esperar, paseando arriba y abajo y deseando que nadie más entrase en los lavabos?

No. Lissa empujó la puerta de los servicios y le vio

allí, de pie, esperándola. Sin mediar palabra, cerró la puerta detrás de ella y la obligó a inclinarse sobre el lavabo. Con un rápido movimiento le subió la falda hasta la cintura y, al ver la mancha de humedad en sus braguitas, sonrió al reflejo de Lissa en el espejo. Había estado toda la mañana pensando en él, imaginando, mojándose. En lugar de bajarle las bragas, las apartó a un lado.

Lissa pensó que la haría suya allí mismo, pero no fue así. Se puso de rodillas detrás de ella, separó las nalgas con las manos e introdujo la lengua entre ellas, inclinándose más para poder lamerle los labios. Lissa gimió de placer y se sujetó con fuerza a la fría porcelana de la pila. Colin apretaba la cara contra su cuerpo. Podía sentir la calidez de su aliento, de su lengua moviéndose adelante y atrás, lamiéndole primero el clítoris para luego desaparecer en las profundidades de su cuerpo. La estaba follando con la lengua, y la sensación era increíble.

Pero deseaba más, mucho más.

—Por favor, Colin —suplicó, dándose cuenta, mientras las palabras salían de su boca, de que él raramente escuchaba sus ruegos. Prefería hacer las cosas a su manera, a su ritmo. Pero a veces sí hacía lo que le pedía, y en aquel momento Lissa era incapaz de guardar silencio. Las pinzas aún colgaban de sus pezones. Las había llevado toda la mañana, suficientes preliminares para ella. Ahora lo que quería, lo que más deseaba, era sentir el tacto de su pene dentro de ella—. Necesito…

Él se apartó lo suficiente como para poder preguntar.

—¿Qué necesitas, preciosa? Dime qué es lo que quieres que haga.

Era extraño. Colin podía comportarse como el amante más refinado que jamás hubiese tenido, y al mismo tiempo era capaz de transformarse en alguien más parecido a James Dean, un tipo joven y curtido que deseaba hacerse cargo de ella, cuidarla, de todas las formas imaginables.

Podía ser duro. Lascivo. Sucio.

Observó el reflejo de su rostro en el espejo mientras pronunciaba las palabras en voz alta, incapaz de reconocerse en el deseo que sus ojos desprendían.

—Necesito que me folles.

Colin se puso en pie. En un segundo había liberado su pene y lo sostenía con una mano, despreocupadamente, como si quisiese demostrarle cuán preparado estaba para ella. La penetró sin darle tiempo a reaccionar, con movimientos lentos, para que sintiese cómo la carne se cerraba a su alrededor mientras sus labios se abrían como los pétalos de una flor. Luego empezó a follarla, profunda y lentamente, tal y como ella deseaba. Rasgó la blusa hasta que sus pechos quedaron al descubierto y tiró de la delicada cadena plateada que unía las pequeñas pinzas, mientras le susurraba al oído.

—Has estado pensando en mí toda la mañana, ¿verdad?

Ella asintió. Era cierto. No le había dedicado ni un solo pensamiento a nada que no fuera qué le iba a hacer y cuánto tiempo tendría que esperar para que aquello pasara.

—Contesta —exigió Colin mientras le acariciaba la nuca con los labios y luego la besaba.

—No podía quedarme quieta —contestó Lissa mirando la imagen de Colin reflejada en el espejo. Su apariencia sofisticada se transformaba cada vez que aparecía aquel destello de lujuria en su mirada. Parecía estar tan hambriento como ella, así que pensó que tal vez le gustaría saber qué era lo que la excitaba más de aquella escapada—. Es tan pecaminoso follar entre tanto arte...

Le gustaba, Lissa lo podía ver en sus ojos. Colin tiró de la cadena, esta vez más fuerte, obligándola a inclinarse aún más. En aquella posición, con la espalda arqueada en forma de ese y las caderas apretadas contra su cuerpo, podía sentir la envergadura de su pene muy dentro de ella. Deseaba gritar, dejarse llevar completamente. Ojalá pudiesen tener el museo para ellos solos. Extenderían una manta bajo su pieza favorita y follarían como animales, aunque civilizados, con las paredes cubiertas de arte a su alrededor.

—Háblame, Lissa —ordenó Colin—. Dime qué sientes.

Sintió la cuchilla de sus afilados ojos verdes y bajó la mirada del espejo. La fijó en su lugar en los grifos y en las diminutas gotas de agua que se escurrían por el lavabo de porcelana. Colin siempre trataba de hacerle decir cosas sucias, pero ella nunca lo lograba. Podía oír todas aquellas palabras dentro de su cabeza, conocía su sonoridad, y sin embargo era incapaz de hacer que su boca se moviese, no sabía cómo forzarlas a salir de sus labios. Le hubiese encantado poder describirle la sensación de su pene latiendo en su interior, tan poderoso, llegando a los lugares más secretos de su feminidad, acariciándola lánguidamente, para luego acelerar el ritmo justo cuando lo necesitaba. Qué liberador hubiese sido poder decirle que aquél era su juguete favorito, por encima de las pinzas, y de las esposas, y del cinturón. Sólo su carne muy dentro de ella. Pero no sabía cómo decirle todas aquellas cosas. No importaba cuánto insistiera él, o tratara de convencerla, o incluso la amenazara. Al final siempre era Colin el que acababa hablando por los dos.

—Ni una sola de las piezas de este museo puede competir contigo —le susurró al oído justo antes de correrse.

Más tarde Lissa se preguntaría por qué conocía Colin aquellos lavabos, cómo sabía dónde estaban cuando nadie más parecía conocer su existencia. No se preocupó demasiado por ello, del mismo modo que tampoco se preocupó por las marcas moradas que le salieron en los pezones o por el dolor en los pechos que le duró hasta dos días después de aquel encuentro.

Ponerse un sujetador se convirtió tras aquel día en una experiencia evocadora que le recordaba el encuentro en los lavabos del museo, y el roce de los pezones desnudos contra la tela le provocaba una reacción inmediata entre las piernas. Colin se quedaba observando su pecho con una sonrisa en los labios, como si leyese sus pensamientos y se sintiera satisfecho.

Capítulo trece

Esta vez era una cinta. El mecenas lo supo al palpar con los dedos los bordes del paquete. Abrió el sobre y la cinta cayó sobre la mesa, junto con un pequeño trozo de papel en el que se podía leer: EL ARTE ES SONIDO.

Colin se estaba volviendo cada vez más imaginativo. El mecenas cerró los ojos y trató de imaginarse qué oiría cuando pusiera la cinta en el reproductor. Esta vez prefirió no entretenerse. Cogió la cinta y se apresuró hacia su estudio, donde tenía un equipo de sonido muy completo. Introdujo la casete en la pletina, cogió los auriculares y pulsó el botón de reproducción.

Se quedó inmóvil, de pie frente al equipo, comprendiendo lo que estaba escuchando, pero sin una imagen visual para acompañarlo.

Se oían gemidos y reverberaciones, como si Colin se hubiese follado a Lissa en una habitación con eco. Cerró los ojos y trató de imaginar lo que estaba escuchando. Lissa suspiró y luego empezó a decir algo, pero se detuvo. El mecenas rebobinó la cinta para reproducirla de nuevo desde el principio. No quería perderse ni una palabra.

«Por favor —decía la voz de Lissa. Retrocedió de nuevo y escuchó—: Por favor...» Dios, el sonido de aquella súplica se la puso dura al instante. Ojalá hubiera estado allí para oírlo. Si era sincero consigo mismo, debía admitir que le hubiese gustado estar en el lugar de Colin, penetrándola muy adentro, haciéndola gemir de placer, suplicar más cuando sólo le diera la punta. Lissa la quería entera, sólo para ella, era una niña sucia y mala, quería sentir la envergadura de su miembro latiendo en su interior.

Colin le daba instrucciones, ordenándole que le dijese guarradas, pero aunque le hubiese encantado poder oírlas, Lissa no obedecía. Y en realidad no pasaba nada si no lo hacía. Tenía tiempo de sobra para aprender, para ampliar su repertorio. Mucho tiempo.

El mecenas escuchó con atención los diez minutos de cinta antes de rebobinarla hasta el principio y escucharla de nuevo. En la segunda audición se masturbó con el sonido de la voz de Lissa.

Era como una melodía recurrente. Se preguntó, justo antes de correrse, cuándo sería invitado a escuchar el concierto en directo.

Capítulo catorce

Algunas tardes, si había avanzado con el libro lo suficiente, Lissa terminaba de trabajar pronto y pasaba la tarde en el apartamento de Colin. Escuchaba sus cedés, buscaba entre sus libros y probaba los distintos licores que había en su mueble bar. A veces caminaba lentamente por el pasillo, como si fuese la primera vez que estaba allí, admirando las fotografías que colgaban de las paredes. Eran imágenes en blanco y negro de una erótica muy sutil, sugerentes más por lo que se insinuaba que por lo que realmente se llegaba a mostrar. En una de ellas se veía a una mujer envuelta en una tela semitransparente, de modo que el espectador sólo podía apreciar las formas de su cuerpo. En otra aparecían las piernas de una mujer, el objetivo de la cámara había sido la costura negra que recorría sus medias.

Llevaba varios meses viviendo allí y, sin embargo, seguía sintiéndose como una invitada. Pero no era una sensación desagradable. Podía utilizar todas sus posesiones, sus muebles de diseño, su equipo de música y su biblioteca. Era algo parecido a cómo se había sentido en aquel hotel caro de Fráncfort. No había comprado ninguno de los objetos de aquella casa, y precisamente por ello le resultaban todos interesantes.

Una vez acabada la feria, Colin la convenció para

que se fuese a vivir con él. Le dio una llave del piso, vació la mitad de los armarios para que pudiese guardar sus cosas y le dijo que se relajara. Podía utilizar para el portátil y sus notas una pequeña mesa que había en el despacho. También había estanterías, un escritorio antiguo y más textos médicos de los que Lissa jamás hubiese imaginado. Era importante, le explicó Colin, estar al día de los últimos descubrimientos de su campo.

En la última estantería era donde Colin guardaba sus libros eróticos, desde la colección completa de las obras del marqués de Sade hasta novelas eróticas como *Historia de O* y recopilaciones como *Penthouse Letters*. Por lo visto también consideraba importante estar al día en aquel otro tipo, bien distinto, de libros. Las obras estaban ordenadas alfabéticamente. Lissa tenía permiso para hojear lo que quisiera, y ni siquiera estaba obligada a devolver cada libro a su sitio original. Colin lo mantenía todo en orden para su propio beneficio, pero en cambio no era nada puntilloso cuando se trataba de Lissa. La única regla que regía obligatoriamente en aquel despacho hacía referencia al ordenador.

—Estoy seguro de que valoras la privacidad —le dijo el día en que Lissa se mudó al apartamento. Ella asintió, aunque no se consideraba a sí misma una persona celosa de su intimidad. Lo cierto era que nunca había creído tener secretos que valiese la pena guardar, aparte de sus fantasías sexuales, de las que dejaba constancia escrita en su diario electrónico, que ni siquiera Marcus conocía—. Yo también la valoro —continuó Colin, como si Lissa hubiese respondido a su afirmación—. Y aunque mis archivos no harían más que aburrirte soberanamente, prefiero que no toques el ordenador.

Lissa respondió asintiendo de nuevo. ¿Por qué querría ella leer archivos médicos? Y, además, ¿cuándo tendría tiempo para ello? Estaba demasiado ocupada con su propio proyecto.

Una tarde, en la biblioteca, el portátil de Lissa se apagó sin motivo aparente. De vuelta en el apartamento, lo conectó a la red y aun así se negó a responder. Era evidente que algo grave le ocurría a la máquina.

—Mierda. —Era precisamente lo que necesitaba. Parecía haberse estropeado, y le había costado mucho dinero. Miró la hora: casi las cinco. Colin aún no había vuelto del trabajo. También él se había tomado un año sabático en el hospital, pero aun así mantenía el contacto con varios de sus colegas y les daba su consejo profesional cuando lo necesitaban. La nota que le había dejado decía que volvería a las siete.

Aquél era el momento perfecto para trabajar en su libro, pero necesitaba un ordenador. Miró primero la caja en la que guardaba los discos, luego el portátil inutilizado. Finalmente cogió un disco y sus notas y se dirigió al despacho de Colin.

Al fin y al cabo eran circunstancias especiales. No tenía interés alguno en sus archivos personales. Se limitaría a abrir uno de sus documentos y teclearía en él algunas notas. Tomó asiento en el escritorio y se dispuso a trabajar.

Apretó el botón de encendido del ordenador. Mientras insertaba el disco en la unidad lectora y empezaba a estructurar mentalmente el capítulo dedicado al uso del mármol en la Antigüedad, sus ojos se fijaron en uno de los iconos de la pantalla. Era el servidor de correo electrónico. Por un momento Lissa pensó en hacer clic sobre él y leer su correo. Seguramente serían mensajes de sus colegas médicos. Sin duda serían aburridos, nada que ella tuviera interés en leer.

Sin embargo...

Hacía muchos años, cuando aún iba al instituto, encontró el diario personal de su hermana. Entonces había tenido exactamente las mismas dudas que ahora: vergüenza por plantearse siquiera la posibilidad de leer los pensamientos más privados de su hermana Julianne, pero al mismo tiempo excitación ante la idea de conocer los secretos de otra persona. Julianne lo descubrió todo y le retiró la palabra durante meses. Debería haber aprendido la lección entonces.

Pero...

Decidió que leería el correo de Colin. Al fin y al cabo, ahora que conocía su existencia, acabaría haciéndolo tarde o temprano, y mientras tanto sería incapaz de avanzar con el libro. Emocionada por lo que pudiera encontrar, hizo clic sobre el icono pero, en lugar de abrirse el programa, el ordenador le pidió la contraseña.

Por supuesto. Debería haberlo imaginado. Muy propio de Colin. Probó con todas las palabras más obvias que fue capaz de imaginar —niña mala, azote, pala—, pero ninguna de ellas le abrió las puertas de aquel otro mundo electrónico.

Su libro le parecía ahora mucho menos interesante. Ya no tenía ganas de trabajar en él, ni de escuchar cedés, ni siquiera de leer nada del alijo de porno de Colin. Se quedó observando el icono en silencio durante varios minutos y al final apagó el ordenador.

El apartamento le parecía ahora más pequeño. No importaba adónde fuera, su mirada siempre acababa fija en la puerta del despacho. Finalmente se puso un jersey, cogió las llaves y salió por la puerta. Cuando ya estaba en el rellano, se dio cuenta de que no tenía adónde ir.

Estaba a punto de volver al piso cuando las escaleras que llevaban a la azotea del edificio llamaron su atención. Nunca había subido allí. Corrió escaleras arriba y empujó la puerta, ignorando el cartel de «Prohibido el paso».

Afuera, el contacto con el frío viento de la tarde hizo que se sintiera mejor. No tenía motivos para alterarse por aquella contraseña, se dijo. Recorrió el perímetro del edificio, asomándose de vez en cuando para observar las calles, y se quedó extasiada con una de las gárgolas que servían como canalización de las tuberías de desagüe.

Podía simplemente preguntarle a Colin qué había en aquellos *e-mails*. Al fin y al cabo no había secretos entre ellos. Estaba segura de que su política de privacidad no era más que eso, una simple política. Si de verdad quería saber qué escondía en el ordenador, él mismo le daría las claves.

¿Seguro?

Capítulo quince

Aquella noche Lissa se preparó para enfrentarse a Colin y preguntarle por los *e-mails*. Ella lo había compartido todo sobre su vida, ¿no debería hacer él lo mismo? Se aclaró la garganta, dispuesta a hacer la pregunta, pero en cuanto se sentaron a cenar en el diminuto comedor del apartamento, Colin borró todos aquellos pensamientos con una sola frase.

—He planeado una pequeña escapada.

Lissa le miró fijamente, con los ojos muy abiertos.

—Nada demasiado importante. Tres días, dos noches.

¡Se iban de viaje! De inmediato la mente de Lissa se llenó de fantasías a partir de aquella simple afirmación. Una ola de felicidad recorrió todo su cuerpo y tuvo que esforzarse para borrar una sonrisa estúpida de sus labios. Tenía que prestar atención a lo que le estaba diciendo porque aquello podía ser algo más que una simple escapadita. Con Colin sabía por experiencia que siempre había más.

—Quiero enseñarte la belleza de la vieja Inglaterra —continuó él, como si fuese la guía turística que Lissa había leído en el avión de camino a Europa desde Los Ángeles—. Londres no lo es todo, ¿sabes? —Se detuvo y en silencio extendió lentamente mantequilla sobre una rebanada de pan, antes de preguntar—: ¿Te gustaría?

La idea de viajar con Colin le parecía de lo más excitante. Los dos meses que habían pasado desde su primer encuentro en Fráncfort habían estado en Londres. Lissa no estaba ligada a unas horas de trabajo fijas, de modo que podía irse a cualquier parte sin necesidad de consultarlo con un jefe o planearlo con la familia.

—Me encantaría —contestó. Tal vez la llevara a uno de aquellos *bed and breakfast*, aunque sinceramente no se imaginaba a Colin en un sitio así. Tal vez a una cabaña de caza, o a un *spa*. Quizá cogerían el coche e irían a Bath. Le fascinaba la historia de aquella ciudad.

Los ojos de Colin seguían fijos en Lissa, de modo que rápidamente trató de centrar su atención de nuevo en él. Había aprendido a descifrar muchas de sus expresiones y reconocía a la perfección la que ahora veía en su rostro.

Había un precio que pagar. Siempre lo había.

—Y por supuesto —dijo Colin— espero que me pagues por adelantado. —Lissa tragó con fuerza el nudo que acababa de formarse en su garganta. ¿Pensaba castigarla? No había hecho nada malo, al menos nada que él supiera. Era imposible que supiera que había estado husmeando en su ordenador.

—¿Cómo? —preguntó ella tartamudeando, incapaz de seguir callada.

Por una vez Colin no pareció molesto porque se atreviera a preguntarle.

—Te toca escoger un sitio para jugar —contestó con suavidad, y de nuevo tuvo Lissa que esforzarse por no sonreír tontamente. Por primera vez desde que estaban juntos pensó que superaría la prueba. No como en el museo, con todos aquellos estudiantes y turistas a su alrededor arruinando sus planes.

—¿Estás preparado? —preguntó Lissa.

El rostro de Colin mostraba una extraña reacción para ser él: sorpresa.

—¿Ahora? —preguntó.

Ella asintió y, sin mediar más palabras y con los platos de la cena aún sobre la mesa, le cogió de la mano y le guió hacia la puerta. Colin se dejó llevar, sin hacer más preguntas, pero levantando sus pelirrojas cejas en un gesto inquisitivo. Era evidente que no esperaba ver a Lissa tan preparada para aquella prueba.

Cuando llegaron a la altura del armario que había junto a la puerta, Colin se detuvo, pensando que Lissa tal vez cogería su abrigo o un paraguas. No lo hizo, así que él tampoco cogió nada. Una vez en el rellano, se dirigió hacia las escaleras que llevaban a la calle, pero Lissa negó con la cabeza. Disfrutaba estando al mando de la situación, aunque sólo fuera durante un instante.

Subieron las escaleras hacia la azotea y ella abrió la puerta. Afuera caía una suave lluvia. Le miró, pero él ni siquiera vaciló, entendiendo finamente lo que Lissa tenía en mente y recuperando con rapidez el control de la situación. La puerta aún no se había acabado de cerrar y Colin ya estaba quitándose los pantalones y haciéndole señas a Lissa para que se desnudara.

—Quítate la ropa —ordenó—, quiero ver tus preciosas curvas.

Ella había imaginado que tal vez harían el amor con la ropa a medio quitar, pero Colin negó con la cabeza e insistió en que se desnudaran. Parecía contento con aquel hallazgo de Lissa y no dejó de sonreírle mientras se quitaba el vestido.

—¿Cuánto tiempo llevabas pensando en este sitio? —le preguntó, observándola mientras deslizaba las braguitas por los muslos.

Ella no respondió. Él no era el único que sabía cómo jugar a coger al otro por sorpresa. Sólo que se le daba mucho mejor, pensó Lissa mientras Colin la hacía esperar antes de acercarse a ella, mientras le indicaba con un gesto de la mano que se quitara el sujetador, el liguero y las medias.

Normalmente a Colin le gustaba hacer el amor mientras ella aún llevaba puestas las medias y los zapatos de tacón, y se le hacía raro estar desnuda del todo. A veces él escogía prendas que quería que ella llevase mientras follaban, piezas que él siempre acababa destrozando. Muy despacio, fue liberando las medias del liguero y luego las deslizó por sus piernas hasta los tobillos. Podía sentir sus ojos clavados en ella mientras desabrochaba el cinturón del liguero con sumo cuidado y lo dejaba en el suelo, junto a sus pies. El sujetador era lo único que le faltaba por quitarse y lo sujetó entre sus manos durante un instante antes de dejarlo caer y revelar la belleza de sus pechos. Era aquél, el de la desnudez total, un sentimiento totalmente distinto, como si no sólo hubiese desnudado su piel, sino también su alma.

—Eres preciosa —dijo Colin mientras la observaba.

Lissa tembló bajo el frío tacto de la lluvia. Él, sin embargo, parecía insensible a la temperatura mientras caminaba a su alrededor. Se detuvo, observándola como si fuese una estatua puesta allí para su propio deleite. Luego, después de analizar el resto de la azotea y escoger un lugar, le hizo poner las manos planas sobre la barandilla de ladrillo que rodeaba el perímetro de la azotea, con la espalda arqueada y el culo hacia él.

Sin previo aviso introdujo su pene. Separó las nalgas y avanzó, la redondeada punta de su miembro deslizándose entre los labios, sondeando, acariciándola muy adentro. La mezcla de sensaciones era indescriptible, como si todo aquello fuese un sueño. El frío hormigón bajo las palmas de sus manos. Las luces de la ciudad a su alrededor creando un resplandor casi mágico. Incluso los elementos se habían aliado con ellos para crear aquel entorno ideal. La lluvia caía sobre su piel desnuda en un ritmo incesante. Su cuerpo se había acostumbrado ya al frío y la lluvia era como música de fondo mientras hacían el amor.

Colin empujó aún más y Lissa pensó que estaba llegando a lugares inexplorados de su feminidad. Podía sentir cómo sus músculos se cerraban alrededor de él, sin que pudiera hacer nada para evitarlo, como si quisiese arrastrarle aún más adentro. Su cuerpo tenía voluntad propia y, aunque la tormenta era cada vez más fuerte, una calidez infinita la recorría. Arqueó la espalda para que Colin pudiese penetrarla más adentro. Él emitió un sonido, algo a medio camino entre un gruñido animal y un gemido de placer. A él le gustaba hacerlo en aquella posición, desde atrás, hacía aflorar el animal que tenía dentro. Sin embargo, era normalmente bastante silencioso cuando hacían el amor. Aquella noche, en la azotea, mientras a su alrededor la tormenta era cada vez más fuerte, él se volvió cada vez más ruidoso.

La mente de Lissa funcionaba a toda velocidad

mientras follaban. Cinco pisos más abajo, la calle estaba llena de gente. Si miraban hacia la azotea, podrían ver sus pechos desnudos, su melena alborotada enmarcando su cara, su boca entreabierta de puro placer. Pero nadie levantó la vista, y Lissa pensó que, agazapados bajo sus paraguas, nadie tenía motivo alguno para mirar hacia arriba, hacia el lluvioso cielo nocturno. El viento era cada vez más fuerte y arrastraba consigo los gemidos de Colin. Pero nadie parecía interesado en buscar su procedencia. Lissa se sintió más tranquila y sus propias inhibiciones fueron desapareciendo poco a poco.

«Tómame y convirtámonos en uno solo —pensó—. Clávate más adentro. Atraviésame.»

La lluvia se deslizaba por sus mejillas como lágrimas. Su pelo se agitaba en un salvaje baile con el viento. Y, mientras Colin caía sobre ella una y otra vez, Lissa respondía a sus envestidas, inclinando la cabeza hacia atrás y gritando. Le gustaba hacerlo de aquella forma. Nunca había sentido una liberación como aquélla. Colin alcanzó el clímax y, llevado por la pasión del momento, hincó los dientes en el hombro de Lissa con la fuerza suficiente como para dejar marcas profundas. El dolor se mezcló con el placer y Lissa se corrió con él, temblando mientras las contracciones recorrían su cuerpo. Cerró los ojos y Colin la abrazó con fuerza, manteniendo sus dos cuerpos juntos.

El frío se coló en su conciencia rápidamente y Lissa tuvo que frotarse los brazos para mantenerse caliente. Colin se separó de ella, recogió su vestido de debajo de la cornisa y la ayudó a ponérselo. La fina tela se adhirió a su piel mojada y no ayudó a proteger su cuerpo lo más mínimo. Sin mediar palabra, los aman-

114

tes corrieron de vuelta al apartamento, mojando las escaleras en su carrera.

—Ducha —dijo Colin, sólo una palabra. Lissa le siguió hasta el baño, entró en la ducha con él y esperó, los dientes castañeteando, a que abriera el grifo.

Se turnaron bajo el chorro de agua caliente. Lissa giró sobre sí misma, con los ojos cerrados, y dejó que el agua empapara su largo pelo. Colin la rodeó por la cintura y la atrajo hacia sí.

Estaba de nuevo excitado. Lissa jamás hubiese imaginado que sería capaz de hacer el amor otra vez, tan pronto, y sintió que le flaqueaban las piernas mientras Colin la penetraba desde atrás. Aún estaba mojada por su encuentro en la azotea, su sexo relajado y maleable como si estuviese fabricado en cera templada.

Esta vez Colin decidió hacerlo más lentamente. Frotó su cuerpo contra la piel jabonosa de Lissa y la empujó contra las paredes de la ducha. Buscó con las manos sus pechos, arañó sus pezones, los pellizcó con fuerza hasta que ella pensó que ya no podía soportar más placer.

—Te gusta —dijo Colin con una sonrisa en los labios, enunciando lo que era obvio—. Tu cuerpo me dice exactamente lo que quieres. —Cogió una pastilla de jabón y la deslizó sobre la piel desnuda de Lissa, entre las costillas, sobre su vientre plano y hasta su sexo. Apretó con fuerza la barra contra su clítoris mientras continuaba penetrándola desde atrás. Lissa estaba a punto de correrse, lo sabía, y se sorprendió al pensar que se estaba limpiando mientras hacía algo tan sucio.

Colin dejó caer la pastilla y en su lugar utilizó los dedos. Puso el pulgar y el índice uno a cada lado del clítoris y luego lo pellizcó. Tenía los dedos resbaladizos por el jabón, el agua y otros fluidos, pero aquello no hizo más que jugar a favor de Lissa. Mientras trataba de encontrar un punto al que agarrarse, sus dedos continuaron apretándole los labios y rozando el clítoris, provocando con ello pequeñas explosiones de placer.

Siguió penetrándola mientras con una mano la masturbaba. Lissa disfrutaba al mismo tiempo de las dos sensaciones que más ansiaba experimentar. Llena de su enorme virilidad y acariciada por aquellos dedos tan sabios. Cada vez que creía haber llegado a su límite, Colin se retiraba sutilmente, dejándola al borde del clímax durante lo que parecían ser horas.

Al fin Colin le susurró al oído:

—Ahora. ¡Córrete ahora para mí!

Los gemidos de ambos resonaron entre las paredes de azulejos del baño. Lissa se corrió y un segundo después rompió a llorar. Sentía como si su cuerpo hubiese sido pulverizado, golpeado por la lluvia y el frío de la azotea y luego calentado bajo la calidez de la ducha para, finalmente, ser arrollado de nuevo por la pasión de Colin.

Las dos sesiones, en el tejado y en la ducha, habían sido muy distintas, y en ambas había alcanzado el orgasmo. Si hubiese tenido que escoger cómo le había gustado más, no habría sabido qué decir.

Capítulo dieciséis

Durante todo el día siguiente a su encuentro en la azotea, Lissa lució una sonrisa bobalicona en los labios. Podía sentir el calor en las mejillas cada vez que recordaba aquella aventura al aire libre. Y lo mismo ocurría con lo que Colin le había dicho en la cena, los planes para irse de viaje los dos juntos. Así que cuando él le comunicó que había un cambio de planes, no pudo guardarse el sentimiento de decepción para ella.

—Pero me lo prometiste —se quejó con la voz quebrada por la emoción. Su boca adoptó aquella forma de puchero tan característica en ella y sus ojos se clavaron en el suelo. Sabía que se estaba comportando como una niña de cuatro años, pero era todo lo que podía hacer si no quería dar una coz contra el suelo y escenificar una auténtica rabieta. No pensó que Colin se daba cuenta de lo emocionada que estaba ante la idea de escaparse un fin de semana.

—Pareces una mocosa —se burló él entre risas—. ¿De verdad crees que pienso recompensarte por hacerme pucheritos? Si es así, es que no has estado prestando atención en clase.

Sí, claro que había estado atenta. Y evidentemente no esperaba ninguna recompensa. Pero no podía evitar reaccionar de aquella manera. Se negó a levantar los ojos del suelo, algo que sabía de sobra que no agradaba a Colin. Cuando hablaba con ella, quería que le mirara a los ojos.

—Es un cambio de planes necesario —continuó sin dar más explicaciones—. Deberías entenderlo.

Se estaba refiriendo al sentido de la responsabilidad de Lissa, que a veces lo arruinaba todo: solía negarse a cancelar una cita previa si él le pedía que comieran juntos; era incapaz de fallarle a alguien a quien hubiera dado su palabra. Pero en realidad se trataba precisamente de eso mismo. Él le había hecho una promesa a ella y ahora se estaba echando atrás.

—Lo discutiremos más tarde —le aseguró Colin, tratando de evitar tener el tipo de conversación que ella quería. Sin mediar más palabras, devolvió su atención al ordenador para revisar el correo.

Lissa suspiró y se sentó frente a él, en su mesa. Intentó concentrarse en el trabajo, pero aunque leyera sus notas una y otra vez, no veía nada. Finalmente decidió recoger los papeles y guardarlos cada uno en su carpeta, según el capítulo al que pertenecieran, consciente de que aquella noche no conseguiría avanzar con el libro, no después de semejante desilusión. Pasados unos minutos, se retiró a la habitación.

Pensó que tal vez él la siguiera, pero no lo hizo. Se cepilló los dientes, se desnudó y se puso un camisón de color carne. Seguía sin oír ningún ruido procedente de la otra habitación. En todo el tiempo que llevaban juntos nunca se había acostado estando enfadada con él y se dio cuenta, desesperada, de lo mucho que deseaba que se reuniera con ella. Demasiadas coincidencias con su vida de casada y con las razones por las que había huido de ella. Largos silencios. Enfado en los ojos.

118

Suspiró profundamente, casi con un toque dramático, deseando que Colin la oyese y apareciera de pronto en la habitación para hablar con ella. Sin embargo, no hubo respuesta. Lissa se metió entre las sábanas, apagó la luz de la mesita y cerró los ojos.

No lo hubiera creído posible, pero en seguida sintió cómo el sueño se apoderaba rápidamente de ella. No se había dado cuenta de lo cansada que estaba hasta que notó el tacto mullido de la almohada bajo la cabeza. Las suaves sábanas de algodón envolvieron su cuerpo como si fuese un capullo y sintió cómo aquella desagradable sensación de enfado desaparecía cuanto más cerca estaba del mundo de los sueños. Deslizó una mano por debajo de las mantas y se acarició lentamente por encima de las bragas. A veces, cuando estaba a punto de quedarse dormida, jugaba consigo misma. Era su forma de garantizarse una travesía segura hacia una noche llena de sueños placenteros.

Empezó, como solía hacer, con una fantasía, estimulada por aquello que Colin la había llamado: mocosa. Le había dicho que nunca premiaba a las niñas que se portaban mal, pero lo cierto era que las pocas veces que de manera intencionada se había comportado como una mocosa él la había tratado como tal, castigándola de maneras deliciosamente dolorosas. En su fantasía se imaginó a Colin diciéndole que se pusiese su falda favorita, una mini de cuadros escoceses rojos y negros. Llevaba también zapatos de charol, calcetines blancos y una camisa del mismo color. La obligaba a quedarse de pie en una esquina y luego a tocarse las puntas de los pies mientras él le levantaba la minúscula falda por detrás y le bajaba las braguitas blancas.

Esta vez utilizaría una regla para castigarla, algo

que nunca había ocurrido en la vida real. Seguía acariciándose el clítoris con los dedos, cada vez más cerca de alcanzar el clímax. Cerró los ojos con fuerza, tratando de que aquella sensación indescriptible durase más. Se vio a sí misma agarrándose los tobillos, tratando de mantenerse en pie mientras Colin llenaba la piel de sus nalgas de marcas. Era una fantasía, de modo que podía ver ángulos que normalmente no estaban a su alcance. Se imaginó a Colin haciendo restallar la regla contra su carne, visualizó las marcas que la regla de madera dejaría sobre su piel.

Y entonces, cuando lágrimas de fantasía empezaban a rodar por sus mejillas, Colin abría la cremallera de sus pantalones y reposaba el pene sobre su carne magullada. Como siempre ocurría, no la avisó antes de penetrarla: separó los muslos con las manos y luego deslizó la punta de su verga entre sus piernas. Lissa estaba mojada y él la penetró muy adentro, explorando su interior mientras aún seguía azotándola, ahora con la palma de la mano contra la piel desnuda de sus nalgas.

Estaba a punto de correrse. Sus dedos empezaron a moverse con mayor intensidad, arriba y abajo. Dejó que su dedo corazón se deslizara aún más, empapándose con los líquidos que emanaban de su sexo. Si Colin no estuviera enfadado con ella... Deseó tenerle allí a su lado, en la cama, para poder contarle su fantasía. Podía oírle en la otra habitación revolviendo papeles y pensó en llamarle, en pedirle que se uniese a ella.

No, ya era una niña mayor, podía hacerse cargo de sí misma. Con unas cuantas caricias más, cada vez más intensas, coronó la cumbre del placer. Se mordió el labio inferior mientras su cuerpo se estremecía, pero siguió tocándose, más suavemente ahora, durante unos segundos.

Ahora el sueño estaba tan sólo a unos pasos de ella. Pudo sentir cómo su cuerpo se dejaba arrastrar. Antes de cerrar los ojos por última vez, sus últimos pensamientos fueron para Colin. Haría las paces con él por la mañana. Sí. No tenía sentido preocuparse por ello…

Un ruido despertó a Lissa del profundo sueño en el que estaba sumida. Sobresaltada, trató de volverse para averiguar qué estaba pasando y se dio cuenta de que no podía moverse, lo que la asustó aún más que el propio ruido. Su cuerpo estaba firmemente atado.

—Niña mala —dijo Colin en voz baja—. No has querido fiarte de mí.

Lissa abrió la boca, entendiendo de pronto lo que había pasado y deseando poder explicarse. Sin embargo, él ya le había tapado la boca con una mordaza, tan poco le interesaba lo que tuviera que decir.

—No te he dicho que fuera a cancelar el viaje. Te he dicho que había habido un cambio de planes. ¿Entiendes la diferencia?

No podía responder, de modo que asintió con la cabeza mientras la larga melena le acariciaba las mejillas. No apartó sus ojos de él, esperando la siguiente pregunta. Su mente, mientras tanto, se apresuraba para encontrar una explicación a todo aquello. Se dio cuenta de que Colin había sacado la sábana y la había atado con ella a la estructura de la cama, con las muñecas por encima de la cabeza y las piernas abiertas. Se volvió y comprobó que eran más de las tres de la madrugada. Había esperado a que se durmiera profundamente antes de llevar a cabo aquella locura. Se le daba bien crear escenarios perfectos para sus aventuras mientras ella dormía, y así se lo había demostrado la mañana en que le puso las pinzas en los pezones. Pero aquello no había sido más que un divertimento. Esta vez Colin parecía muy serio.

—No vamos a pasar un fin de semana en un hostal de pueblo o en un *bed and breakfast*. Vamos a hacer un viaje tal y como yo lo he planeado, y tendrás que confiar en mí. No aceptaré más preguntas. —Se detuvo un instante antes de preguntar—: ¿Lo entiendes?

Lissa asintió de nuevo. No le sorprendió ver la fusta trenzada de color negro en su mano. Sin embargo, la visión le produjo un estremecimiento de puro terror que le recorrió el cuerpo, y al mismo tiempo una oleada de excitación que irradiaba de entre sus piernas y se extendía hasta las puntas de los dedos. Ambas sensaciones, en claro conflicto, hacían que le resultara difícil concentrarse en las palabras de Colin o simplemente acordarse de cómo respirar. Sabía que tenía que prestar atención. En aquellos juegos todo giraba alrededor de las reglas.

Sin ni siquiera saberlo, ya había quebrantado dos incluso antes de empezar.

Capítulo diecisiete

Lissa durmió hasta bien entrada la tarde y, cuando finalmente se despertó, vio a Colin de pie, vestido, que dejaba caer una gastada maleta de piel sobre la cama. Débil y cansada tras una noche repleta de orgasmos, esperó alguna información adicional sobre el viaje, instrucciones como siempre solía darle. Pero él se limitó a mirarla.

—Haz la maleta para tres días. Yo me ocuparé del resto.

Colin se negó incluso a decirle qué tipo de ropa debía llevarse, aunque por propia experiencia podía imaginárselo. Oyó ruidos en la cocina hasta que un suave aroma a café inundó el apartamento. Lissa se tomó su tiempo para preparar la maleta, deslizando los dedos sobre la tela de sus prendas más nuevas, toda aquella ropa comprada con o para Colin.

—Tienes un cuerpo tan bonito... —le había dicho una vez—. ¿Por qué no tratarlo como se merece?

Sus dedos se entretuvieron en la colección de ligueros de satén y en los brillantes pares de medias que había comprado en tres tonos distintos. La ropa interior era ahora tan importante, o más, que la exterior. A Marcus nunca le había gustado aquel tipo de lencería, y por eso Lissa se había conformado siempre con llevar sujetadores y braguitas de algodón. Ahora, en cambio, dudaba ante aquella montaña de delicadas prendas, sin saber cuál escoger. Un sujetador sin tirantes de color cereza que en su anterior vida hubiese desechado por frívolo. Un corsé con liguero incorporado de terciopelo negro que ni siquiera sabía cómo utilizar; simplemente había sentido el deseo de tenerlo. Y luego estaban los zapatos. Acostumbrada al calzado cómodo, llevar tacones era para ella toda una experiencia, un tanto decadente, pero muy, muy sensual.

Colin entró en la habitación con una taza de café en la mano para ella y se sentó en el borde de la cama a leer el periódico, observándola disimuladamente mientras hacía la maleta. Lissa sintió sus ojos sobre ella, levantó la mirada y sonrió.

Él le devolvió la sonrisa y Lissa pudo relajarse al fin. No sabía adónde iban, ni lo que harían, pero seguro que todo estaría bien. Estaban juntos. Era todo lo que importaba.

Capítulo dieciocho

Lissa no tenía ni la más remota idea de adónde iban hasta que llegaron al aeropuerto de Heathrow. Allí tomaron un avión a Hamburgo, pero Colin se negó a desvelarle ningún otro detalle más mientras volaban, así que tuvo que conformarse con beber una copa de champán tras otra y tratar de adivinarlo. A él gustaba hacer las cosas así, siempre dejándola con la duda, siempre un paso por delante de ella. Y conseguirlo no le resultaba demasiado difícil. Al fin y al cabo, todo aquel mundo era nuevo para ella, mientras que él había tenido tiempo más que suficiente para acostumbrarse.

Colin notó que Lissa se movía en su asiento y le tocaba la cara delicadamente con la punta de los dedos. Cogió su mano en la suya y la apretó, pero no abrió los ojos. Sabía lo que pasaba por su mente. ¿Follarían en el avión? No. A veces no dejaba que se corriese durante días, manteniéndola así al borde del precipicio antes de empujarla al vacío. Después de aquellos períodos de abstinencia, sus orgasmos eran increíblemente intensos. Su cuerpo se sacudía con tal intensidad que él mismo era incapaz de controlarla, y siempre acababa corriéndose al mismo tiempo que ella, estuviera preparado o no. Lissa conseguía sacar a la superficie aspectos de sí mismo que no conocía, y no sabía cómo lo hacía. Fuera como fuese, le gustaba.

Después del vuelo recogieron un coche de alquiler y Colin condujo hacia Reeperbahn sin ni siquiera parar para registrarse en el hotel. Reeperbahn era el distrito rojo más famoso, e infame, de todo Hamburgo, aunque Lissa nunca había oído hablar de aquel lugar.

—¿Nunca ves documentales de viajes? —preguntó Colin mientras ella observaba con los ojos muy abiertos todo lo que la rodeaba. Negó con la cabeza. Cuando veía la televisión, cosa rara en ella, solía escoger programas sobre historia del arte o reportajes sobre algún artista. Nada sorprendente.

Mientras buscaban sitio para aparcar, Colin le explicó que aquélla era una versión más completa de Sunset Strip, en Hollywood. En Sunset podías encontrar una prostituta si la buscabas. En Reeperbahn las prostitutas te buscaban a ti, lo que en opinión de Colin era mucho más civilizado. Allí había incluso una calle, cerrada con un muro, prohibida a las mujeres, por la que sólo los hombres podían transitar.

—Pero ¿qué hay detrás de ese muro? —quiso saber ella.

—Mujeres.

Lissa no lo entendía.

—¿Encierran a las mujeres allí?

—Las putas se sientan en sus ventanas mirando hacia la calle. Los hombres recorren la calle arriba y abajo, mirando a las ventanas y decidiendo con cuál de ellas quieren pasar un buen rato.

—Pero ¿por qué el resto de las mujeres no podemos mirar? —A Lissa le parecía que había algo siniestro en aquella norma, en aquel lugar prohibido a las mujeres.

—A las putas no les gusta la competencia —explicó Colin—. ¿Cómo te sentirías si estuvieras intentando vender tu cuerpo y otra persona regalase el suyo gratis?

—¿Y qué pasa si una mujer trata de ir más allá de ese muro?

—Le tiran cosas. Agua o basura.

—¿Has estado en esa calle? —preguntó Lissa.

Colin hizo ver que no la había oído y trató de disimular exclamando que al fin había encontrado un aparcamiento libre. Lissa pensó en repetir la pregunta, pero no lo hizo. Si le contestaba que sí, se sentiría mal consigo misma. Si, en cambio, le decía que no, probablemente no se lo creería.

Le observó mientras cerraba las maletas en el maletero, todas menos su bolsa de piel, y luego sacaba el paraguas que había traído consigo. Resguardados de la lluvia, Colin guió a Lissa hacia la calle principal.

—Allí está la calle de la que te hablaba —le dijo él—. La verdad es que lo único que hace el muro es dar un halo de misterio a las mujeres que están detrás de él —continuó—, porque hay prostitutas por toda esta parte de la ciudad. No es necesario buscar mucho para encontrarlas.

Lissa se dio cuenta de que Colin la estaba preparando para lo que le esperaba a la vuelta de la esquina. A un lado de la calle había una fila de prostitutas. Mientras se acercaban a ellas, él le explicó que siempre estaban allí, en fila, a cualquier hora e hiciese el tiempo que hiciese. Todas vestían de forma parecida, observó Lissa cuando dos de ellas se adelantaron para hablar con Colin. La forma en que abordaban a los hombres le resultaba extraña. ¿No sería mejor dejar que ellos se acercasen a ellas? Era como si creyesen que un hombre no se daba cuenta de lo que le apetecía hasta que se acercaban a él y le hacían proposiciones. Como si entonces él fuese a decir: «Pues sí, es exactamente lo que me apetece ahora. Un polvo rápido.»

Todas llevaban pantalones negros ajustados y chaquetas cortas de varios colores: rojo, violeta, fucsia. Eran tantos los matices como los de un campo de flores, un soplo de alegría junto a la monotonía del muro que tenían a sus espaldas. La mayoría eran rubias, con largas melenas lisas o rizadas. En la distancia parecían idénticas, pero vistas de cerca se podían distinguir las diferencias en la forma de la cara o en el color de los ojos. Tal vez era aquella expresión —como si estuvieran preparadas, deseosas— la que las hacía parecer tan iguales. Algunas se comportaban con más descaro que otras y se acercaban a Colin tanto como podían, sin importarles que ella estuviera allí.

La mente de Lissa se bloqueó, incapaz de procesar tanta información y preguntándose si tal vez Colin pensaría pagar a una de aquellas chicas para compartirla con ella. Sabía que, viniendo de él, no era tan descabellado. De hecho le había hablado de aquella fantasía en numerosas ocasiones.

—Una chica —le había susurrado al oído—, una putilla dócil y entregada que ponga la lengua justo aquí, en tu clítoris, donde más te gusta.

Lissa se había negado aquel día, le había dicho que no con la cabeza en un movimiento casi frenético. Él había utilizado la lengua en aquel mismo punto hasta que un suspiro se escapó de entre los labios de Lissa. Lamió y chupó durante un instante, antes de continuar con su fantasía. Nunca había estado con una mujer, ni siquiera había tomado parte en ninguna de aquellas exploraciones por debajo de las mantas que según Colin todas las chicas de su edad habían hecho alguna vez en su vida, sobre todo durante los años de universidad.

—Pero si te gustaría… —había continuado Colin, con la cabeza aún entre sus piernas, primero con los dedos y luego con la lengua, impidiendo que se concentrara en sus preguntas. Cuando practicaban sexo oral, Lissa era incapaz de pensar con claridad. Se dejaba llevar demasiado por aquella sensación de cosquillas en su interior.

—No lo sé —contestó ella, convirtiendo las palabras en un gemido. Pero tras esa sugerencia de Colin, Lissa se dio cuenta de que ella miraba a las mujeres de otra manera. Dudando. Colin siempre le decía que aquélla era una de las cosas que más le gustaban de ella, y es que siempre estaba abierta a sugerencias. Cualquier cosa que saliese de sus labios se convertía al instante en una nueva posibilidad. Sólo tenía que mostrarle una imagen de Bettie Page siendo azotada por una belleza rubia y en seguida se excitaba. Su cuerpo nunca mentía. Él mismo había descubierto el efecto de aquella fotografía al deslizar un dedo entre los labios de su sexo para extender los fluidos sobre sus propios labios y luego compartirlos con un beso.

Cuando pasaban frente a un club de *striptease* especialmente iluminado, un hombre les dijo algo en alemán, mientras con un gesto los invitaba a pasar.

—¿Qué dice? —susurró Lissa mientras avanzaban hacia el hombre apostado a las puertas del club.

Colin escuchó y luego tradujo.

—Dice que las chicas son todas muy jóvenes. Que están depiladas, así que aunque tengan dieciocho aparentan menos.

Lissa, escandalizada ante aquellas palabras, volvió la cabeza para mirar al hombre mientras Colin seguía avanzando. El tipo le sonrió, guiñó un ojo y luego continuó con su perorata. Y parecía que le funcionaba, porque mientras Lissa le miraba, varios hombres jóvenes y bien vestidos entraron en el club, en apariencia menos preocupados por ser políticamente correctos que ella.

—Quizá te rasure esta noche —añadió Colin, y a Lissa de pronto ya no le pareció tan importante qué era correcto y qué no lo era, excitada por las consecuencias de aquellas palabras. Ya la había rasurado antes y en aquella ocasión sólo había dejado una fina banda de pelo rubio. ¿Cuál debía de ser la sensación de estar completamente depilada? Colin la miró a los ojos y sonrió, al parecer adivinando sin problemas qué estaba pensando. ¿No era así siempre? Lissa consideró la posibilidad de preguntarle adónde iban. Parecía estar de muy buen humor, tal vez no se molestase. Pero ¿por qué retarle? Se guardó sus preguntas para sí y en cuestión de minutos descubrió las respuestas.

Cuando llegaron a la calle principal, Colin puso dos dedos debajo de la barbilla de Lissa para levantar su mirada del suelo. Desde donde estaban podían ver los brillantes neones rojos. En grandes letras se leía Museo de Arte Erótico de Hamburgo. Cuando Lissa vio el letrero, suspiró, aliviada.

Capítulo diecinueve

Creía que Colin la había llevado hasta aquel museo porque era historiadora del arte. Se había relajado al descubrir adónde iban y él lo podía leer en las reacciones de su cuerpo. Quiso recordarle que no le subestimara, pero prefirió no decir nada. No era necesario revelar sus cartas, al menos no tan pronto. Que pensara lo que quisiese.

A su alrededor, Reeperbahn latía más vivo que nunca. Había una feria en una de las pequeñas avenidas y sus visitantes iban desembocando en la calle principal. Muchos habían bebido más allá de sus límites y se comunicaban entre sí a gritos, aun estando uno al lado del otro. Todas las noches pasaba lo mismo, y es que habían bebido durante horas. Ya casi era medianoche.

Lissa se acurrucó junto a Colin y él pasó un brazo protector alrededor de sus hombros. Qué extraño era todo aquello. Él era el que la castigaba, el que la atormentaba, y sin embargo se acurrucaba a su lado en busca de protección cada vez que se sentía insegura. Ahora, mientras caminaban entre la gente que estaba de fiesta y las prostitutas, Lissa deslizó su mano enguantada en la de él. Había una ternura en aquel gesto que hizo que algo se rompiese dentro de Colin. Iba a ser tan difícil dejarla marchar... Sacudió la cabeza para ahuyentar aquellos pensamientos, como si pudiese deshacerse de ellos tan fácilmente. Lissa le pertenecía durante seis meses. Aún no tenía que pensar en la despedida. Y ya habían llegado al museo.

—¿Está cerrado? —preguntó Lissa, algo decepcionada. Era cierto que las luces estaban apagadas. Niles le había hecho el favor de cerrar un poco antes de lo habitual. Colin metió la mano en el bolsillo y sacó una llave.

—No para nosotros —contestó, mostrándole las escaleras de acceso y luego cerrando la puerta a sus espaldas. Había una nota pegaba a la manija que Colin se apresuró en leer. Lissa trató de ver qué decía por encima del hombro, pero estaba escrita en alemán y sólo pudo ver el dibujo de un pez o un lagarto junto a la firma. Antes de que pudiese preguntar, Colin la hizo entrar en el museo y guardó la nota en el bolsillo trasero de sus pantalones.

En la primera sala estaba la tienda de regalos. Había pósters eróticos, libros, manuales y todo tipo de objetos sexuales. Colin guió a Lissa a través de la estancia, sin permitir que se parase a mirar, hacia la escalera de caracol de hierro forjado que había en la pared del fondo. Con un gesto de la cabeza, le ordenó que subiera.

—Está oscuro —objetó ella, sintiéndose aún insegura frente a lo que le esperaba. Colin apretó un interruptor y las escaleras se llenaron de luz.

—No te preocupes tanto —le dijo en voz baja, con una cierta severidad—, y no preguntes más. Confía en mí, sé lo que estoy haciendo.

Lissa, sabiéndose regañada, inclinó la cabeza. Bastaba con que Colin utilizara cierto tono de voz para que ella reaccionara de aquella manera y le demostrara sólo con su lenguaje corporal que estaba preparada para ser disciplinada, para recibir el castigo que merecía. Y castigar a Lissa era muy divertido. Era su estudio rápido del dominio y la sumisión erótica, pero no pensaba dejarse llevar todavía, aunque lo que más deseara fuese sacar las esposas, encadenarla a la barandilla de hierro de las escaleras y quitarse el cinturón para azotarla por dudar de sus palabras. La sola idea le provocó una erección, y sabía que si acariciaba la hebilla metálica del cinto con la punta de los dedos Lissa también se excitaría. Como el perro de Pavlov. Había hecho un gran trabajo con ella. Sin embargo, no quería estropearlo todo. Tenía que seguir el plan hasta el último detalle. Sabía que, llegado el momento, valdría la pena.

Colin la empujó con suavidad de nuevo para que subiera las escaleras. Lissa se volvió y obedeció. Subió una planta, guiada por las flechas plateadas con forma de espermatozoide que alguien había pintado en el suelo. Detrás de ella, Colin observaba cómo su cuerpo se contoneaba por debajo de la ropa. Él mismo se la había comprado, y tuvo que reconocer que los elegantes pantalones negros y el jersey de cachemira a juego la convertían en una especie de ladrona de guante blanco increíblemente atractiva. El detalle de las botas de punta cambiaba ligeramente el *look* del conjunto, dándole un aire de dominatriz. Sólo un aire. Al fin y al cabo, Lissa nunca estaba al mando.

Llegaron al punto en el que empezaba la exposición y algo en Lissa cambió al instante. Colin podía sentirlo. Dentro de un museo se encontraba en su elemento natural. Se relajaba, como quien respira profundamente después de haber estado bajo el agua. El arte, incluso el erótico, aunque no fuera su especialidad, la ayudaba a encontrar el equilibrio. Lissa había tratado de explicárselo en el pasado y él la había escuchado con atención, pero sin acabar de entenderla hasta ese momento. El arte era su alimento, su oxígeno para poder respirar, algo que necesitaba para subsistir. Lo respiraba mientras caminaba de una pintura a otra, de una pared a la siguiente, observando cada una de las obras, deteniéndose a admirar las diminutas esculturas de marfil del centro de la sala, los dibujos. Parecía no acordarse de que estaba allí con Colin, que él lo había planeado todo y que era seguro que tenía otros planes en mente.

Colin la observó con detenimiento. En lugar de admirar las obras de arte, prefirió admirarla a ella. Quería ver el momento en que se diera cuenta de por qué estaban allí, del significado de aquella visita. Conociendo a Lissa, no tardaría mucho más tiempo. Por muy infantil que fuera, siempre lo entendía todo con bastante rapidez. Se lo había demostrado en numerosas circunstancias de su vida amorosa en común, complaciéndole con su capacidad para aceptar casi cualquier posibilidad, por extraña que pudiera parecerle. Aquella noche, sin embargo, disfrutó con la espera. La expectativa de lo que estaba por venir era uno de sus afrodisíacos preferidos y, aunque su pene se tensase cada vez más contra la tela de los pantalones, se mantuvo en silencio en una esquina de la sala y observó.

Lissa analizó las primeras pinturas de la exposición. El comisario había querido demostrar al visitante el poder del arte erótico de forma gradual. En lugar de empezar con piezas más marcadamente sexuales, la primera sala contenía obras más dulces que sensuales. Lissa asintió para sí mientras observaba las obras como si pensara que aquélla era la forma en que ella misma hubiese preparado la exposición, provocando al espectador al principio y luego llevándole lentamente al clímax.

Se volvió hacia Colin como si quisiese decir algo, pero sus ojos se encontraron con otra pintura. Y entonces se quedó sin aliento. Había encontrado una de las piezas favoritas de Colin, un retrato de gran formato realizado en blanco y negro. Había visitado el museo el día en que inauguraron la exposición y recordaba a la perfección su primer encuentro con aquella obra, cómo se había sentido hipnotizado por la simplicidad del dibujo, que mostraba a una chica vestida tan sólo con un liguero y unos zapatos de tacón. Fue su primer encuentro real con la fuerza del arte y aquella sensación no le abandonó en semanas.

Por lo visto había provocado la misma reacción en Lissa. Miró el cuadro extasiada, con la boca abierta, y luego se volvió para mirar a Colin. Había entendimiento en sus ojos y sus mejillas estaban coloradas.

Lo sabía.

Colin sonrió y empezó a deshacer la bolsa.

Capítulo veinte

Cuando el escenario estuvo listo, Colin sacó la cámara y colocó el trípode en su sitio. Era un equipo muy caro y había buscado mucho antes de comprarlo. Había tomado instantáneas por todo el mundo y, aunque para él sólo se trataba de un hobby, los resultados eran mejores que los de un simple fotógrafo aficionado. Se centró en montar el equipo, sin apenas mirar a Lissa. Sí, había visto aquella mirada de pánico en sus ojos, pero dado que no había dicho nada, no tenía motivos para responder. Y de todas formas no lo hubiese hecho. Aquélla era una de esas situaciones en las que Colin prefería que sus acciones hablaran por él, en lugar de utilizar palabras. No pasaba nada por que Lissa estuviese preocupada o asustada. En cuestión de minutos todo estaría claro y sabía que en cuanto lo entendiese se calmaría. Hasta entonces, no podía entretenerse con mimos o carantoñas; no le interesaban lo más mínimo.

Aunque por supuesto no pensaba explicárselo todo aquella noche. No quería compartir cada cosa que pasaba por su cabeza con ella. Había cosas que no debía conocer, al menos no de momento. Cosas que harían que se sintiese mal. Mejor más adelante, con el paso de los meses.

Colin trabajaba con una intensidad que Lissa raramente había visto en él. Era su forma de actuar en la sala de operaciones. Concentrado, preciso, certero. Estaba nervioso, pero sabía que ella era incapaz de captar aquel matiz en él. Contenido, como siempre, continuó con lo que estaba haciendo; no miraría a Lissa hasta que los preparativos estuviesen listos.

Ella observó con los ojos muy abiertos mientras Colin instalaba el equipo fotográfico. Había creído que simplemente la haría vestirse como en el cuadro y que luego follarían. Se había preparado mentalmente para ello. La cámara, sin embargo, significaba que Colin tenía planes muy distintos para ella. «Nunca me subestimes», le decía a menudo, y aun así lo había hecho de nuevo. La emoción de aquel viaje juntos la había dejado aturdida. Si no hubiesen salido del apartamento, seguro que a esas alturas ya conocería todas las señales.

—Confía en mí —le dijo Colin de nuevo, y Lissa cerró los ojos con fuerza y trató de apaciguar sus miedos.

Le había hecho fotos antes, en el apartamento. Aquello no podía ser tan diferente. Trató de confiar en sus propias palabras, pero fue incapaz de engañarse a sí misma. La situación era muy distinta: estaban en medio de un museo, lejos de la seguridad del apartamento. Gracias a Dios estaba cerrado al público y no había nadie más que ellos, pero eso no era suficiente para borrar sus preocupaciones. ¿Qué pasaría si alguien los pillaba in fraganti? No tuvo tiempo de imaginarse qué pasaría en tal caso porque una nueva posibilidad había surgido en su mente. ¿Y si Colin había invitado a más gente para que se unieran a ellos?

Ahora que ya no estaba tan segura de cuáles eran sus motivaciones, su mente la arrastró en un fantástico viaje por otros escenarios, cada uno de ellos más perturbador que el anterior. Sabía que Colin era aficionado a practicar sexo en lugares públicos. Tal vez pensaba invitar a una nutrida audiencia procedente de Reeperbahn para presentar su propio espectáculo de arte en movimiento. ¿Sería capaz de soportarlo? No estaba muy segura de ello. Sin embargo, no le pidió a Colin que apaciguara sus temores. Él no pensaba explicarle nada hasta que estuviese listo para ello, lo sabía. De modo que prefirió quedarse completamente inmóvil, tal y como él le había pedido. Esta vez no le defraudaría.

«Mi pobre niña —pensó Colin—. Se esfuerza tanto...»

Si miraba a Lissa y luego al cuadro, apenas era capaz de distinguir las diferencias. Llevaba medias negras, como la modelo, y zapatos de charol con una tira sobre el empeine, de aspecto inocente si no fuera por los tacones cuadrados de diez centímetros. Colin los había comprado en un catálogo de venta por correo. Al verlos, supo exactamente cómo le sentarían a Lissa. Incluso la había peinado y maquillado él mismo a imagen y semejanza de la mujer del cuadro, apartando el pelo de su frente y recogiéndolo en una cola de caballo al estilo Barbie. Le gustaba tener el control total sobre su apariencia, desde cómo vestía hasta el toque picante que el pintalabios color cereza le daba a su boca. En silencio, la observó durante un instante.

La única diferencia evidente entre Lissa y la modelo era que la primera evitaba mirarle a los ojos. En el cuadro, la chica miraba al espectador con descaro. La mirada de Lissa, sin embargo, estaba demasiado ocupada estudiando hasta el más pequeño detalle del suelo. Colin prefería aquella expresión ausente a la de la mirada directa de la modelo, pero para tomar la foto necesitaba que Lissa le mirase a los ojos.

—No tienes por qué avergonzarte de nada —le dijo—. Esto es algo entre tú y yo.

Sus ojos parpadearon un segundo hacia la cámara y Colin entendió lo que pasaba.

—Tú, yo y una Nikon —corrigió—. ¿Te da miedo la cámara? ¿Por eso tiemblas?

Lissa no respondió a su pregunta y él tampoco quiso presionarla. Podía imaginarse qué era lo que más la preocupaba. Ella había visto la colección de juguetes que llevaba en uno de esos neceseres en los que las mujeres solían guardar las joyas cuando viajaban, con cada uno de los cajones fabricado en vinilo. Sabía que Lissa había visto las pinzas plateadas para los pezones con sus finas cadenas, los juguetes anales de varios tamaños, las esposas y las vendas de piel. Colin se preguntó si habría visto la sala contigua a la que estaban, la S&M o sadomaso, como él solía llamarla. Aquella foto era lo más sencillo de todo lo que había planeado para aquella noche. La intención era que cuando fuesen avanzando por las distintas estancias del museo progresasen poco a poco. Hacia adelante, en su opinión. Seguramente hacia atrás, según la de Lissa.

Mientras preparaba la cámara, pensó cuál sería la siguiente pieza de arte pornográfico que recrearían. Estaba aquella de la chica poni de la década de 1950, vestida tan sólo con un arnés y unos zapatos de tacón, y de cuyo trasero sobresalía una cola de caballo. Colin se imaginó de rodillas detrás de Lissa, separando con las manos sus preciosas y redondas nalgas, utilizando su lengua a modo de lubricante antes de introducirle uno de aquellos consoladores que incorporaban una gruesa cola de caballo. No habían practicado demasiados juegos anales. Lissa era incapaz de pedirle que la penetrase por detrás por mucho que él insistiera en que lo pidiera en voz alta. Quería oír aquellas sucias palabras de su boca, pero aún no lo había conseguido. De nuevo, la chica buena ganaba a la mala.

Desde el principio supo que necesitarían algo más que unos pocos meses para romper todas sus inhibiciones. Pero ¿no era aquello precisamente parte de la diversión?

Capítulo veintiuno

Lissa, caracterizada como chica poni, ya ni siquiera se sentía ella misma. Iban por la cuarta fotografía y Colin había sido tan amable de pasarle una pequeña petaca que contenía whisky antes de ponerse con la foto. El licor hizo rápidamente su efecto: calentó su cuerpo y en principio mitigó sus miedos. Podía sentirlo en sus venas, recorriéndolo, desde las puntas de los dedos hasta las puntas de sus pezones erectos.

El alcohol hizo que se sintiese algo más audaz de lo habitual, lo cual podía traerle problemas. Si el licor le soltaba la lengua y le hacía olvidar cuál era su sitio, podía desafiar a Colin de alguna manera y provocar su ira. Por suerte, unos cuantos tragos no fueron suficientes para emborracharla, pero sí para que se relajase mientras él le ordenaba que se inclinara y le ponía la cola de caballo.

—Perfecto —dijo Colin, como si hablara consigo mismo.

Era tan extraña la sensación de tener algo metido ahí... Qué estúpida, se regañó mentalmente. Ni siquiera dentro de su cabeza era capaz de llamar a las cosas por su nombre. Algo metido en el culo.

Así estaba mejor. Cerró los ojos mientras el rubor le cubría de nuevo las mejillas. Sabía que su rostro estaba encendido, pero no podía evitarlo. Colin la había hecho inclinarse sobre el respaldo de una silla y le había separado las nalgas. Luego había sentido la calidez de su lengua. Quiso decirle que parase, pero no pudo. La sensación era increíble. Ligeramente lasciva, ligeramente sucia, pero le había provocado espasmos entre las piernas. Se preguntó si iban a hacerlo… por ahí.

Sacudió de nuevo la cabeza y su larga melena rubia se agitó en el aire. Follarla por el culo. ¿Por qué era incapaz de decirlo? Lo habían intentado varias veces en el apartamento, pero no había conseguido superar el sentimiento de vergüenza lo suficiente como para empezar a disfrutarlo. En el museo, agarrada a los brazos de una silla, pensó que le gustaría que Colin le metiese el pene por —otra vez tuvo que esforzarse para decirlo— el culo.

Pero no lo hizo.

En su lugar, había utilizado un consolador de plástico, lo había introducido muy poco a poco hasta que Lissa se sintió llena por completo, y luego lo ató al arnés de cuero y metal que rodeaba su esbelta cintura. Vio su imagen reflejada en el cristal de uno de los cuadros y fue incapaz de reconocerse. La visión de aquella Lissa con una cola de caballo saliendo de sus nalgas casi la hizo reír. Pero cuando miró por encima del hombro y vio la expresión en el rostro de Colin la risa murió repentinamente en su garganta. La miraba con el ceño fruncido, la intensidad reflejada en sus ojos; paseó su mirada del cuadro a ella, tratando de descubrir qué era lo que se le escapaba, qué tenía que hacerle para que fuese igual que la visión de la pintura.

El culo de la chica de la imagen estaba lleno de marcas infligidas con una vara. Lissa se dio cuenta del detalle justo en el mismo momento en que Colin reparó también en él. La modelo había tirado del carruaje de su amo, que la había azotado para que corriese más de prisa. Al menos así lo imaginó Lissa, era lo que el cuadro le había contado. ¿La azotaría Colin para conseguir que tuviese el mismo aspecto que la mujer de la foto? Estaba segura de que sí, aunque aún no parecía preparado para hacerlo. Y ella tampoco pensaba pedírselo.

De pronto lo entendió todo. Si la azotaba, entonces tendría que hacerle el amor, y aquello significaría poner punto y final a la representación. Sabía que era capaz de hacerlo varias veces en una misma noche, como sabía que le gustaba posponer el clímax inicial. Tendrían que esperar tanto como él pudiese aguantarse. Nada que Lissa hiciese o dijese podría convencerle si aún no estaba preparado. Al menos así lo había aprendido durante las lecciones.

Siempre en silencio, Colin le puso otro par de zapatos distintos. Su amante había venido bien preparado para tan corto viaje. Se preguntó cuántas veces habría estado en aquel museo para admirar sus obras, cuánto tiempo había necesitado para prepararlo todo. ¿Habría compartido esos mismos extraños preliminares con otras mujeres antes que con ella? Pensó en preguntárselo, pero se detuvo. Tal vez respondería a su pregunta, pero no quería saber la respuesta. ¿Por qué no imaginar que ella era la única con la que había jugado, que era realmente especial para él?

Colin, como siempre ocurría, leyó las preguntas en sus ojos antes de que llegaran a sus labios y le susurró al oído:

—Siempre he querido hacer esto, Lissa. Eres la modelo perfecta. —Le dio un fuerte azote con la mano abierta sobre la piel desnuda y la cola de caballo se agitó en el aire con un movimiento perfecto.

Capítulo veintidós

Después de fotografiar a Lissa disfrazada de chica poni, Colin decidió que los preliminares habían llegado a su fin. Necesitaba follarla ya, antes de que subieran por las escaleras de hierro hasta el siguiente nivel del museo, donde las cosas tal vez se descontrolaran. Especialmente si no se permitía al menos un orgasmo para calmarse. Sabía que Lissa no se había dado cuenta de lo excitado que estaba. Parecía el mismo de siempre, controlándolo todo. Sin embargo, por dentro se sentía como un niño en el primer día de vacaciones, listo para dejarse llevar por una explosión de emoción contenida.

Lissa, montada en unos altísimos tacones en los que apenas conseguía mantener el equilibrio, esperaba obediente una nueva orden. En lugar de dársela, Colin tomó otra foto, un primer plano. Durante unos segundos la luz blanca del flash la dejó ciega, como sabía que ocurriría. Colin se acercó a ella rápidamente mientras Lissa aún parpadeaba, la puso sobre sus rodillas y le dio unos azotes. No se preocupó de quitarle primero la cola de caballo. Le gustaba la forma en que se movía cada vez que castigaba su carne desnuda.

Los azotes no habían sido premeditados y nada tenían que ver con la foto que acababan de recrear. Sabía que las marcas del cuadro habían sido hechas con una vara, pero no quería ir tan de prisa. Además, era difícil hacerse con una buena vara. Había que encontrar el tipo de árbol adecuado, dar con una rama lo suficientemente fina, cortar los nudos... Palas, fustas o incluso su propio cinturón eran mejores herramientas, mucho más efectivas. Pero aún no estaba preparado para administrar aquel tipo de dolor. Lo que quería era hacer suyo el precioso culito de Lissa, y sabía que para que ella disfrutase la experiencia tenía que hacer que estuviese empapada. Le gustaba más cuando se dejaba llevar al mismo tiempo que él.

Supuso que las suyas no eran las formas más habituales en un dominante. Sabía de otros, había hablado con ellos, a los que no les preocupaba lo más mínimo si su pareja alcanzaba el orgasmo o no. Nunca. Colin, en cambio, pensaba que si su amante se corría al mismo tiempo que él, o al menos se acercaba, todas las perversiones que imaginaba y ponía en escena funcionaban con su pareja tan bien como con él. Y eso era precisamente lo que más quería.

En una de las esquinas de la sala había una silla alta de piel. Cogió a Lissa, casi en volandas por culpa de los zapatos, y la llevó hacia allí para ponerse más cómodos. Antes de seguir azotándola, hizo girar el consolador dentro de su ano. Ella gimió y Colin no pudo reprimir una sonrisa. Realmente quería hacerlo por detrás, debería haberlo supuesto antes. Ahora ambos conseguirían lo que tanto deseaban, pero no sin antes acabar con los preparativos.

Levantó con una mano la gruesa cola de crin y con la otra la golpeó, más abajo y más fuerte, en una sucesión de golpes que hicieron que Lissa se retorciese sobre su regazo. Le gustaba que tratase de zafarse. El roce sobre su entrepierna era una sensación increíble y él continuaba dándole azotes sólo para poder disfrutar del contacto de su cadera. Se preguntó si sería capaz de llevarla al orgasmo de aquella manera, si podía limitarse a pegarle hasta correrse sobre su vientre. Por un momento consideró seriamente la posibilidad, pero decidió que sería una lástima desperdiciar una oportunidad así. No era lo que quería ni mucho menos.

Sólo se detuvo cuando la piel de Lissa alcanzó un color rosa intenso. Sería más duro con ella cuando llegara el momento. Por ahora sólo quería darle una muestra, un pequeño aperitivo antes de ponerse serios. Con un gesto brusco, la hizo caer de sus rodillas y le ordenó:

—Pon las manos contra la pared —y señaló un espacio vacío entre dos enormes cuadros. Las imágenes eran perfectas para lo que estaba a punto de hacerle a Lissa. En la de la izquierda, una rubia exuberante posaba con el culo hacia la cámara y las manos alrededor de los tobillos, mientras observaba al espectador con la cara pegada a una de sus piernas. La de la derecha, perteneciente a la serie de chicas poni, mostraba a dos mujeres bellísimas tirando de una carreta y a una tercera siendo azotada por su amo con una larga cola de caballo. Colin tomaría a Lissa entre aquellas dos obras maestras del erotismo.

—Inclínate hasta el nivel de la cintura y quédate quieta —le ordenó. Su voz era apenas audible, pero sabía que ella podía oírle.

Lissa obedeció al instante, sin poner en duda su autoridad. Se apresuró hacia el lugar e hizo lo que le había ordenado. Él la hizo esperar deliberadamente mientras sacaba de la bolsa un bote de lubricante y una toalla que había traído de casa y que extendería en el suelo. La cosa podía complicarse y, aunque tenían el museo para ellos solos toda la noche, no quería dejarlo todo lleno de restos.

Su trasero estaba precioso ahora que le había dado un toque de color. Y, con la cola asomando entre las nalgas, Lissa se parecía aún más a una de aquellas míticas chicas poni. La idea le hizo sonreír. Aquella noche estaba siendo la mejor de todas las que habían pasado juntos. Mientras se desabrochaba los pantalones y se cogía el pene con la mano, se preguntó por qué todo aquello le hacía disfrutar tanto. Justo cuando penetraba su cuerpo y una suave calidez se cerraba a su alrededor, lo entendió.

Lissa había cambiado. La había transformado en una visión que él mismo había creado.

Capítulo veintitrés

—Dime que lo quieres —dijo Colin entre jadeos, su cuerpo desnudo sobre el de ella. Tenía la piel húmeda y resbaladiza, y cuando trató de sujetarla por los brazos, no pudo.

Aguantando la respiración, Lissa trató de obedecerle, pero se dio cuenta de que no podía. Era demasiado difícil.

—Dímelo, Lissa —exigió Colin de nuevo, más serio esta vez. Se preguntó qué más podía hacerle que no le hubiese hecho ya. Cada parte de su cuerpo estaba usada, distorsionada, como si ya no le perteneciese a ella. No podía creerse que estuviesen follando otra vez. Y su cuerpo seguía respondiendo como siempre, deseando sentir su tacto, alcanzar la mágica línea de meta junto a él, llegar a la cima de aquel lugar que hasta entonces sólo había existido en su imaginación.

—Lo quiero —contestó Lissa al fin, sintiendo su pene en su interior, penetrando justo donde más mojada y preparada para recibirle estaba.

—¿Qué es lo que quieres?

Sabía lo que quería decir, pero tan pronto como oyó las palabras formándose en su mente no pudo creer que estuviese a punto de decirlas en voz alta. Colin quería oír lo que ya sabía. Pero ¿cómo hacerlo?

Ella ya tenía cierto poder sobre él, así que, a pesar de lo que Colin pudiera pensar, tenía las cualidades necesarias para jugar a aquel juego.

Las envestidas eran largas y profundas. Habían follado dos veces en el museo después de hacerlo por detrás, después de fotografiarla caracterizada en todos los estilos que era capaz de imaginar. Después, totalmente desorientados, con la ropa desaliñada y despeinados, se habían registrado en el hotel, se habían duchado y se habían metido en la cama, donde lo habían hecho otra vez. Ahora era el turno de Lissa para sorprender.

—Quiero probarme sobre tu piel —dijo en voz baja. Colin se detuvo en seco.

—¿Qué quieres decir?

—Quiero chuparte la polla y limpiar mis jugos de ella.

—Eres una putilla —gruñó Colin—. Eres una jodida putilla.

Era evidente que estaba sorprendido, no tanto por las palabras como por el hecho de que estaba utilizando aquel tipo de vocabulario. Nunca le había oído decir guarradas en voz alta porque nunca había sido capaz de dejarse llevar hasta ese punto. Y eso que Colin había estado insistiendo durante meses. Pero aquella noche la había transformado. La había obligado a adoptar posturas de las que ella ni siquiera había oído hablar, la había utilizado para recrear imágenes que sólo había visto en la galería de su mente. ¿Por qué seguir con aquel papel de chica avergonzada? Sabía cómo ser sucia si se lo proponía.

Sin embargo, sus mejillas estaban ardiendo cuando Colin se apartó de ella para que se volviera. La sujetó por los hombros y ella se arrodilló a sus pies con la boca abierta, preparada para recibirle.

—Sabía que al final afloraría —murmuró Colin mientras la lengua de Lissa asomaba entre sus labios y le lamía las pelotas—. Lo sabía.

LIBRO TERCERO

PERO ¿ES ARTE?

El diablo susurró entre las hojas:
«Es bonito, pero ¿es arte?»

RUDYARD KIPLING

Capítulo veinticuatro

De vuelta en Londres, después de tres días de un sexo tan salvaje que apenas podía andar y mucho menos centrarse, Lissa se sentía como si acabara de despertar de un extraño sueño. Como en una versión porno de *Alicia en el país de las maravillas*, había caído en la madriguera del conejo y había visitado un lugar que cambiaría su perspectiva ante la vida. Y no quería decir que los meses anteriores con Colin no la hubiesen hecho cambiar también, porque habían sido parte primordial en aquella transformación.

Sin embargo, algo increíble había ocurrido en Alemania y ahora, cuando miraba a Colin, veía en él a una persona distinta. No sólo al amante que satisfacía sus deseos más innombrables, sino también al intelectual que entendía el arte como ella lo hacía y que le había enseñado a mirarlo de una manera distinta, que era la capacidad más preciada que un historiador del arte podía poseer.

Recordó las fotografías que colgaban de las paredes del apartamento de Colin. Le habían gustado desde el principio. Eran imágenes en blanco y negro, sutilmente eróticas, que insinuaban más por aquello que no mostraban que por lo que sí. Ahora sabía que Colin era el autor de aquellas fotos y le respetaba aún más por ello, como también sentía una sed renovada en sus encuentros.

En el vuelo de regreso de Hamburgo, Colin le había explicado su objetivo: recrear aquellas obras de arte que más habían influido en él. Fotografías que le gustaban especialmente, esculturas que le excitaban. Después de aquella conversación, Lissa había empezado a pensar en aquellas obras de arte que, a su parecer, resultaban más sugerentes. Había algunas fotografías de Mapplethorpe que le gustaban mucho, y otras de Man Ray que, a pesar de no ser estrictamente pornográficas, le resultaban atractivas. Se imaginó a sí misma desnuda, de espaldas a la cámara, en aquella fotografía de Man Ray en la que una mujer se transformaba en un instrumento musical. Los contornos de su cuerpo, el arco de su espalda…

Pero mientras aquellas imágenes pasaban por su mente, Lissa sabía que lo más probable era que jamás se hicieran realidad. Aparte de los deberes que le ponía de vez en cuando, Colin no siempre contaba con ella a la hora de planear sus juegos.

No, esperaría a que él le preguntase. Mientras tanto, era un regalo ponerse completamente en sus manos, ver con qué nueva idea la sorprendía. Una de las cosas que más le gustaban en él era su falta de pudor cuando se trataba de arte. Algunas personas, sabiendo que Lissa estaba doctorada en historia del arte, eran incapaces de hablar del tema con naturalidad. Simplemente se quedaban petrificados.

En el pasado, su antiguo yo quizá hubiese hecho distinciones sobre el arte erótico, preguntándose si de verdad se le podía denominar arte. Había disfrutado con algunas de las fotografías de Olivia, y de las Chicas Varga en los cuarenta, y sin embargo hubiese clasificado aquellas obras en una categoría inferior a la de las piezas que se podían encontrar en sus museos favoritos. Colin había abierto su mente al encanto de las artes sexuales. Y como siempre había dicho, si una imagen era capaz de emocionar a una sola persona, entonces ya merecía el calificativo de arte.

El mecenas sí se sentía emocionado, sentado en la cama y rodeado de fotos de Lissa esparcidas sobre las sábanas de satén. No necesitó preguntarse ni por un momento si aquellas imágenes eran arte o no. No le importaba lo más mínimo. Lo que sí era importante era lo que las fotografías despertaban en él. Y despertaban mucho. Su pene había cobrado vida propia y necesitaba sus atenciones. Aun así, se tomó su tiempo. No quería apresurarse, todavía no había necesidad de pasar a la siguiente fase. Miró las fotos y deseó que Lissa estuviera allí, recreando junto a él todas aquellas posturas.

Empezarían con la trilogía de la chica poni, simplemente porque aquélla era una idea que jamás le había pasado por la cabeza: una chica vestida tan sólo con una brida y un bocado lista para tirar de un carruaje. Seguirían con la foto en la que aparecía caracterizada como una dominatriz. Por supuesto, sabía que no era más que una mera ilusión, puesto que Lissa era del tipo sumiso, pero se imaginó a sí mismo corriéndose sobre aquella ropa de cuero negro y de brillante charol, visualizó las gotas de semen deslizándose por el cuerpo de la chica. Pensó que le gustaría tener una foto de ella vistiendo uno de aquellos trajes ajustados de charol. Se lo pediría a Colin. ¿Acaso no le había prometido que haría cualquier cosa que le pidiera? Si la promesa era cierta, se dijo el mecenas, debía aprovecharse de ella tanto como pudiese.

Al fondo del paquete, envueltas en la nota escrita a mano de Colin, había unas bragas de Lissa. La nota decía: EL ARTE ES ESENCIA. El mecenas acarició la tela entre sus dedos antes de buscar entre las fotos aquella en que apareciera con ellas puestas. Uniforme escolar. Braguitas blancas debajo de una falda plisada de colegiala.

Se llevó las bragas a la cara e inspiró profundamente. Lissa era increíble. Podía imaginarse a sí mismo con la cabeza enterrada entre sus piernas y lamiéndola, lentamente, introduciendo la lengua entre sus labios hasta encontrar el clítoris y chupándolo hasta que estuviera tan excitada como él lo estaba ahora.

Consideró la posibilidad de ir a buscar la cinta que Colin había grabado para él y escuchar su dulce voz, ver su cuerpo indescriptible, beber de su fragancia, todo al mismo tiempo. Con las bragas aún en una mano, buscó su favorita entre todas las fotos, una en la que Lissa miraba directamente a la cámara.

Se detuvo. Antes de entregarse a una noche de placer en solitario, encendió el portátil y escribió un correo electrónico breve, en el que se detallaba el nuevo encargo. Sonrió mientras introducía las primeras líneas de texto, pensando que Colin agradecería su creatividad. De hecho, le sorprendieron sus propias fantasías. Ahora que conocía el potencial de ambos, su imaginación volaba casi fuera de control. Una fantasía llevaba a otra más retorcida, que a su vez engendraba otra aún mejor.

Miró la hora en el reloj de la mesita. Eran casi las tres de la madrugada en Londres. Colin y Lissa estarían profundamente dormidos, acurrucados el uno contra el otro, piel contra piel.

«No, no pienses en eso ahora —se dijo—. Concéntrate.» La imagen de los dos amantes abrazados no le gustaba. Dirigió la mirada de nuevo hacia las fotografías y sonrió. Sí, sabía exactamente qué poner en aquel correo. Qué agradable saber que cuando Colin se levantase sus palabras le estarían esperando en la bandeja de entrada de su ordenador. Las posibilidades de la mensajería electrónica eran casi adictivas.

Por último, después de desconectar el módem y apagar el ordenador, el mecenas cogió su miembro entre las manos y, literal y figuradamente, solventó sus negocios más urgentes.

Capítulo veinticinco

Colin estaba sentado en su despacho comprobando el correo mientras Lissa leía un libro sentada a su mesa. No era algo que hiciera muy a menudo, pero esa vez estaba seguro de que ella no podía leer en la pantalla del ordenador, no desde donde estaba sentada. Podía notar, sin embargo, su mirada fija en él por encima de un grueso volumen sobre pintores franceses en el que Lissa fingía leer.

Trató de actuar con normalidad. No quería que su lenguaje corporal delatara sus emociones, pero sabía que la tensión con que se contenía no debía de parecer nada normal a ojos de otras personas. Con los hombros hacia atrás, debía de parecer alguien a punto de iniciar una pelea.

«Relájate —se dijo—, actúa con naturalidad mientras esté Lissa presente.» Podía notar el peso de su mirada clavado en la nuca. Respiró profundamente y leyó de nuevo el *e-mail*.

A AMANTE DEL ARTE le habían gustado mucho las braguitas, las fotos, la cinta. Pero aún quería algo más. Colin había supuesto que algo así pasaría, y estaba preparado para ello. Pero no pudo evitar el sentimiento de odio que recorrió su cuerpo. Habían hecho un trato y por lo visto AMANTE DEL ARTE tenía demasiada prisa. Debería haber confiado en Colin para hacer lo correcto, para tomar las decisiones apropiadas en cada momento.

Sintió ganas de hundir un puño en el yeso de la pared, de tirar el ordenador al suelo de un golpe y ver cómo se hacía añicos. Sin embargo, se limitó a reclinarse en la silla y mirar fijamente la pantalla. No podía dejar que sus emociones aflorasen, no con Lissa en la misma habitación haciendo ver que trabajaba en su libro. Le estaba observando, lo notaba, así que apagó el servidor de correo primero y luego el ordenador. Tenía que hacer una llamada, en privado. Con Lissa en el apartamento era más que imposible, de modo que se inventó una reunión imaginaria. Llamaría a Jackie desde el móvil. En el vestíbulo podría poner el plan en funcionamiento sin que Lissa oyese nada y le preguntase qué estaba pasando.

Se inclinó sobre ella y las palabras «te quiero» trataron de colarse entre sus labios. Se contuvo. Habría sido una afirmación vacía, casi automática, que nunca antes había dicho y que ni siquiera sabía si era cierta… Además, ¿qué hubiese dicho Lissa ante aquellas palabras?

Caminó en dirección a la puerta con el ceño fruncido. ¿Qué le estaba pasando?

Unos segundos más tarde, Lissa cruzó la habitación y se sentó frente al ordenador. Era como si la máquina ejerciese una atracción magnética sobre ella, obligándola a hacer cosas en contra de su voluntad. Apretó el botón de encendido mientras en su mente se sucedían una serie de posibilidades. Además de tratar de imaginar qué encontraría, también pensó en qué le haría Colin si la pillaba hurgando en su ordenador. ¿Cómo la castigaría? ¿Quedaba acaso algún método que no hubiesen probado ya? Conocía el tacto de su cinturón, de la fusta y de la pala. Había anulado sus sentidos encerrándola en una habitación oscura, sin ruidos, sin poder hablar. ¿Qué más había? Aquellos pensamientos, en lugar de persuadirla para que no tocara el ordenador, la excitaron aún más.

Sentada al borde de la silla, introdujo todos los códigos que se le ocurrieron. Aquello era una locura. ¿Quién creía que era? ¿Uno de los personajes de *Misión imposible*? ¿O miss Marple, que recientemente se había convertido en la protagonista de una película porno de suspense que haría que la mismísima Agatha Christie se revolviese en la tumba?

Pero no importaba quién creía ser. Era incapaz de controlarse. Cada vez que se quedaba sola en el apartamento, le era imposible concentrarse en el trabajo.

«Chica mala», pensó. Así era como él la llamaba. ¿Estaría viviendo únicamente de sus expectativas? Pasó la siguiente hora probando contraseñas. Introdujo un código detrás de otro sin éxito. El día de su cumpleaños. Nada. Su número favorito. Nada. Las palabras que mejor definían su relación. Nada. D-O-L-O-R. A-Z-O-T-E. O-B-E-D-I-E-N-C-I-A. S-U-M-I-S-I-Ó-N.

Se estaba portando mal, lo sabía. Pero era tal su excitación que fue incapaz de detenerse.

Jackie no estaba en casa y Colin tuvo que esperar a que Lissa se fuese al museo a trabajar antes de tratar de contactar de nuevo con su amigo. Tomó asiento ante su escritorio y clavó los ojos en la pared mientras formulaba mentalmente la pregunta. Quería explicarse bien y sabía que Jackie, como parte de su círculo más cercano, lo entendería, aunque no fuese demasiado rápido. Colin trató de simplificar las cosas.

Marcó el prefijo internacional y luego el número de Jackie. Mientras esperaba la señal, echó un vistazo a las fotos de Hamburgo que estaban en una carpeta abierta sobre su mesa. Lissa, con su expresión más sumisa, le miraba desde su fotografía favorita. Estaba preciosa, cada parte de ella, cada insignificante matiz. Dejó el auricular en su sitio antes de que Jackie cogiese el teléfono.

Lo haría a su manera. AMANTE DEL ARTE no tenía derecho a coreografiar cada escena de su relación. Ya era hora de que Colin se hiciese cargo de la forma en que estaban sucediendo las cosas.

Capítulo veintiséis

La solución llegó de una forma inesperada. Colin se había conectado al servidor para leer el correo, pero aún no había pulsado la tecla «intro» cuando el teléfono sonó. Prefirió coger la llamada en la habitación, y Lissa, al pasar frente a la puerta del despacho, vio que el ordenador estaba encendido. El código era ilegible —una sucesión de puntitos indescifrables—, pero seleccionó el texto y lo copió con sólo pulsar unas teclas. No sabía que escondía aquel código, pero sí podría reproducirlo en el espacio reservado para la contraseña la próxima vez que Colin dejase el apartamento, que fue precisamente después de colgar el teléfono.

—Tengo que irme. Estaré fuera una hora más o menos —le dijo, pasando junto a ella de camino al despacho. Oyó cómo apagaba el ordenador y luego apareció de nuevo en el salón con el pesado abrigo negro sobre los hombros—. Espero que estés preparada para cuando vuelva.

Sólo podía tratar de adivinar qué quería decir con eso, pero no se sorprendió cuando se acercó al sofá y se inclinó para besarla. Su boca sabía a menta y, mientras se besaban, le pasó el caramelo con la lengua.

—Hay más en la habitación —le dijo—. Junto a la cama. Ten uno en la boca hasta que yo vuelva.

Con el caramelo en la boca, sus labios dibujaron una sonrisa. Quería que le hiciese una felación con sabor a menta, algo sobre lo que habían estado leyendo juntos en una revista. Se suponía que era una experiencia alucinante, que producía unas cosquillas deliciosas. Se sintió excitada ante la idea. Mientras Colin le guiñaba el ojo y luego se daba media vuelta, reconsideró su plan para fisgonear en el correo.

¿Por qué quería arruinar lo que había entre los dos? No quería, estaba claro. Pero tan sólo unos minutos después de que Colin hubo abandonado el apartamento, Lissa se encontró a sí misma sentada a su mesa, con el corazón latiendo a toda velocidad. ¿Cuándo era la última vez que se había sentido así de nerviosa? No se acordaba. Las cosas que Colin y ella compartían en la cama hacían que se sintiese viva y llena de deseo. Pero aquello era algo muy distinto. Recordaba un sentimiento parecido. Una vez, cuando era pequeña, se había pasado semanas buscando sus regalos de cumpleaños por toda la casa. Se había colado con sigilo en el desván, en el garaje, debajo de la cama de sus padres, y la sensación había sido exactamente la misma. Una especie de cargo de conciencia por lo que pudiese encontrar, y al mismo tiempo una sensación de alivio por si no encontraba nada.

Pulsó las teclas para recuperar la contraseña de la memoria del ordenador. Luego pulsó «intro» y cerró los ojos. ¿Funcionaría? Casi al instante, la máquina aceptó el código. Aquél era el momento de la verdad. Podía apagar el módem, contenta consigo misma por haber sido capaz de descifrar el enigma, o podía sumergirse en una nueva faceta de su relación con Colin. Si leía aquella información privada, estaría abriendo una grieta entre ellos que podía crecer y convertirse en un precipicio.

Apagó el ordenador.

El resto de la tarde transcurrió a cámara lenta. Lissa intentó avanzar algo en su trabajo. Extendió todas sus notas sobre la mesa de la sala de estar y formó una pila con los libros a su lado. No podía quedarse en el despacho de Colin ahora que sabía cómo acceder al correo. Se sirvió una copa de vino tinto y durante más de una hora fingió que leía. Pero ¿a quién creía que estaba engañando? Revisó sus fotografías favoritas, acarició las páginas con las yemas de los dedos. Al final cerró el libro y se dirigió al despacho.

Rápidamente, como si no quisiese darse tiempo a cambiar otra vez de opinión, encendió el ordenador e introdujo la contraseña. Esta vez no se detuvo a valorar lo que se disponía a hacer y fue haciendo clic una a una sobre las distintas carpetas en las que Colin clasificaba los *e-mails*.

Al principio no encontró nada fuera de lo común, sólo correspondencia sobre temas médicos que no sólo le parecieron aburridos, sino que además eran casi indescifrables. Todos aquellos tecnicismos no tenían ningún sentido para ella. Los fue cerrando, sintiéndose un poco decepcionada por no haber descubierto nada interesante sobre su amante, y al mismo tiempo aliviada.

De pronto apareció en la pantalla un pequeño icono con forma de sobre. Colin había recibido un nuevo correo. Hizo clic sobre el icono y leyó el asunto. Era un mensaje de alguien llamado AMANTE DEL ARTE.

Cerró los ojos con fuerza, sin saber qué hacer. ¿Lo leía? Y si lo hacía, ¿sería capaz luego de confesárselo a Colin? Cuando abrió los ojos, el *e-mail* seguía parpadeando como si fuese un letrero de neón, haciéndole señas, tratando de llamar su atención. Justo cuando estaba a punto de abrirlo el teléfono sonó. Era Colin.

¿Sabía lo que estaba haciendo? ¿Habría sido capaz de adivinarlo? No. Le llamaba desde el móvil para darle instrucciones para aquella noche, un cambio de planes. Apagó el módem y el ordenador, fue hacia la habitación y se vistió tal y como él le había ordenado. Cenarían fuera.

Capítulo veintisiete

Colin sonrió al oler el aliento de Lissa, que aún desprendía aromas de menta. Siempre se esforzaba por contentarle. Deslizó una mano por su espalda hasta llegar a la nuca y tiró con fuerza hasta que estuvo sobre sus rodillas. No le importaba lo más mínimo qué pudiese pensar el taxista. Lo único que le importaba era cómo se sintieran él mismo y Lissa, y también, en un segundo lugar, el mecenas.

Pero el mecenas no tenía nada que ver con la felación que Lissa le estaba haciendo en la parte trasera de aquel espacioso taxi. Y en realidad era precisamente por eso por lo que sonreía. Algo estaba cambiando en su forma de pensar. Ahora separaba aquello que había sido coreografiado por AMANTE DEL ARTE de los encuentros que eran más bien fruto de sus gustos personales. Seguía manteniéndole informado vía *e-mail*, pero escogía con sumo cuidado qué historias deseaba compartir con él y cuáles no. La de aquella noche se la guardaría para sí.

Lissa se movía como una profesional, acariciándole con los labios pintados de un rojo intenso mientras recorría su sexo arriba y abajo sin cesar. Estaba orgulloso de ella. No se había resistido ni tampoco pareció avergonzada cuando le vio bajarse la cremallera de los pantalones. A veces aquel recato suyo hacía aflorar lo mejor de ella, evitaba que le obedeciese a la primera. Esto, por supuesto, no era más que otra excusa para castigar su osadía, algo que a Colin no le importaba hacer de vez en cuando.

Los labios de Lissa se cerraron alrededor de su carne, mientras con la lengua lamía arriba y abajo con la pericia de alguien que lo ha hecho toda la vida. Colin le había explicado cómo quería exactamente que lo hiciera, y era evidente que había prestado atención a sus palabras. Con una mano le acarició los testículos. Las suaves yemas de sus dedos buscaron luego la zona que había justo debajo, aquel trozo de piel en el que la sensibilidad se disparaba. Colin sintió escalofríos de placer. Sabía qué tenía que hacer para volverle loco. Pasaron algunos minutos hasta que la cogió por el pelo y tiró de ella. Lissa sustituyó su boca por una mano y continuó masturbándole como sabía que le gustaba. Un golpe fuerte seguido por un movimiento más suave, más lento. Qué gran discípula era. Continuó con aquel movimiento rítmico mientras él admiraba la belleza de aquella diminuta mano alrededor de su pene. Llevaba las uñas pintabas de un blanco brillante y en el dedo anular brillaba una alianza de boda.

La visión le hizo sonreír de nuevo y de pronto perdió las ganas de alcanzar el orgasmo. Apartó la mano de Lissa y ella le miró desconcertada. Se limitó a darle un beso en la mejilla y pasar el brazo alrededor de sus hombros. No quería tener que explicar por qué no quería seguir con aquello. Casi habían llegado a The Marquis.

Lissa no había oído hablar de aquel lugar, pero sí conocía locales parecidos. Sabía que había dos en Nueva York en los que los comensales podían escoger entre una larga lista de exquisiteces sexuales. Podían elegir entre un apuesto macho dominante o una atractiva dominatriz y ser azotados con una pala hasta romper a llorar del dolor ante el resto de los asistentes.

El restaurante de las afueras que Colin había elegido para aquella noche era de ese tipo. Las paredes estaban decoradas con ricos detalles en rojo y oro, y el conjunto tenuemente iluminado. Era el lugar ideal para disfrutar de una cena cargada de sensualidad. Había grandes velas, auténticas esculturas de cera, que parecían imitar cuerpos de mujeres desnudas convertidas en candelabros góticos. También sobre las mesas quemaban las mismas velas, pero de menor tamaño. A pesar de que el local podía acomodar a cerca de cien personas, había espacio suficiente para todos. Mientras avanzaban hacia su mesa, Lissa tuvo la sensación de estar a solas con Colin, en privado, a pesar de que ya había otras parejas sentadas a sus mesas y en sus reservados.

Lissa miró a su alrededor y vio que todas las camareras iban vestidas de dominatriz y que el hombre que había tras la barra tenía aspecto de poder romper a alguien en dos con sólo una mano. La observó descaradamente mientras Colin y ella tomaban asiento en su mesa, y Lissa tuvo que decirse a sí misma que más le valía comportarse durante la cena. Sabía que Colin apenas podía contenerse, aunque no conocía el porqué. Cualquier indiscreción por su parte sería más que suficiente para que se ganara una de sus reprimendas.

Pero aun así le resultaba difícil fijar la vista sólo en él. El barman, las camareras… Todos los miembros del personal de The Marquis parecían escogidos por su gran belleza. La camarera, sin ir más lejos, era una mujer espectacular de rasgos exóticos, con la piel del color del caramelo y unos preciosos ojos marrones que irradiaban calidez. Iba vestida con un traje ajustado de charol sobre cuya superficie se reflejaba el destello de cientos de velas. Cuando les tomó nota, fijó sus ojos almendrados en Lissa y le sonrió, dejando entrever unos pequeños dientes más propios de un animal. Lissa no pudo evitar imaginarla sentada a horcajadas sobre sus piernas, inclinándose para mordisquear la línea de sus clavículas y luego más abajo, dejando marcas de mordiscos por toda su piel.

¿Por qué había imaginado aquello? No era propio de ella. Notó cómo sus mejillas se sonrojaban y bajó la vista hasta sus manos, que jugaban nerviosamente a envolverse la una a la otra.

—Estás flirteando —dijo Colin mientras servía el vino en las copas.

Lissa estaba horrorizada.

—No... —Negó con la cabeza. No era cierto, ¿o tal vez sí?

Él le hizo un gesto a la camarera, que en aquel momento se dirigía hacia una mesa al otro lado de la sala con el grueso mango de una pala entre las manos. El hombre que allí se sentaba señaló algo en el menú y luego añadió que era para su compañera de cena, una morena cuya despeinada melena indicaba un revolcón aún reciente. La camarera arrastró una silla sin brazos hasta la mesa, colocó a la mujer sobre su regazo y empezó a azotarla con la pala. Lissa se quedó sin aliento, sin poder creer lo que sus ojos veían. Sabía que aquello era algo normal en The Marquis, pero aún no estaba preparada para presenciarlo.

—Después te toca a ti —dijo Colin en voz baja.

Lissa apartó los ojos del espectáculo para clavarlos en los de él, desesperada.

—No...

—¿Qué has dicho?

Se mordió el labio inferior, consciente de que estaba en apuros. Si le decía de nuevo que no, Colin tendría entonces la excusa perfecta para azotarla él mismo. Si se callaba, sería la camarera la que se divirtiese con ella. Colin salía ganando de cualquiera de las maneras, y ella perdiendo. Estaba pensando en ello cuando se dio cuenta de que sus braguitas estaban mojadas.

—¿Qué has dicho? —preguntó él de nuevo con un tono más amenazador que el que había utilizado en toda la noche.

Lissa tragó saliva y cerró los ojos, tratando de decidir cuál de las dos opciones era la menos mala. ¿Cuál era la respuesta correcta a aquel dilema?

—He dicho que no.

Colin no se entretuvo, ni siquiera esperó a que la dominatriz se acercase a su mesa para tomar nota. Un segundo fue suficiente para poner a Lissa sobre sus rodillas. A diferencia del resto de los comensales, que habían dejado que sus parejas conservaran la ropa interior puesta, Colin le bajó las bragas de algodón blanco hasta los tobillos y le subió la falda. La golpeó una vez con fuerza y Lissa se quejó, pero sin moverse. No intentó golpearle o revolverse, no trató de escapar de él, tampoco le suplicó que se detuviera. Se comportó como si hubiese sido mala, como si se supiese merecedora de aquel castigo.

170

Flirteando. Sí, había coqueteado con la camarera, pero no había sido ése el problema. Había algo en la forma de actuar de Lissa desde que había pasado a buscarla por el apartamento, algo distinto, que le decía que alguna cosa no iba bien. A veces Lissa le hacía saber que estaba preparada para recibir su castigo simplemente por cómo se contenía, por una mirada, por una postura.

No estaba seguro de qué se trataba, pero sabía que Lissa odiaba ser azotada en público, y a él le gustaba aprovecharse de ello. La humillación era peor que el castigo físico. El dolor no hacía más que excitarla.

Las nalgas de Lissa temblaban, enrojecidas por los golpes. Colin se dio cuenta de que aquélla era una forma de expiar su culpa por medio del dolor. ¿Qué había hecho? No lo sabía, ni le interesaba. Por el momento le daría unos azotes por el simple placer que sentía al hacerlo. Más tarde ya tendría tiempo para averiguar qué iba mal.

Y, si era totalmente sincero consigo mismo, había deseado pegarle hasta hacerle perder el conocimiento desde el momento en que había visto la alianza de bodas brillando en su dedo en la parte de atrás del taxi. Sí, siempre había llevado aquel anillo, desde la primera vez que se conocieron en Fráncfort. Pero por alguna razón sólo aquella noche le había hecho enfurecer. Canalizó la rabia en ella, en el peso de la palma de su mano cada vez que entraba en contacto con sus nalgas desnudas.

Dentro de los pantalones negros del traje, Colin estaba cada vez más excitado. Disfrutaba tomándose su tiempo, buscando la postura perfecta, azotándola en el culo e incluso en los muslos.

Oh, Dios, era preciosa. Su ira remitió mientras admiraba su belleza desde aquella atalaya privilegiada. Sin embargo, la intensidad de los golpes continuó siendo la misma. La belleza de su cuerpo desnudo, la forma en que su cuerpo adoptaba la postura perfecta, todo ello provocaba en él el deseo de seguir dándole azotes cada vez más fuertes.

Lissa contuvo la respiración mientras Colin no dejaba de golpearla. Supo que no se detendría hasta que sus ojos se llenasen de lágrimas. Toleraba el dolor con facilidad, tanto que a veces rompía a llorar antes por la vergüenza que por el castigo físico. Pero Colin sabía cómo combinar ambos sentimientos, podía dejarle el culo en carne viva y al mismo tiempo hacerle saber lo mala que había sido.

Porque había sido una chica muy mala. Había fisgoneado en su ordenador, tratando de adivinar la contraseña de su correo, y finalmente se había salido con la suya, aunque todo aquello él no lo supiera. Intentó serenarse y aceptar aquel castigo como una campeona, dejarse llevar por el dolor.

Y al mismo tiempo dejarse llevar por el placer.

Capítulo veintiocho

—Cuéntame cosas sobre tu vida —dijo Colin. Aún llevaba puesta la camisa blanca y la corbata, los pantalones y los zapatos, pero su chaqueta de cuadros grises y negros colgaba del respaldo de una silla. Lissa, con las manos por encima de la cabeza, desnuda a excepción de unas esposas plateadas alrededor de sus muñecas, le miró y trató de transformar su expresión en una sonrisa.

Era como estar tumbada sobre el diván de un psiquiatra, sólo que aquél tenía una fusta en una mano y se golpeaba distraídamente en la palma con el extremo de cuero trenzado.

—No sé qué quieres que te cuente. —Tenía las piernas abiertas bajo las sábanas blancas, y los tobillos atados a los postes de la cama con suaves tiras de tela. Sin quitarle un ojo de encima, Colin levantó la sábana con la punta de la fusta y se inclinó un poco para tener una mejor panorámica. Lissa se sentía expuesta, viendo cómo la observaba con la cabeza inclinada y una expresión ilegible en el rostro. No, ilegible no. Parecía el chaval que se cuela en un espectáculo de *striptease* y ve por primera vez el cuerpo de una mujer desnuda.

—Quiero que me hables de tu vida con tu marido. Quiero que me digas por qué le dejaste.

Consideró la petición. Estaba atada, completamente a su merced, pero aquello no parecía ser suficiente. Quería reducirla a algo más bajo aún, presionarla mentalmente mientras ponía a prueba su resistencia física. Guerra psicológica. Y surtía efecto. Se preguntó por qué de pronto se sentía tan sola.

—Las cosas no funcionaron entre nosotros.

Colin se puso de pie de un salto, arrancó la sábana del cuerpo de Lissa y dijo una única palabra mientras la golpeaba con la fusta.

—Mentirosa.

Oyó su voz y sintió el latigazo justo al mismo tiempo. Bajó la vista y vio aparecer una marca en relieve sobre su muslo derecho. Respiró profundamente.

—¿Cómo lo sabes? —preguntó, consciente de que no era la estrategia más inteligente. ¿Por qué llevarle la contraria cuando estaba tan irritable? ¿Por qué ponerle a prueba cuando eran evidentes las ganas que tenía de castigarla?

—Lo sé porque te conozco —respondió Colin—. Siempre les das vueltas a las cosas, una y otra vez, te obsesionas con ellas. Seguro que hubo un millón de razones por las que le dejaste, ¿y no se te ocurre ninguna? No me lo creo.

Lissa cerró los ojos. Odiaba reconocer sus miserias. Se había casado con el hombre equivocado, era tan simple como eso. ¿Qué más quería Colin de ella? ¿Qué más podía decir? Podía entender su enfado en el restaurante al creer que tonteaba con la camarera —porque, sinceramente, lo había hecho—, pero no comprendía por qué mostraba tanto interés por algo que había pasado antes de que se conociesen. ¿Cómo podía estar celoso de un marido al que ella había dejado mucho tiempo antes de su primer encuentro?

La fusta cayó de nuevo implacable sobre su piel. Lissa abrió los ojos y se encontró con los de Colin, de un verde tan profundo que casi parecían negros.

¿Por qué le hacía aquello? Se lo preguntó, con sólo dos palabras, incapaz de aceptar que la creyese una mentirosa.

—¿Por qué? —Su voz era un susurro perdido en las profundidades de su garganta, y sus ojos veían a través de él. Vio su imagen reflejada en un espejo que colgaba de la pared, en la pared opuesta de la habitación, y pensó que el pelo suelto sobre los hombros le daba un aspecto juvenil, lejos de sus treinta años. Tenía los ojos muy abiertos, dilatados por el aguijón de la fusta. Sus mejillas estaban sonrosadas como si hubiese estado corriendo. Un rubor sano. Esperó a que Colin respondiera hasta que se dio cuenta de que era él el que esperaba que le mirase a los ojos. Lo hizo, y él habló.

—Porque quiero que te duela —dijo con voz suave, levantando la fusta de nuevo en el aire y retando a Lissa con la mirada para que no apartase la vista mientras la azotaba de nuevo. Sintió el golpe. Y lo aceptó. Una calidez cada vez más intensa recorría su cuerpo—. Y... —continuó Colin en voz baja, mientras se arrodillaba junto a la cama y reposaba la mejilla sobre la herida que acababa de marcar a fuego en su muslo— porque me encanta esa mirada en tus ojos grises cuando te duele.

El dolor era infinito. Un golpe con la fusta era mucho más doloroso que uno con la mano, o con la pala, o incluso con el cinturón. Y sin embargo había algo dentro de Lissa, como una mecha ardiendo, que aceptaba su necesidad de dolor. La aceptaba y la agradecía.

Pensó en lo que Colin le acababa de decir y a duras penas pudo reprimir una sonrisa.

Estaba en lo cierto. Era la esencia de su relación. Ambos eran como las piezas de un puzle que encajan perfectamente, las lágrimas en los ojos de Lissa y el fuego desbocado en los de Colin.

Se deslizó hacia la cabecera de la cama todo lo que pudo, apartándose de él para poder mirarle a la cara. Todavía de rodillas, él observaba su obra de arte, un cardenal que se hinchaba por momentos y que cada vez era de un color rojo más intenso. Mañana sería púrpura, como las ciruelas maduras. Mientras, no dejaba de besar la herida.

La quería. Podía sentirlo en sus besos.

Capítulo veintinueve

Colin no estaba muy seguro de qué era lo que le estaba pasando. Había hecho un trato, pero ahora temía recibir más correos de AMANTE DEL ARTE. Le gustaba todo de Lissa y se ponía enfermo ante la sola idea de tener que separarse de ella.

¿La quería?

Tal vez sí. Sabía que ella no había entendido su ensañamiento la noche de The Marquis. No se trataba de ella, sino de él y del *e-mail* que había recibido con el nuevo encargo.

Sacudió la cabeza tratando de ahuyentar aquellos pensamientos y luego miró a Lissa, que dormía profundamente a su lado. Era preciosa, sin duda, pero eso no era lo que más le gustaba de ella. Había muchas otras mujeres guapas en el mundo. No, Lissa era especial. Había despertado al mundo del placer con más intensidad de la que él hubiese imaginado antes de conocerla.

En silencio y con mucho cuidado para no despertarla, se levantó de la cama y cogió su bata de seda negra que colgaba del respaldo de una silla. Se la puso y se dirigió al despacho con la intención de responder al último correo de AMANTE DEL ARTE. Haría lo que se esperaba de él, por supuesto. Al fin y al cabo, ése era el trato. Lo cumpliría al pie de la letra y además disfrutaría con ello. Lo sabía.

Pero no pudo evitar regodearse en la pena que amenazaba con hundirle en la más honda de las tristezas. ¿Qué pasaría cuando recibiera el último encargo? ¿Qué pasaría cuando tuviese que dejarla ir?

Capítulo treinta

Aquel viaje resultó mucho más complicado de organizar que el anterior. Mientras la aventura en Hamburgo sólo había necesitado de una llamada telefónica a un viejo amigo, ahora iba a ser necesario pulsar más teclas. Pero a Colin no le importaba. Disfrutaba con cada estadio de los preparativos, e incluso se excitaba cada vez que revisaba mentalmente sus planes. En los días anteriores al viaje, podía hacer el amor con Lissa apasionadamente varias veces en una sola noche y no llegar a sentir su sed saciada.

A ella, sin embargo, todos aquellos orgasmos la dejaban destrozada. Miraba a Colin con los ojos medio cerrados y una expresión de abandono total. Era su forma de hacerle saber que ya no podía más, que necesitaba dormir. Pero para Colin nunca era suficiente. La hacía rodar sobre su propio cuerpo, la agarraba con fuerza y la penetraba una y otra vez, gruñendo como un animal en celo.

Lissa, evidentemente, nunca se quejaba. No era tan estúpida. Pero, cuando terminaban, le miraba desconcertada y se preguntaba qué era aquello que tenía en mente y que le excitaba tanto. También le miró extrañada la noche antes del viaje, aunque por razones distintas. Ese día no follaron.

—Duerme un poco —le dijo él suavemente—, mañana nos espera un día muy largo.

Aquello no apaciguaba su libido, lo sabía, pero tenía que ceñirse a los planes. Lissa le lanzó varias miradas insinuantes después de haber acabado de hacer las maletas, pero Colin se mantuvo fiel a sus planes y no quiso hacerle el amor. Y eso que no había nada que le apeteciese más. Dios, estaba preciosa con aquel camisón negro que acababa de regalarle, con todo aquel delicado encaje como espuma marina rompiendo sobre sus muslos.

Llevaba unas braguitas a juego cuya tela se rizaba en los bordes, y que le daban un aire de falsa inocencia. Colin casi no podía reprimir las ganas de arrancárselas, romperlas en pedazos y penetrarla a través de los agujeros. Sabía el tacto que tendría la tela al rasgarse entre sus dedos. Sin embargo, quería que, cuando llegasen a su destino, Lissa no pudiese contenerse por más tiempo. Apagó las luces de la habitación, le dio un beso en los labios y la abrazó hasta que se quedó dormida.

Colin no consiguió conciliar el sueño en horas, planeando y repasando mentalmente los detalles del viaje.

Capítulo treinta y uno

El viaje a París fue mucho más emocionante que la escapada a Hamburgo, hasta los últimos detalles antes de dejar el apartamento. Por la mañana, Colin observó a Lissa desde la cama mientras se vestía con unas braguitas de satén negro, un sujetador a juego, un elegante vestido rojo y su chaqueta de piel favorita. Lissa podía sentir sus ojos clavados en ella. Se volvió y adoptó una pose de modelo, con la cadera ladeada, como preguntando «¿Te gusta lo que ves?».

A diferencia de la mayoría de los hombres, que rápidamente hubiesen dicho que sí, él se limitó a no apartar los ojos de ella. Luego sonrió.

—Por supuesto —dijo—, menos por un pequeño detalle.

Lissa se miró en el espejo tratando de averiguar qué era lo que había hecho mal. ¿No se había peinado bien? ¿Se marcaban las costuras del sujetador a través de la delicada tela? Colin la detuvo.

—Necesitarías tener visión de rayos X para adivinar qué es lo que no me gusta.

Quería que se quitara las bragas. Era eso lo que trataba de decirle con aquel comentario, y Lissa obedeció. Dejó que se deslizaran por los muslos hasta los tobillos y luego, de una patada, las mandó al otro extremo de la habitación. Acto seguido, adoptó de nuevo la pose de modelo. El suave tacto del vestido sobre la delicada piel rasurada de su sexo acentuaba la sensación de desnudez. Colin asintió satisfecho y se levantó de la cama. Lissa estaba aprendiendo. Ni siquiera había necesitado expresarlo con palabras, ella sola lo había deducido por la expresión de su cara.

Como siempre ocurría, Colin necesitó mucho menos tiempo que ella para vestirse, y en cuestión de minutos estuvo listo para salir. Pero ¿adónde iban? Aún no se lo había dicho a Lissa y ella tampoco tenía intención de preguntárselo. Se lo diría cuando estuviese listo para hacerlo. Ella se dejó llevar por la emoción de lo desconocido. La única pista que tenía era que Colin le había dicho que no se olvidase del pasaporte. Aquello sólo podía significar que iban a salir del país en dirección a cualquier parte del mundo.

Cuando Colin paró el taxi y ordenó al conductor que los llevara a la estación de Waterloo, Lissa se volvió hacia él, desconcertada. Estaba segura de que irían al aeropuerto y eso la confundió aún más. ¿En qué parte de Inglaterra era necesario llevar pasaporte? ¿Había dicho aquello únicamente para engañarla?

—No te preocupes por nada —le dijo él, acariciándole el cuello con los labios—, concéntrate en portarte bien.

Lissa se puso colorada a pesar de saber que no había hecho nada malo —al menos no todavía— y trató de serenarse. Discretamente entrelazó los dedos y reposó las manos sobre el regazo, lo cual no hizo más que recordarle que no llevaba ropa interior. Durante el resto del viaje no hizo más que preguntarse si tal vez Colin pensaba convertir aquello en una recreación de la famosa escena de *No hay salida*. A Lissa le encantaba aquella parte de la película, en la que Kevin Costner y Sean Young hacían el amor en la parte trasera de una limusina. Hacerlo en el asiento de atrás de uno de los míticos taxis negros de Londres sería casi igual de emocionante. Y si no era eso lo que había planeado, ¿la tocaría al menos durante el trayecto? ¿Deslizaría una mano por debajo del vestido para acariciar su piel desnuda?

No. Colin se limitó a pasar un brazo alrededor de sus hombros y a mirar por la ventanilla. Cuando llegaron a la estación, cogió las dos maletas y Lissa tuvo que correr tras él. Fue incapaz de reprimir una sonrisa al ver hacia adónde se dirigía. El Eurostar. Iban a coger el Chunnel, el tren que recorría el canal de la Mancha bajo el agua, hasta París. Había querido viajar en aquel ingenio de la tecnología desde su inauguración. Cada vez estaba más emocionada.

Mientras subían al tren y avanzaban en dirección al vagón de primera clase, Lissa tuvo otro pensamiento erótico: ¿querría Colin mantener relaciones mientras viajaban, camino a París, en el Chunnel? Si era así, entrarían a formar parte del selecto club de la Milla Submarina, sobre el que había leído en una revista. La Milla Aérea significaba hacerlo en un avión. Y luego estaba el club de la Yarda, una especie de parodia de los anteriores, al que sólo tenían acceso aquellos que mantenían relaciones en la parte de atrás de un viejo Volkswagen Escarabajo. Al club de la Milla Submarina sólo se podía entrar en el Chunnel o en un submarino, cosa que no era demasiado probable por muchos contactos que Colin tuviera.

Sentada en su lujoso asiento de primera clase, Lissa

fue consciente de nuevo de que no llevaba ropa interior. Llevaba medias hasta los muslos y unas brillantes botas de piel, y cada vez que cruzaba las piernas se notaba más mojada. Consideró la idea de susurrárselo a Colin al oído, pero no le pareció demasiado interesado en el tema. Lo cual no dejaba de ser extraño teniendo en cuenta su comportamiento de las últimas semanas, en las que nunca parecía tener suficiente. Algunas mañanas se había levantado con dolores tan intensos que se le hacía difícil caminar, debido a sus agotadoras actividades nocturnas con Colin.

Decidió que era mejor no decirle nada. Parecía ausente, como en otro planeta. Después de que la azafata del vagón les hubo ofrecido una copa, cogió el *Herald* y empezó a leer, sin prestarle la más mínima atención. Si se había dado cuenta de su excitación, lo disimulaba muy bien. Lissa suspiró con fuerza, pero no recibió respuesta alguna. Resignada, trató de entretenerse mirando por la ventana.

La primera parte del trayecto, a través de Londres primero y de la campiña inglesa después, fue preciosa. Lissa bebió de su copa de vino blanco y admiró la belleza del paisaje que pasaba veloz tras el cristal. Las imágenes le hicieron pensar en varios artistas y en cómo cada uno de ellos hubiese plasmado aquella belleza de una forma distinta. Como siempre le ocurría, el arte calmó su espíritu y por unos momentos se olvidó de sus necesidades más íntimas, de la urgente necesidad que la había atormentado durante gran parte de la mañana.

Colin se mantuvo distante hasta que entraron en el túnel submarino que atravesaba el canal y las ventanas se cubrieron de una oscuridad nebulosa. Como quien despierta de un trance, apartó el periódico y la miró con una intensidad en los ojos que ella en seguida reconoció. Justo lo que necesitaba Lissa para excitarse de nuevo. Aquella mirada de sus ojos verde oscuro le provocó escalofríos por todo el cuerpo. Apretó las piernas fuertemente y sintió aquella sensación de humedad tan familiar entre ellas.

—Reúnete conmigo en el lavabo —dijo él mientras se ponía de pie y desaparecía en dirección al fondo del vagón. Lissa se volvió para ver cómo se alejaba por el pasillo, como siempre, impecablemente vestido. Observó con detenimiento sus formas masculinas e imaginó su cuerpo desnudo. ¿No era aquello lo que los hombres solían hacer? ¿Desnudar a las mujeres con los ojos? Era la prueba irrefutable de lo hambrienta que estaba de él. Dudó tan sólo un segundo antes de ponerse de pie y seguirle. No se fijó en las miradas de ninguno de los otros pasajeros. En su mente sólo cabían pensamientos sobre Colin y lo que había planeado para ella.

—Sé que has estado esperando a que te follara... —dijo él después de cerrar la puerta del lavabo y correr el pestillo. El compartimento era más grande que el de un avión, pero no mucho más. Sí, se las arreglarían, seguro, pero estarían un poco apretados. Ese pensamiento la hizo sonreír. Sabía que eran capaces de adoptar la postura que hiciese falta.

Cuando la levantó en brazos para sentarla sobre el lavabo, Lissa abrió las piernas preparada para recibirle. Pero Colin no hizo nada. Nunca hacía lo que esperaba de él. A aquellas alturas debería haber aprendido la lección.

—Pero no lo voy a hacer.

En su lugar, sacó un arnés y un pequeño vibrador del bolsillo de los pantalones, deslizó las cintas alrededor de sus piernas y le introdujo el juguete erótico. El vibrador entró con facilidad —estaba muy mojada ya—, y Colin lo sujetó firmemente al arnés. Luego le bajó la falda.

—No voy a follarte —le dijo—, porque te dije que quería que esperaras hasta que yo estuviese preparado. Sin embargo, eso no significa que tú no puedas pasártelo bien mientras tanto.

Pulsó un botón en el mando a distancia que guardaba en el bolsillo y el vibrador pareció cobrar vida.

Colin dejó a Lissa sola en el lavabo para que se arreglase la ropa. Segundos más tarde, ella salió con las mejillas sonrosadas y mirándole con una expresión que sólo podía significar «Por favor, no me pongas en evidencia delante de la azafata».

Lissa se sentó en su sitio y deslizó la mano en la de Colin. En sus ojos había un brillo de emoción. Con la mano dentro del bolsillo, él accionó de nuevo el mando a distancia, esta vez para bajar la intensidad al mínimo. Lissa le sonrió y después cerró los ojos. El vibrador era diminuto y su intensidad mínima, pero Colin estaba seguro de que para Lissa era una máquina poderosa. Ella tragó saliva y se sentó aún más erguida en el asiento, mientras Colin jugueteaba con los controles del pequeño artilugio.

Ver cómo Lissa trataba de mantener el control sobre sus reacciones era uno de los pasatiempos favoritos de Colin. Manipuló los controles hasta que el tren salió del túnel y los rayos del sol entraron por las ventanas. Lissa aún no había alcanzado el clímax, y cuando el vibrador se detuvo en su interior, no pudo evitar una sensación de decepción silenciosa.

Había pasado de «No me dejes en evidencia» a «Por favor, deja que me corra» en sólo diez minutos. Colin no podría haber pedido más. Besó a Lissa en la mejilla y se inclinó hacia ella para susurrarle unas palabras de su canción favorita de Tom Petty: «La espera es lo más duro.»

Capítulo treinta y dos

Cuando el tren se detuvo en el andén de la Gare du Nord, pasadas las doce, Colin se negó otra vez a contarle sus planes a Lissa. Recogió el equipaje y lo llevó hasta un mostrador de la estación, donde una preciosa chica parisina tomó nota de la dirección a la que debía ser enviado. Lissa no reconoció el lugar, y sorprendentemente Colin tampoco dio el nombre de ningún hotel. En vez de preguntar de nuevo qué se traía entre manos y ganarse así otra azotaina en público, Lissa prefirió guardar silencio.

Visualizó fácilmente la escena: ella sobre una de sus rodillas, con la falda levantada y el culo al aire, cubierto sólo por la tira negra del arnés que aún mantenía el vibrador en su sitio. Aunque la imagen era muy sugerente, Lissa jugó a ser la chica sumisa y silenciosa, de pie junto a Colin, sin hacer nada que pudiese molestarle.

Cogerían el metro en la estación de trenes. Lissa se sentía como en una montaña rusa, todo el día arriba y abajo. Llegó el metro y tomaron asiento. En seguida Colin comenzó a jugar otra vez con el mando de su juguete nuevo, empezando por la potencia mínima. Ella podía oír el motor del artilugio con claridad, pero nadie se volvió para mirarla. Supuso que el ruido quedaba sofocado por el traqueteo del vagón.

Trató de pensar en cosas que no fuesen sugerentes. Béisbol. Fluctuaciones en la Bolsa. Las algas de un estanque. Todo era una cuestión de control mental, o al menos eso era lo que decían. No quería correrse y no lo haría. Sintió la mirada penetrante de Colin sobre ella. Disfrutaba viendo cómo luchaba consigo misma por mantener el control. Después de unas cuantas paradas, desconectó por fin el vibrador.

—Hemos llegado —le dijo, cogiéndola de la mano.

¿Adónde? Lissa miró por la ventanilla del vagón para ver el nombre de la parada: Blanche. Nunca había oído hablar de aquel sitio y supo que no estaban en ninguno de los puntos turísticos de la ciudad. ¿Acaso no era propio de Colin escoger un lugar apartado, una elección inesperada?

La condujo de la mano entre la multitud de viajeros que iban y venían en lo que a Lissa le pareció una danza perfectamente coreografiada. Nadie empujaba a nadie, nadie chocaba con nadie. Ni siquiera en el improvisado juego de las sillas, que se producía cada vez que las puertas del vagón se abrían y los nuevos pasajeros se apresuraban para conseguir unos de los pocos asientos libres, había la brusquedad y la ira contenida que Lissa había percibido en el metro de Nueva York.

Dejó que Colin la guiara por los pasillos sin prestar atención a la dirección. Fijó la mirada en los pósters que cubrían las paredes de los túneles subterráneos. Muchos eran de exposiciones de arte que no le hubiese importado visitar. ¡Al fin y al cabo, estaban en París! En California tenía que conducir cuatro horas para cruzar la frontera al siguiente estado. En Europa, sin embargo, con un simple trayecto en tren se podía cambiar de país. Y Francia era uno de sus favoritos.

Sabía, sin embargo, que Colin ya había hecho planes y que la posibilidad de visitar el Louvre o el Museo Picasso estaba fuera de toda discusión. Por eso, cuando él le dijo que sí irían a un museo, Lissa le miró, sorprendida.

—El Musée de l'Erotisme —continuó él, y todo empezó a cobrar sentido.

Primero la había llevado al museo erótico en Hamburgo y ahora se proponía visitar su versión parisina. ¿Querría pasar tal vez por todos los museos eróticos de Europa, como quien realiza un peregrinaje? Trató de recordar sus nombres. Había uno en Berlín, se dijo, y seguro que otro en Amsterdam. De todas las ciudades europeas, era sin duda la más apropiada. Y, a pesar de que Estados Unidos era considerado un país mucho más conservador, había oído hablar de un museo del sexo en Nueva York. ¿Lo visitarían también? Esta vez tampoco preguntó en voz alta. En su lugar, y mientras subían el tramo final de escaleras que los llevaría a las calles de París, bañadas por los últimos rayos de sol del día, trató de ubicarse.

El Museo de Arte Erótico de París estaba situado en el barrio de Pigalle, una zona que Lissa nunca había visitado antes. En su último viaje a la Ciudad de la Luz había pasado prácticamente todo el tiempo encerrada en los museos más famosos o paseando por las calles que rodeaban el Sena y mirando los escaparates de las diminutas galerías de arte. Debería haberse imaginado que en París también había un barrio rojo. Y aunque el lugar parecía sucio y descuidado, sobre todo en comparación con la belleza del resto de la ciudad, se dio cuenta de que en realidad no le molestaba toda aquella mugre, que no hacía sino despertar aún más su curiosidad por saber qué vendría a continuación.

El lugar le recordó a Sunset Strip, aunque en realidad se parecía más a Reeperbahn, en Hamburgo. Era más abierto que Hollywood, donde se podía encontrar absolutamente de todo. pero había que buscar primero. En Pigalle, las calles estaban llenas de sex-shops sobre cuyas entradas colgaban cortinas hechas de tiras de goma negra, como en un túnel de lavado. Cada vez que alguien entraba o salía, Lissa podía ver estanterías llenas de revistas y juguetes sexuales en sus cajas: consoladores, vibradores, alguna muñeca hinchable… Pensó en preguntarle a Colin si alguna vez había utilizado una, pero como no estaba muy segura de querer conocer la respuesta, no dijo nada.

—¿Te gustaría entrar? —preguntó él, consciente de la intensidad con la que Lissa miraba las tiendas.

—No mucho —contestó ella, sacudiendo la cabeza—. Son todas iguales, ¿verdad?

Los ojos de Colin brillaron al oír sus palabras.

—¿Así que ya has estado en un sex-shop antes? —preguntó. Continuaron andando y mientras él fue preguntándole los detalles. Y cuando Colin quería más información, Lissa se la daba.

Sí, había estado en sex-shops en el pasado: en el Cofre del Placer del bulevar de Santa Mónica y en el Drake de Melrose. Beau, su novio de la universidad, la había llevado allí para que aprendiera a dejarse llevar en el sexo. «Hay más cosas en la vida que la postura del misionero», le había dicho señalando un montón de esposas, collares, correas y vestidos de vinilo.

Por aquel entonces Lissa era demasiado tímida como para dejarse llevar. Y por eso Marcus había su-

191

puesto el cambio perfecto en su vida. Era el tipo de hombre sólido y estable con el que ella siempre había querido casarse, y su conservadora visión del sexo era idéntica a la de Lissa. Lávate los dientes antes de hacerlo. Asegúrate de estar siempre perfecta y de oler bien. Después de diez años de matrimonio, Lissa se había sorprendido a sí misma fantaseando cada vez más con Beau, con su forma de hablar y con las cosas que le decía. Con el tiempo comprendió que ahora sí estaba preparada para aquello que la había asustado cuando sólo tenía dieciocho años.

Evidentemente, a Colin no le contó nada de eso. Sólo le dijo que había estado en unas cuantas de aquellas tiendas en Hollywood, intrigada por lo que pudiera esconderse detrás de las ventanas tintadas, y que lo que descubrió la había decepcionado.

—No creo que pienses lo mismo del sitio al que vamos hoy —le dijo él mientras se acercaban al edificio—. Antes era un cabaret, hasta que hace ya algunos años lo convirtieron en un museo.

Lissa sabía que a Colin le gustaba interpretar el papel de guía turístico. Le escuchó dedicándole sólo la mitad de su atención, puesto que la otra mitad estaba centrada en la fachada del museo, donde se podía ver el retrato de una mujer y las palabras «Musée de l'Erotisme» debajo.

Colin abrió la puerta y Lissa vaciló un instante, preguntándose qué le esperaba dentro. Sabía que su amante había planeado algo especial, como ya había hecho en Hamburgo, pero también sabía que no tendría nada que ver. Interrogó a Colin con la mirada, pero no obtuvo respuesta, sólo una sonrisa vacía mientras cruzaban el umbral de la puerta de la mano. Pagaron dos entradas a la chica de mirada aburrida de la taquilla y luego se dirigieron hacia los ascensores.

Lissa volvió la mirada por encima del hombro en dirección a la taquillera. ¿Había visto un intercambio de miradas entre ella y Colin? ¿Era aquella visita otra encerrona planeada con la complicidad del propietario? La chica no levantó la vista del mostrador, concentrada como estaba leyendo una revista. Si conocía bien a Colin, estaba interpretando su papel a la perfección.

—Hay siete plantas —explicó él después de tirar de la muñeca de Lissa para recuperar su atención—. Cogeremos el ascensor hasta el último piso y luego iremos bajando. Es la mejor forma de verlo todo.

Siete plantas, pensó Lissa, aún intentando adivinar qué pensaba hacer Colin esa vez para sorprenderla. No podrían follar, al menos eso era seguro. El museo estaba abierto al público, no como en Hamburgo. Volvió la mirada hacia él. El mes de febrero en París estaba siendo especialmente benévolo, sin nieve ni lluvias, por lo que Colin llevaba un suéter negro de cachemira y pantalones a juego. No llevaba ninguna bolsa, así que esta vez no habría fotos. A menos que llevase encima una de esas nuevas minicámaras, lo bastante pequeñas como para llevarlas en un bolsillo. Bajó la vista hasta la entrepierna de Colin y se puso roja cuando él se rió de ella.

—No es momento para eso, Lissa —le dijo, como si supiese exactamente en qué estaba pensando.

A pesar de sus palabras, cuando montaron en el ascensor Lissa se preguntó si le haría el amor dentro del minúsculo compartimento. Podía imaginarlo. La empujaría contra el espejo que cubría la pared del fondo, le arrancaría el vestido de un tirón y la penetraría mientras el ascensor se elevaba hacia lo alto del edificio.

No pasó nada de todo aquello, aunque tampoco hubiese dado tiempo. Y la cámara de seguridad situada en una de las esquinas del ascensor, pensó Lissa, seguramente tampoco era un aliciente. Una cosa era grabar tus propios vídeos y otra muy distinta ser grabado por un extraño.

En cuanto pisaron el mármol blanco y negro de la séptima planta, Lissa ya no pensó más en las intenciones de Colin y dejó que sus sentidos se hiciesen con el control. Cuando estaba en presencia de arte, fuese erótico o convencional, siempre trataba de bloquear la parte racional de su cerebro y dejar que las obras hablasen por ella. Lo más complicado era valorar una pieza sin volcar todo el bagaje acumulado en ella. A veces, como le ocurría en ese momento, era simplemente imposible. En la última planta del museo se exponían obras en tres dimensiones creadas a partir de tampones y salvaslips.

Lissa hizo una mueca de disgusto al ver aquello, pero trató de no escuchar la voz dentro de su cabeza que le decía: «Esto no es arte, y ni siquiera es erótico.» Era arte si llegaba a alguien, incluso si ese alguien era el propio artista. Con todo, se alegró cuando Colin la guió hacia la siguiente planta. Aquellas obras de temática menstrual tampoco parecían haberle gustado.

Bajaron las escaleras en silencio hasta la sexta planta, donde había una exposición de fotografías de ombligos en blanco y negro. A Lissa le gustaron los cuadros expuestos, le parecieron alegres, tanto que cuando Colin la guió hacia las escaleras que llevaban al siguiente piso en sus labios se había dibujado una sonrisa juguetona. ¿Quién habría dicho que un ombligo pudiera ser tan distinto de otro? Le hubiese gustado leer la reseña de aquella exposición y ver la foto elegida para acompañar al texto. ¿Cómo escoger sólo una de ellas para representar la serie entera?

En el quinto piso Lissa abrió los ojos, sorprendida. Era la planta dedicada al sexo en movimiento y en ella había estatuas conectadas a motores que imitaban los movimientos coitales. Según el folleto explicativo, eran «esculturas interactivas». La primera que llamó su atención fue una bicicleta montada por un par de piernas desnudas y un precioso culo. Trató de analizar la obra. Aparte de las piernas desnudas, montar en bicicleta no le parecía algo especialmente erótico. Sin embargo, si el espectador se situaba detrás de la escultura, con el culo en primer plano, el movimiento de las piernas resultaba casi hipnótico. Tal vez surtiese más efecto en hombres que en mujeres. Antes de que pudiera dejarse llevar por la obra, algo llamó su atención.

Otra escultura, ésta sí de carácter marcadamente sexual, representaba a dos amantes en la cama. La mecánica de la obra hacía que el hombre se moviese arriba y abajo encima de su compañera. El cuerpo de la mujer, sin embargo, no se movía. Lissa tuvo la sensación de que al artista, probablemente una mujer, no le gustaba demasiado el sexo, o al menos no con hombres. De no ser así, ¿no hubiese dotado a la parte femenina de la escultura de algo más de vida?

Lissa reflexionó sobre aquella obra mientras bajaban las escaleras hasta el cuarto piso. Los tacones de sus botas resonaban sobre el suelo de mármol y de pronto se dio cuenta de que no había oído más pisadas que las suyas desde que habían entrado en el museo. Al parecer eran los únicos visitantes. Colin soltó su mano y caminó delante de ella. Lissa se preguntó si había alguna razón para aquellas prisas repentinas. ¿Acaso los esperaba algo en una de las plantas del edificio que no hubiesen descubierto aún? Colin no le había dirigido la palabra desde que entraron por la puerta, pero podía sentir su mirada sobre ella mientras observaba las distintas obras. ¿Es que estaba esperando a que Lissa descubriese sus planes por sí misma? Así había ocurrido en Hamburgo, aunque le había costado. Su corazón empezó a latir con más fuerza ante la posibilidad de que algo se le hubiese escapado, una pista tal vez, en una de las plantas superiores. Y si así había sido, ¿la castigaría por ello? Le temblaron las piernas y tuvo que agarrarse con fuerza a la fría barandilla de la escalera para no perder el equilibrio.

Colin, unos pasos por delante de ella, se volvió para mirarla.

—¿Vienes? —le preguntó, ofreciéndole una mano. Lissa la aceptó y juntos bajaron hasta la cuarta planta.

Capítulo treinta y tres

—¡Oh, Dios mío!

Lissa se detuvo en el centro de la sala y giró sobre sí misma. No podía creer lo que estaba viendo, todas aquellas obras que colgaban de las paredes. Las veía con sus propios ojos y, sin embargo, su cerebro era incapaz de procesar su significado por completo. Sí, sabía que Colin seguramente tenía algo preparado para sorprenderla. Al fin y al cabo, así era como funcionaba su relación. Pero Lissa había imaginado que sería algo relacionado con el sexo, un nuevo truco pensado sólo para ella, un columpio colgando del techo del museo al que subirse, unas esposas en una estatua que luego usaría para atarle a ella las muñecas. Su meta era convertirla en una obra de arte, pero Lissa jamás se hubiese imaginado que sería la protagonista de una exposición.

—¿Te gusta? —preguntó Colin dulcemente. De nuevo la miraba a ella, ignorando las obras que los rodeaban, como si estuviese hipnotizado por las expresiones de su rostro. Confusión, miedo, incredulidad.

Tal vez estuviese alucinando, pensó Lissa. Cerró los ojos con fuerza y los volvió a abrir. Las veinte réplicas de sí misma seguían allí y la miraban a los ojos con descaro. Se disfrazaban, hacían pucheros y la retaban con miradas impúdicas. Allí estaba ella haciendo de chica poni, vestida de dominatriz, o en primer plano después de un orgasmo, con los ojos medio cerrados y los labios entreabiertos, pidiendo más. Eran las fotos que Colin le había hecho en Hamburgo, enmarcadas y colgadas en las paredes de la sala principal. Lissa en todas sus facetas: como una vulgar putilla o como la chica inocente e indefensa que no era. Incluso caracterizada como la mismísima Bettie Page.

Demasiada información en tan poco tiempo. Sus fuerzas empezaron a flaquear y Colin tuvo que sujetarla por los brazos para que no se cayese al suelo. Aún no había dicho nada, no había preguntado qué hacían todas aquellas fotos suyas allí o por qué la había llevado a verlas. Tampoco él se ofreció a resolver cualquiera de aquellas dudas. En su lugar, se limitó a preguntar:

—Preciosa, ¿no crees?

Lissa no respondió. Miró hacia el punto en el que empezaba el recorrido de la exposición, donde seguramente encontraría una breve biografía del artista. Sin embargo, allí no había nada más que una sencilla placa blanca en la que se podía leer: «Donado por un mecenas anónimo de las artes eróticas.»

—¿Desde cuándo están estas fotos aquí? —preguntó ella.

Colin sacó el folleto del bolsillo de atrás de sus pantalones y le pasó el trozo de papel doblado.

—Es una exposición nueva —explicó, señalando la fotografía que el museo había escogido para representar la muestra. Era una imagen de Lissa a cuatro patas, vestida únicamente con un corsé negro y unos tacones de aguja, con la cabeza inclinada hacia abajo, pero mirando directamente a la cámara. «No, a la cámara no —pensó ella—. A Colin.» Recordaba cuánto había querido complacerle, lo mucho que se había esforzado por recrear a la perfección las fotografías que él había escogido. En el folleto aparecían también reproducciones de muchas de las obras originales, sin duda con el consentimiento del museo de Hamburgo. Los comisarios de ambas exposiciones debían de conocerse. También a ella le habían hecho favores similares cuando trabajaba en el Getty.

Colin la devolvió de nuevo a la realidad al llevarla hacia la obra principal, la más grande, de toda la exposición.

—Nadie adivinaría que eres tú —le dijo, hundiendo una mano en su larga melena y luego tirando de ella hacia atrás. El cuerpo de Lissa se puso tenso, en guardia, mientras esperaba su próximo movimiento—. Eso es precisamente lo más bonito, Lissa. Eres increíblemente maleable. Te transformas para la cámara —se detuvo— y para mí.

Hizo un gesto con la cabeza hacia una de las cámaras de seguridad, que los vigilaba desde la esquina más lejana de la sala. Lissa miró a su alrededor y vio que había una en cada esquina.

—¿Estás preparada? —preguntó Colin, mientras la ayudaba a quitarse la chaqueta de piel primero y luego le desabotonaba lentamente el vestido rojo para dejarlo caer al suelo. Sus dedos se posaron cálidos sobre la piel desnuda, trazando dibujos ilegibles desde el vientre hasta los pechos. Lissa contuvo la respiración. Las manos de Colin se deslizaron hasta el cierre del sujetador negro y, al desabrocharlo, ella empezó a temblar.

—¿Preparada? —repitió Lissa, totalmente inmóvil.

Escuchó con atención, tratando de oír pasos acercándose, pero no oyó nada. ¿Lo había preparado todo Colin para que, de nuevo, nadie los molestase? Seguro que sí, pensó, pero quería oírselo decir. Él puso dos dedos bajo su barbilla y la obligó a levantar la mirada. Se acercó y luego se inclinó sobre ella, para besarla en el cuello. Se detuvo allí un instante, sus cálidos labios contra su piel, sintiendo los latidos de su corazón. Cuando se separó de ella, Lissa parecía aturdida, pero aquello no la detuvo y repitió la pregunta de nuevo:

—¿Preparada? —insistió, ansiosa por recibir una respuesta.

—¿Estás preparada para transformarte para mí de nuevo?

Capítulo treinta y cuatro

Desde el cuartel de seguridad, escondido en las entrañas del museo, Jackie Miller pulsó el botón que le permitiría tener un primer plano de la escena. Luego enfocó las otras tres cámaras y se sentó, dispuesto a disfrutar del espectáculo. Era parte del trato que había cerrado con Colin, un pequeño pago por adelantado. O, como a él le gustaba llamarlo, una bonificación.

Las imágenes captadas por las cámaras aparecían en cuatro monitores distintos. El resto de las pantallas, repartidas por las paredes de la sala, mostraban imágenes de las demás plantas del edificio, pero a Jackie no le interesaban. Estaba absorto en Colin y Lissa. Sobre todo en Lissa.

Menudo culo tenía. Colin no le había mentido cuando le dijo que era toda una belleza. Claro que eso él ya lo sabía, puesto que había sido uno de los primeros en ver la nueva exposición. Pero nunca se sabe cómo será alguien en persona, sin maquillaje ni peluquería. Recordó el desplegable de *Playboy* (¿o había sido el de *Penthouse*?) en el que aparecía Nancy Sinatra. Había arrancado las páginas de la revista para colgarlas en las paredes de su habitación. Esa chica siempre había sido una de sus favoritas cuando él era un adolescente, con aquellas botas suyas hechas para caminar, como decía la canción. Incluso hoy en día aún sentía un hormigueo entre

201

las piernas cada vez que pasaba junto a una mujer con botas altas hasta las rodillas, especialmente si eran blancas. Y fíjate, pensó la primera vez que vio el desplegable, todavía estaba cañón a sus cincuenta años. Pero luego la había visto en un programa de entrevistas y, joder, menuda decepción.

Jackie volvió a su vigilancia sexual. La cámara número tres enfocaba la cara de Lissa. Había calculado perfectamente el ángulo, sobre la cabeza de Colin, para no perderse ninguna de sus expresiones. Sus labios formaron una palabra y Jackie deseó poder saber qué estaba diciendo. Aun así, en silencio, aquello era mejor que cualquier película porno que jamás hubiese visto, y a decir verdad, era un buen conocedor de la industria. Aquello era mejor porque estaba pasando en directo y era algo privado. Había locales en aquel mismo barrio en los que se podía ver a un hombre y a una mujer haciéndolo, pero siempre entre una multitud de hombres excitados. Nunca solo. Era casi perfecto, sólo superable si él mismo pudiese estar allí presente, con ellos, para dirigir la escena personalmente. Hubiese sido increíble poder decirle a Lissa qué debía hacer, cómo debía colocarse, situándola a ella y a Colin de una manera para luego probar con algo nuevo.

No, aquello tampoco hubiese sido inmejorable. Faltaban unas cuantas chicas más en la escena. Y, evidentemente, en el lugar de Colin se pondría él mismo. Se dejó llevar por aquellas ensoñaciones hasta que vio que Lissa se arrodillaba delante de una de las fotografías, lista para hacerle una felación a Colin. Aquello hizo que su propio miembro se pusiera en alerta, aunque él era un profesional. No pensaba darle al «pequeño Jackie» su recompensa hasta que la cinta estuviese terminada.

Le había prometido a Colin que editaría el vídeo antes de entregárselo, escogería las mejores escenas y luego le llevaría dos copias a su apartamento aquella misma noche. Tenía que reconocer que por el equivalente a quinientos dólares americanos no era un mal trato. Se esforzaría en hacer bien su trabajo, aunque sólo fuese porque pensaba quedarse con una copia. Llevaba haciendo vídeos desde que dejó el instituto, sabía muy bien lo que tenía entre manos. No le había importado tener que cerrar la cuarta planta al resto de los visitantes. Había puesto unos carteles avisando de un desvío en el recorrido y luego había sobornado a la chica de taquilla y al otro vigilante de seguridad. Más fácil de lo que esperaba.

Jackie miró hacia la cámara número dos, la que enfocaba el trasero de Lissa. Fijó el plano presionando un botón y sonrió. Allí es donde le gustaría juguetear si él fuese Colin. Se metería en lo más profundo de aquella mujer, con los brazos alrededor de su cintura y la boca contra su cuello, lamiendo, chupando, mordiendo. Era su postura favorita y sabía que también la de muchas mujeres. Incluso a las francesas les gustaba, y eso que tenían fama de ser más finas que las americanas. Nunca había tenido ningún problema al respecto, aunque tal vez fuese porque las mujeres con las que salía eran de todo menos tradicionales. Desde que trabajaba allí, en el museo, había descubierto que sus ligues del barrio eran aún más salvajes que él, y que siempre aparecían con nuevas ideas que a él jamás se le hubiesen ocurrido.

Lo que Colin se traía entre manos tampoco se le hubiese ocurrido a él, así que tal vez tuviese un problema de falta de imaginación. Si era así, entonces sería mejor que prestase más atención a la pareja. Quizá aprendiese algo.

Capítulo treinta y cinco

Definitivamente Colin se estaba volviendo cada vez más creativo. La película viajó por Internet hasta detenerse en la bandeja de entrada del mecenas. En el asunto del *e-mail* se podía leer: «EL ARTE ES MOVIMIENTO.» Un pequeño icono con forma de proyector de cine indicaba que lo único que tenía que hacer el espectador era hacer clic.

Aún no eran las doce del mediodía, pero el mecenas se sirvió una copa. Una parte importante del ritual... Tomarse un trago primero y luego descubrir qué nuevas sorpresas le esperaban. Él mismo se lo había sugerido a Colin, pero aun así la sola idea de poner por escrito una fantasía y que Colin la convirtiese en realidad le parecía increíble. Era como si ese hombre fuese una especie de Papá Noel sexual.

El mecenas tomó asiento en el sofá de piel y pulsó el botón *play* en su portátil. Al principio no estaba muy seguro de lo que estaba viendo. Entonces se dio cuenta de que Colin había llevado su petición mucho más allá de lo que era su deber. Él simplemente le había encargado un vídeo de los dos follando, pero a Colin, por lo visto, no le gustaba hacer las cosas a la manera tradicional. El mecenas lo sabía y sin embargo no conseguía identificar el lugar donde se había grabado la escena.

¿Era un museo? Detuvo la película para abrir el archivo adjunto que la acompañaba. En él Colin le había enviado una versión electrónica del folleto del Musée de l'Erotisme. Y entonces lo entendió todo. Aquella película había sido grabada en la sala en la que las fotos de Lissa estaban expuestas.

La cámara de seguridad enfocaba una fotografía de Lissa vestida como Bettie Page, pero al parecer era una cámara sensible al movimiento, así que cuando Lissa y Colin entraban en la sala, enfocaba su ojo rojo en ellos. En el cambio de plano se podían ver algunas de las otras obras: una Lissa borrosa caracterizada de chica poni, de dominatriz, vestida con ropas de cuero y con un látigo en una mano. Luego la cámara mostraba a la Lissa real, de carne y hueso, la chaqueta en el suelo y el vestido medio caído.

El mecenas no pudo evitar sonreír. Cuando Colin y Lissa habían grabado la cinta, para ellos había sido todo muy real. Habían follado rodeados de fotografías de ella, en una sala repleta de obras de arte. Pero, al grabar la escena en vídeo, su acto se había convertido a su vez en otra obra de arte, congelada para siempre en el tiempo, pero lista para cobrar vida cada vez que el mecenas pulsase el botón de *play*.

En la imagen, Colin le quitaba el sujetador a Lissa y lo utilizaba para atarle las manos a la espalda. El mecenas sintió un cosquilleo entre las piernas. Jamás se le hubiese ocurrido algo así. Para él, un sujetador no era más que eso, un simple sujetador. Se inclinó hacia adelante y observó la pantalla con atención. Daría cualquier cosa por poder escuchar lo que Colin le estaba diciendo a Lissa en las imágenes.

Pero no era difícil imaginárselo, no hacían falta

subtítulos. Colin iba a follarse a Lissa por detrás, así de simple. La dobló hacia adelante hasta que las palmas de sus manos descansaron sobre el suelo. Sin duda era una mujer con una gran agilidad que le permitía retorcerse hasta conseguir la posición perfecta. Luego Colin separó sus nalgas con las manos y la miró desde arriba. El mecenas deseó poder ver un plano más de cerca, y de pronto ahí estaba. Sacudió la cabeza, sin entender. Entonces se dio cuenta de que la grabación había sido editada. Debía de haber varias cámaras en la sala, todas enfocando hacia los amantes. Seguramente Colin había recogido todas las cintas y las había mezclado. Sólo le sorprendió que no hubiese añadido sonido, tal vez una de aquellas músicas de fondo típicas de las películas porno.

El mecenas tomó un trago de whisky y se inclinó hacia adelante para ver cómo Colin deslizaba la punta de su miembro dentro de Lissa, tratando de provocarla. Seguramente tenía a un amigo al cargo de la cámara, pensó. ¿Cómo sino había sido capaz de conseguir planos tan buenos? Cada vez que la cámara hacía un primer plano las imágenes se volvían algo granuladas, mientras que en los planos generales eran mucho más nítidas. De todas formas, valía la pena verlas. El mecenas puso una mano sobre la pantalla del portátil, como si quisiese sentir el tacto de la piel de Lissa a través de ella.

Cerró los ojos y se imaginó a sí mismo en el lugar de Colin. Cuando abrió los ojos de nuevo, un primer plano de la cara de la chica llenaba la pantalla, como si le estuviese mirando directamente a los ojos, como si supiera quién era y qué se traía entre manos. Tuvo que sacudir la cabeza para alejar aquella imagen de su mente.

Continuó mirando las imágenes, como hipnotizado, mientras la fuerza de un orgasmo cubría el rostro de Lissa. Miró aquellos fotogramas, una y otra vez, hasta que también él alcanzó el clímax. En cierto modo, fue como correrse con ella.

Capítulo treinta y seis

Acababa de amanecer en París y a Lissa la ciudad le recordaba una fiesta a la que los invitados todavía no habían llegado. Los dueños de las tiendas habían empezado a subir las persianas que cubrían los escaparates, aunque afuera no esperaba ningún cliente. Había pequeñas mesas redondas sobre las aceras, pero sus sillas permanecían vacías, sin nadie que tomara un capuchino, un café con leche o un expreso. Las calles estaban aún mojadas por la limpieza matutina; las únicas personas con las que Lissa se cruzó fueron algunos parisinos somnolientos que paseaban a sus perros diminutos.

Para protegerse del frío de la mañana, Lissa llevaba un jersey de color carmesí y cuello en uve de Colin encima de una camiseta blanca y unos tejanos gastados. En lugar de enrollar las mangas del jersey, dejó que colgaran hasta cubrirle las puntas de los dedos para mantener así las manos calientes. Le gustaba el olor del jersey, que aún conservaba la fragancia de la colonia de Colin y, por debajo de ella, el sutil aroma de su piel. Era cálido y de tacto agradable. Se cubrió la nariz con una manga y continuó andando mientras respiraba profundamente.

Los acontecimientos del día anterior la habían dejado algo descolocada, así que aquella mañana había decidido salir a pasear bien temprano e intentar poner orden en sus pensamientos. Había dejado a Colin dormido en el apartamento con una nota en la que le explicaba que había salido a tomar un café y que volvería pronto. Sabía que no le importaría. En Londres también solía salir a menudo a pasear sola, muy temprano por la mañana, normalmente después de sus noches más extremas.

—*Bonjour* —saludó a un tendero que estaba subiendo la persiana de su tienda. Pudo oler el aroma a *baguettes* recién hechas y su estómago rugió. Decidió no comprar una, al menos no de momento. Lo haría de regreso al apartamento, para que estuviera aún caliente cuando se la llevara a Colin.

Mientras caminaba, trató de recordar cómo se había sentido la noche anterior. Ver sus propias fotografías expuestas en el Museo de Arte Erótico de París le había parecido entonces más de lo que podía soportar. Le había hecho pensar que tal vez no estaba preparada para Colin y su estilo de vida. Sin embargo, aquella mañana, bajo la luz gris del alba, se sentía distinta. Simplemente por llevar su jersey, o por sentirse a gusto con él puesto, supo que aquél no era el final de su relación. ¿Cómo iba a serlo, ahora que le había propuesto un reto? Encontrar algo más impactante que el museo, inventarse su propio escenario...

Lissa paseó por el bulevar Saint Germain des Prés sin ser demasiado consciente de lo que la rodeaba. Una parte de su cerebro registraba las imágenes que veía: el café Flor, una vieja iglesia, la parada de metro de Odéon. Como le había ocurrido la noche anterior, pensó en Beau. Recordaba cosas de él, de aquella época en la universidad, con cierta nostalgia, cuando entonces no le habían gustado. Las veces que se presentaba en su habitación a medianoche, sin avisar, y trataba de convencerla para ir a Santa Mónica y hacer el amor sobre los viejos tablones del muelle. ¿Le había dicho alguna vez que sí? Sus ideas siempre le parecían escandalosas, aunque hubiesen palidecido al lado de su nueva vida con Colin.

Entre todo aquel confuso magma que eran sus recuerdos, escogió un momento de su pasado muy especial, como si pudiese sacarlo del archivador de su mente. Era de diez años atrás. Acababa de firmar el contrato de alquiler de un nuevo apartamento, pero los muebles aún no habían llegado. Beau, con la excusa de ver su nuevo alojamiento, le había pedido que le invitara al piso. Lissa le hizo el recorrido pertinente, que no duró mucho porque era uno de esos apartamentos minúsculos de una sola habitación, y luego Beau la llevó hasta la chimenea y le hizo el amor sobre la gruesa moqueta. Se pusieron de manera que podían ver su propio reflejo en los paneles metálicos que había alrededor de la chimenea. Lissa nunca se había visto a sí misma haciendo el amor y le había parecido excitante al principio, aunque las palabras de Beau lo eran aún más.

—Quiero follarte de todas las maneras.

Aquellas palabras la excitaron y se sorprendió por ello.

—Quiero follarte encima, debajo, de lado. Quiero hacértelo desde atrás.

Lissa gimió, mirando el reflejo de sus ojos marrón oscuro. Deseó encontrar las palabras perfectas para contestarle, pero no fue capaz de hacerlo. No tenía idea de qué decir.

—Quiero azotar ese precioso culito tuyo —le dijo Beau finalmente, y aquella imagen hizo que Lissa se corriera. Era la primera vez que tenía un orgasmo sin necesidad de tocarse, y eso la hizo llorar.

Una mujer con un perro diminuto que no dejaba de ladrar apareció de repente frente a Lissa y estuvieron a punto de chocar. El incidente la despertó del trance en el que estaba sumida. Miró a su alrededor, para ubicarse y luego giró a su izquierda por una calle estrecha y tortuosa hacia el distrito del arte. En uno de sus viajes a París se había enamorado de las pequeñas galerías que llenaban las preciosas calles alrededor del Sena. El arte le serviría para aclarar sus pensamientos, como siempre.

El bullicio de un mercado cercano llamó su atención. Paseó entre los puestos llenos de flores preciosas y de productos frescos, de pescados y de carnes. Vio las extremidades de un pato colgando de uno de los puestos y se dio cuenta de que el tendero tenía expuestas un par de patas de cada ave que vendía. En un mercado en Estados Unidos aquel tipo de cosas no eran comunes, pero los franceses parecían menos aprensivos. Un americano comía la misma carne que un europeo, pero prefería comprarla envuelta en plástico, sin que la conexión con el animal del que procedía fuese evidente.

Pasado el último puesto del mercado, Lissa entró en el barrio que estaba buscando. Era allí donde estaban las galerías que recordaba haber visitado, con sus pequeños escaparates, en los que a veces se exponían verdaderos tesoros del mundo del arte. El primero que vio estaba lleno de paisajes. Eran pinturas bien ejecutadas, pero poco más, así que Lissa no se detuvo. La siguiente galería estaba llena de objetos africanos. Se paró para observar una máscara tallada en madera. Se imaginó a sí misma llevándola mientras Colin la hacía suya, pero la idea le pareció más cómica que erótica. Sonrió y, al hacerlo, varios hombres que en aquel momento entraban en un banco, junto a la galería, se detuvieron para mirarla. Uno de ellos le devolvió la sonrisa. Lissa se sonrojó y continuó andando.

Estaba buscando una galería en particular. Había estado allí hacía ya un año para ver la obra de un amigo. Eran piezas magníficas, sexuales y sorprendentes, y se preguntó qué tendrían expuesto allí esta vez. Sabía que lo más probable era que fuese algo totalmente distinto, pero deseó que le gustase. Lo que necesitaba aquella mañana era justamente eso, arte. Más que un café. Más que un cruasán. Necesitaba ver algo bello para sentirse en paz consigo misma. Ya tendría tiempo luego para concentrarse en los deberes que Colin le había puesto.

Capítulo treinta y siete

Colin leyó la nota que Lissa le había dejado sobre la almohada y se levantó de la cama. Se detuvo un instante junto a la ventana, desnudo, para observar la calle. Había niños de camino al colegio, acompañados por sus padres. La escena le gustó, aunque él no sintiese el deseo de ser padre. Sin embargo, aquello no significaba que no pudiese disfrutar de las vistas de un mundo que nunca llegaría a entender.

Pasaron unos minutos y la escena perdió su interés, de modo que Colin volvió la vista hacia el apartamento. Le apetecía un café y pensó en bajar a la cafetería de la esquina, pero luego cambió de opinión. Prepararía un café él mismo y así estaría listo para cuando Lissa regresara. Ella prefería el café americano a aquel brebaje cargadísimo que los parisinos solían tomar.

Mientras se hacía el café, Colin se vistió y salió al balcón para observar el lento despertar del barrio. Aquéllas eran sus horas preferidas del día, especialmente en París. La luz era dorada con un toque rosado y se reflejaba en las ventanas de los edificios colindantes. El día prometía ser cálido, perfecto para hacer turismo con Lissa. Si hubiese llovido, la habría llevado a las catacumbas. Aquella aventura podía esperar hasta otro día.

Se sentía bien aquella mañana. En el museo todo había ido según lo planeado, o incluso mejor. Después la había llevado a cenar cerca del Palacio Real, donde habían tomado una copa de brandy y Lissa se había calmado. Pareció muy impactada al ver sus fotografías colgando de las paredes del museo, pero se había recuperado rápidamente. Se había sorprendido a sí mismo retándola a encontrar una nueva localización para él. Aquello no formaba parte de sus planes, pero por el brillo en los ojos de Lissa, supo que era una buena idea.

Al otro lado de la calle, en uno de los apartamentos, un hombre colocaba un caballete junto a la ventana. Colin tuvo una idea y le hizo señas. Le había visto varias veces en la calle, pero nunca habían intercambiado nada más allá de un «hola» o un «buenos días». No habían tenido nada de que hablar antes de ese día. Los dos edificios estaban lo suficientemente cerca como para poder conversar.

En un francés perfecto, Colin llamó al hombre y le invitó a tomar café en su apartamento. Tenía una proposición que hacerle.

Capítulo treinta y ocho

Lentamente, Lissa pasó junto al escaparate de una pequeña galería de arte, tratando de ver qué artistas locales habían sido los elegidos para exponer. Deseó no sentirse decepcionada por lo que estaba viendo, pero en un primer momento así fue. El escaparate estaba lleno de simples esbozos de desnudos femeninos realizados al carbón. Mujeres sentadas, recostadas, tumbadas en el suelo. Estaban bien hechos, pero no transmitieron a Lissa la chispa que ella estaba buscando. A punto estuvo de seguir caminando mientras se decía que no siempre podía esperar un toque de magia.

Y entonces la vio.

Al fondo de la galería había una estatua de una mujer que llamó su atención lo suficiente como para que se inclinase hacia el cristal del escaparate para verla mejor, con la frente contra el frío material. Por un instante aquella pieza la había engañado, haciéndose pasar por una mujer real, desnuda, doblada en una postura de yoga sobre el suelo de la galería. Lissa parpadeó perpleja al darse cuenta de que la mujer no respiraba. Era un maniquí, no una persona. La obra era a tamaño natural, con una larga melena oscura que le caía sobre los hombros. Su cara estaba inclinada hacia el suelo, de modo que Lissa no podía ver su expresión. Pensó que seguramente estaba realizada en cera.

¿Le gustaría a Colin? ¿Vería las posibilidades de tener una réplica de cera de sí misma? Levantó la vista para ver el número de la tienda y luego miró a su alrededor para recordar dónde estaba. A veces tenía problemas para encontrar una dirección en París, pero si sabía dónde estaba el Sena, era capaz de volver al apartamento sin demasiados problemas. Pensó lo emocionante que sería llevar a Colin a la galería, una vez hubiese abierto, para mostrarle su descubrimiento.

No, pensó, no se lo mostraría. Si lo que él quería era un verdadero desafío, si quería que le sorprendiera como él la había sorprendido a ella, entonces sería mejor que de momento no le contase lo que acababa de descubrir. En vez de eso, ella misma se pondría en contacto con el artista.

El horario de la galería estaba apuntado en la puerta de la tienda. Mientras tomaba nota, Lissa vio a una mujer al fondo de la misma; no era una estatua, sino una persona de carne y hueso. Le hizo un gesto, esperando que se diese cuenta de su presencia. La mujer, una pelirroja con aspecto de duendecillo, la miró con ojos somnolientos y se dirigió hacia la puerta de cristal.

Mientras esperaba, Lissa sonrió a medida que su plan iba tomando forma lentamente en su cabeza. El encargo de encontrar una obra de arte que recrear había sido complicado, pero ahora que ya sabía qué quería, se sintió tranquila y nerviosa al mismo tiempo ante lo que le depararía el futuro.

Lissa no solía utilizar su fama en beneficio propio. Sin embargo, ser la autora de un libro de arte de reconocido prestigio tenía sus ventajas. Cuando le dijo quién era a la dueña de la galería, la mujer sonrió y señaló un ejemplar del último libro de Lissa, en una estantería alta detrás del mostrador.

—Así que usted es Lissa Daniels —dijo la mujer.

Ella asintió y empezó a explicarle, en un francés entrecortado, lo que quería. Inmediatamente la mujer la interrumpió.

—En inglés —dijo—, creo que mi inglés es mejor que su francés.

Lissa se puso roja y comenzó de nuevo, consciente de que no iba a ser fácil explicarse, fuera cual fuese el idioma.

La mujer levantó una mano y preguntó:

—¿Cómo se apellidaba antes de casarse?

Lissa la miró confundida y luego respondió:

—Aronson.

La dueña de la galería la miró complacida.

—Sabía que eras tú. Soy Gizelle Merlhou. —Lissa no supo qué responder y la mujer continuó—: Estuviste una vez en mi casa, un año que estuviste viviendo en Francia.

Y de pronto Lissa recordó. Había pasado su penúltimo año de carrera en París, estudiando en la Universidad Americana. Gizelle era la ayudante de una de sus profesoras.

La mujer se tocó el pelo.

—Antes era negro. Me gusta cambiar de vez en cuando. —Lissa asintió y luego se fijó en sus ojos azul oscuro, perfilados con un lápiz de color plata. Recordaba a Gizelle y la forma en que hablaba con los estudiantes en su inglés titubeante. Y también recordaba haber estado en una fiesta en su casa el último día de clase, rodeada de estudiantes y artistas, fumando, bebiendo champán y brindando por sus respectivas obras.

Gizelle le explicó que había comprado la galería hacía poco a un amigo suyo y que por eso no se habían visto el año anterior cuando ella había estado allí para ver una exposición. No obstante, ahora que Lissa sabía que aquella mujer y ella se conocían, ¿cómo iba a contarle lo que quería?

Gizelle le hizo un gesto con los dedos.

—Me decías...

Lissa cerró los ojos un instante, tratando de encontrar la confianza necesaria para decir las palabras en voz alta. Cuando los abrió de nuevo, se concentró en los labios de Gizelle, rojos, gruesos y maduros. Abiertos. Por la expresión de su cara, Lissa pensó que no la estaba entendiendo. La mujer, sin embargo, era más viva de lo que ella imaginaba.

—Tendremos que hablar con el artista, Roberto —dijo—, cuanto antes mejor. —Levantó el auricular del teléfono—. Creo que le va a gustar la idea. Es el tipo de cosa que llama la intención.

—Atención —corrigió Lissa, casi sin darse cuenta.

La mujer sonrió y asintió con la cabeza, sin que aparentemente le molestara la corrección. Marcó un número de teléfono y en seguida, y en un francés muy rápido, le repitió el encargo a Roberto, al otro lado de la línea. Mientras esperaba, en silencio, le hizo un gesto afirmativo a Lissa. Roberto estaba de acuerdo.

Cuando colgó el teléfono, Gizelle le explicó cómo lo harían.

—Roberto y tú os veréis mañana por la tarde para hacer los moldes. Pasarán dos meses hasta que las estatuas estén listas. Tiempo suficiente para que pueda preparar la exposición. ¿Puedes venir a cualquier hora?

Lissa asintió.

—¿Y estarás en Europa cuando las estatuas estén acabadas?

De nuevo, Lissa asintió. Lo pensó un momento antes de explicar a la mujer el resto del plan. Gizelle, con los ojos brillantes, escuchó con atención mientras tomaba notas.

Capítulo treinta y nueve

Colin dejó las cortinas abiertas de par en par. Lissa no se preguntaría la razón. Le gustaba que el apartamento estuviese bien iluminado. Y lo más probable es que no se diera cuenta de que, al otro lado de la calle, las cortinas también estaban abiertas. ¿Por qué debería notar ese detalle insignificante? Y si así era, ¿acaso le importaría?

Miró de nuevo por la ventana y vio que el pintor, André, había movido el caballete de sitio. El hombre asintió en dirección a Colin y señaló el teléfono que había a su lado, sobre un taburete. Colin sólo tenía que marcar su número para que se pusiese manos a la obra, listo para plasmar sus movimientos sobre un lienzo.

Aquello era algo que no pensaba compartir con AMANTE DEL ARTE. No todo era parte de su plan maestro. Algunas de las cosas que Colin hacía le pertenecían sólo a él. Quería poder colgar el cuadro de Lissa en su oficina, observar su precioso rostro cuando quisiera. Incluso cuando hubiese desaparecido de su vida.

Lissa entró en el apartamento unos instantes más tarde. Besó a Colin y le dio la *baguette* y el *brioche* que había comprado en el camino de vuelta. Había algo furtivo en su forma de moverse y Colin pensó en preguntar qué le pasaba, pero no lo hizo. Sí, parecía evidente que se traía algo entre manos, pero dejaría que disfrutase de la sensación de creerse por delante de él. Al menos por el momento. Ahora estaba listo para poner su nuevo plan en marcha y aquello requería la máxima concentración. Tenía que colocar a Lissa frente a la ventana y ocuparse de que no se diese cuenta de lo que estaba pasando en el apartamento del otro lado de la diminuta calle.

—Te he echado de menos —le dijo, dejando las pastas sobre la mesa y abrazándola.

Sólo llevaba un albornoz azul de franela, de modo que su pene era claramente visible a través de la fina tela. Lissa sonrió y lo cogió con una mano, acariciándolo firmemente por encima de la tela. Su mano se movía rítmicamente y la sensación fue suficiente para que Colin estuviese a punto de eyacular allí mismo, pero se controló en el último momento.

—Me gusta la belleza de la ciudad por la mañana —dijo mientras la guiaba hacia la ventana—. Me gustaría que disfrutaras de ella mientras te hago el amor.

Hacer el amor. Aquéllas eran palabras más propias de un niño pequeño. Sin embargo, así era como se sentía, cálido y aún medio dormido, nervioso ante la perspectiva de que sus cuerpos quedaran plasmados sobre un lienzo. Lissa fue hacia la habitación para dejar el bolso y Colin aprovechó esos pocos segundos para pulsar el botón de rellamada del teléfono y dejar que sonara una única vez en el apartamento de André antes de poner el auricular de nuevo en su sitio.

Todo era perfecto.

Al otro lado de la calle, el pintor vio a Colin y a Lissa. Al principio sólo hablaban, de pie uno junto al otro en la sala de estar. La mujer, esbelta y de tez pálida, con una larga melena rubia platino que la hacía parecer noruega, le contaba algo. Sus movimientos eran alegres, y por un momento el pintor deseó poder escuchar lo que estaba diciendo. De pronto ella empezó a quitarse la ropa, algo mucho más seductor que cualquier palabra que pudiese salir de sus labios.

Se movía con lentitud, como una bailarina de *striptease*, y André la observó sin apartar los ojos de ella mientras dibujaba esbozos de sus movimientos, sin preocuparse apenas de mirar el papel. Trabajaba con un lápiz de carbón y de vez en cuando echaba rápidas miradas a los dibujos y luego estiraba las líneas con el pulgar para representar más fielmente la acción, las espirales de su pelo, el gracioso arco de sus brazos. Le hizo un gesto al hombre para que se acercara a ella y el pintor observó la escena atentamente mientras Colin se aproximaba a Lissa. ¿Se desnudaría él también y la haría suya allí mismo, en el balcón, como había planeado?

No exactamente. En lugar de eso, Colin cogió a la mujer por la muñeca y la llevó hasta el sofá. El pintor se acercó aún más a la ventana, convencido de que en cualquier momento ella descubriría su presencia. Sin embargo, parecía demasiado ocupada mientras Colin la colocaba sobre sus rodillas, con las muñecas aprisionadas con una mano.

Colin no había hablado de nada así y André observó la escena, ensimismado. La mujer opuso resistencia durante un instante, antes de dejarse llevar. Se mantuvo serena mientras el hombre la azotaba. El pintor dejó de dibujar, tan impresionado por lo que estaba viendo que el lápiz de carbón se le escapó de entre los dedos. Podía oír el sonido de la mano de aquel hombre contra la piel desnuda del culo de ella, y aquello le excitó de una manera desconocida hasta entonces.

Después de unos cuantos azotes, Colin soltó a la mujer y se desnudó rápidamente antes de rodearla entre sus brazos. André cogió el lápiz del suelo y esbozó aquel abrazo. Sus cuerpos se entrelazaban, como los de las antiguas estatuas de amantes del Louvre o del Museo de Orsay. Era aquélla una postura eterna, y André pasó otra página de su cuaderno. Deseó poder ordenar a los modelos que mantuviesen la posición. Necesitaría algunos minutos más para captar la esencia de sus cuerpos abrazados, sus emociones, con el lápiz. Pero sólo había completado la mitad del esbozo cuando Colin se movió de nuevo.

La escena era exactamente la que le había prometido que sería: Lissa contra el balcón, mirando hacia la calle. Las cortinas del apartamento de André estaban medio corridas y la estancia oscura. Pensó que lo más seguro era que ella no pudiera verle, aunque pareciese casi imposible, pues la mujer miraba en su dirección y era mínima la distancia que separaba los dos edificios.

Ojalá pudiese verla por detrás, pensó, y contemplar el aspecto de sus nalgas recién azotadas. Pero Colin le había pedido su cara, de modo que buscó un lápiz recién afilado y continuó dibujando rápidamente. Lo quería todo. Colin le había encargado algo muy específico: la expresión de su cara justo cuando alcanzase el clímax. Pero para poder plasmar esa emoción, antes necesitaba familiarizarse con sus facciones, con la forma en que sus párpados revoloteaban a medida que estaba más excitada, con el carmesí de sus mejillas que indicaba una calidez que André deseó poder sentir contra la palma de su mano.

Mientras se corría, Lissa emitió un sonido parecido al de una paloma, una especie de arrullo que despertó en André sensaciones indescriptibles. Hubiese querido dejar a un lado la libreta y bajarse los pantalones. Sólo habría necesitado unos pocos movimientos para llegar al orgasmo. Se vio a sí mismo, de pie tras la delicada cortina, corriéndose sobre la fina tela que le acariciaba empujada por la suave brisa de la mañana.

Pero aquello era trabajo y tenía que concentrarse. Más tarde ya tendría tiempo para extender los dibujos a su alrededor, en el suelo, y girar sobre sí mismo mientras se tocaba con la misma determinación con la que movía el lápiz sobre el papel. Ésa sería su recompensa por mantener la cabeza fría. Sin embargo, Lissa hizo de nuevo aquel extraño sonido, un arrullo suave e incontenible que ella parecía sentir como ajeno, y André no pudo evitar acariciarse una única vez a través de la gruesa tela de sus pantalones manchados de pintura.

Ya casi habían acabado (aquello no era más que un rápido revolcón) y André dibujó aún más de prisa hasta que, de pronto, se detuvo y se acercó más aún a la ventana, oculto aún tras las finas cortinas.

Allí estaba. La belleza de su rostro mientras se corría era sublime. Cruda, anhelante, llena de desesperación primero y de un brillo de total satisfacción después, a medida que la ola de placer recorría su cuerpo. No tuvo que dibujarlo. Aquella cara se quedaría grabada en su mente para siempre.

Libro Cuarto

ENGAÑO

Cuando se llega al punto en que se engaña únicamente por la belleza, entonces se es un artista.

Max Jacob

Capítulo cuarenta

Colin había decido mentir. AMANTE DEL ARTE no sabría nada, al menos no por sus *e-mails,* ni por los regalos que le mandaba por correo urgente, ni tampoco a través de Internet. Colin ya no se sentía ligado a las reglas de aquel acuerdo. Apoyado sobre un codo, observó a Lissa mientras dormía a su lado.

—Los planes cambian —se dijo a sí mismo, sin darse cuenta de que había pronunciado las palabras en voz alta hasta que Lissa se movió en la cama, levantando su dulce rostro hacia el suyo guiada por el sonido de su voz. Después de hacer el amor en el balcón, se habían dejado caer sobre el sofá, enroscados uno junto al otro bajo la cálida luz de la mañana. Colin acarició el pelo de Lissa con suavidad y ella se durmió de nuevo.

Dios, era una mujer preciosa. Pero aquélla no era la razón por la que quería tenerla con él. Había algo más profundo, una confusión que no había experimentado en años. Normalmente era capaz de controlar sus emociones con tal precisión que era como si no existiesen. Ahora se daba cuenta de que había estado viviendo una mentira, de que se había comportado como un autómata en sus relaciones, lejano y estéril. Si no permitía que nadie se le acercase, entonces nadie podría hacerle daño.

Lissa había conseguido superar sus barreras, sus defensas, y no podía creer que estuviese perdiendo el control. Él no. Siempre había tenido la habilidad de mantener la calma en las peores crisis, una característica de su forma de ser que le había sido de ayuda en su carrera como médico. De modo que ¿cómo explicar ahora su falta de control? Sencillamente, no podía.

La cuestión es que se sentía bien. Queriéndola. Necesitándola. Era una sensación increíble. Sabía que más tarde o más temprano tendría que pagar un precio por ello, porque siempre era así, pero de todas formas tenía que confiar en sus propias emociones, y éstas le gritaban que no la dejase ir. De modo que, a pesar de que había recibido un nuevo encargo por *e-mail*, lo ignoró y se centró en sus propios planes.

Lo que Lissa no sabía —aunque, desde luego, sabía más bien poco acerca de la verdad que se escondía tras su relación— era que su proyecto de recrear obras de arte no era más que eso, un proyecto, algo que agradaría a su sensibilidad artística. A él le gustaban aquellos juegos, por supuesto. ¿Y a quién no? Pero había otras cosas que le producían un placer aún mayor, otras fantasías aparte de aquellas que había explorado con ella. Ese mismo día pensaba compartir unas cuantas con Lissa y ver cómo reaccionaba.

Se preguntó qué diría si supiese cuáles eran los placeres que la esperaban. Sonrió y la despertó con un beso.

Lissa se sorprendió cuando Colin le propuso pasar el día haciendo turismo. Nunca se lo había imaginado en el papel de turista y, además, sabía que había pasado largas temporadas viviendo en Francia. ¡Si incluso tenía un apartamento de propiedad! ¿Por qué querría entonces visitar los sitios más típicos de la ciudad con ella? Con todo, Lissa no dijo nada. Aquella mañana en el balcón la había dejado satisfecha y lista para cualquier cosa.

Pero dado que se trataba de Colin, el *tour* fue algo único. Ni guía turística, ni típico atuendo veraniego. Antes de salir del apartamento le puso a Lissa las pinzas para los pezones y apretó sus diminutos tornillos. Supo al instante que tenía un largo día de decadencia por delante.

Sólo había dos manzanas hasta la parada de metro más cercana. Pasaron frente a una floristería y un café, donde un grupo de hombres vestidos con monos de trabajo se tomaban unos expresos durante su descanso de media mañana. A Lissa le encantaba el ambiente que se respiraba y entendía a la perfección por qué Colin había escogido tener un piso allí. Aquél no era un barrio bien, pero la sensación de vida era más palpable que en zonas parecidas del sur de California.

Durante el trayecto en metro cambiaron dos veces de línea, pero Lissa mantuvo la boca cerrada y no preguntó adónde la llevaba. Le encantaba la sensación de ser pillada desprevenida. ¿Habría escogido un museo como el de Orsay para su próxima visita? Tal vez pensaba llevarla a la Torre Eiffel y meterle mano en el ascensor que subía a lo alto. Visualizó aquella posibilidad muy fácilmente, incluso se imaginó follando en la plataforma más alta de la torre. Era imposible y lo sabía, incluso para alguien como Colin. Pero sería increíble sentir cómo la penetraba mientras ella disfrutaba de las mejores vistas sobre París.

Cuando salieron del metro y se encontraron con el cálido sol de la mañana, Lissa recordó algo que increíblemente siempre parecía olvidársele: con Colin las cosas nunca eran lo que parecían ser. Le había propuesto visitar los puntos marcados en un mapa turístico de la ciudad, cierto, pero lo que no era posible es que se comportaran como turistas normales. Porque al otro lado de la calle y de la parada de metro había la entrada a un cementerio. Ése era el sitio al que Colin la llevaba.

Sin cruzar una sola palabra, la guió por los peldaños de piedra y a través del camposanto. Había muchos mausoleos, algunos con cientos de años de antigüedad. Muchos tenían cristaleras rotas y barras bloqueando la puerta. A medida que avanzaban todo era aún más antiguo. Algunas tumbas habían sido invadidas por los árboles. Sus raíces habían tirado varias lápidas y abierto grietas en la tierra.

Lissa no había estado antes en un cementerio parisino y lo observaba todo con atención. Sin embargo, al mismo tiempo estaba algo asustada por lo que Colin pudiese traerse entre manos. Tenía que haber una razón para llevarla allí. A medida que avanzaban, el cielo, que había estado despejado toda la mañana, empezó a cubrirse de nubes. A diferencia de las del día anterior, aquéllas eran grises y pesadas, cargadas de lluvia. Comenzaron a caer gruesas gotas y Lissa deseó haber cogido un paraguas. Tal vez Colin diese media vuelta y la llevase de nuevo al metro para visitar cualquier otro lugar. Uno que estuviese a cubierto. Sin embargo, mientras se cruzaban con otros turistas que se apresuraban hacia la salida, con los mapas sobre la cabeza a modo de paraguas, Colin sonrió y continuó tirando de ella.

—Por aquí —dijo, señalando con el dedo.

Era una tumba muy antigua, tanto que el nombre grabado sobre la piedra era ilegible. Al lado había una pequeña construcción donde familiares y amigos podían rogar por sus seres queridos. Lissa entornó los ojos, tratando de descifrar el nombre que había en la tumba, y de pronto sintió los brazos de Colin alrededor de su cuerpo, apretándola tan fuertemente contra él que pudo sentir claramente el contorno de su pene dentro de los pantalones. Lissa supo entonces que no importaba quién estuviera enterrado bajo sus pies. Averiguarlo no era el propósito de la visita. Colin iba a follársela allí mismo. Había encontrado un lugar en el que posiblemente nadie hubiese pensado antes y había conseguido que ella no intuyese nada, como siempre, hasta el último momento.

—¿Estás preparada, Lissa?

Debería haber adivinado sus planes. Sin embargo, había estado demasiado concentrada en los tirones de la cadenita que colgaba entre sus pezones, o en la sensación que le producía llevar pantalones ajustados encima de la delicada piel de sus nalgas, aún caliente por la azotaina que Colin le había propinado aquella misma mañana. Siempre era capaz de mantener el suspense. Pero ahora que ya habían llegado al pequeño edificio, y que había entendido los planes de Colin, se detuvo, clavando los tacones firmemente entre los adoquines del suelo y apartándose de él con un manotazo.

—Resguárdate de la lluvia —le ordenó él, levantando las cejas sorprendido.

—No quiero entrar ahí.

—Te estás mojando —continuó Colin, como si esperar a que pasara una tormenta en un cementerio fuese la cosa más normal del mundo—. Y estoy seguro de que estás mojada —repitió de nuevo, esta vez con un tono de voz distinto, haciendo que Lissa se sonrojase. Era cierto, estaba mojada, pero ¿por qué? ¿Era por la perspectiva de hacerlo en un sitio así? ¿O era un acto reflejo producto de la forma en que Colin la había tocado?

No tuvo demasiado tiempo para meditarlo. Él la cogió de nuevo de la mano y la arrastró al interior del pequeño refugio. Un segundo después buscó con los dedos la cintura de Lissa y tiró de los pantalones hacia abajo. Y de pronto sus pantalones estaban desabrochados y la estaba penetrando desde detrás. Lissa miró hacia afuera, al cementerio y a la lluvia que caía sobre las lápidas. A todo aquel gris que los rodeaba. Unas cuantas flores pintadas sobre el cemento fue lo único vivo que le pareció ver, e incluso éstas habían perdido todo su color después de años expuestas a los elementos.

Colin deslizó su pene dentro de ella y empujó al ritmo de las gotas que caían sobre sus cabezas. Su mano buscó debajo de la camiseta la cadenita que unía las pinzas. ¡Oh, Dios, qué bueno! El tirón hizo que algo latiera con fuerza entre sus piernas. De pronto una idea cruzó su mente. ¿Cómo sería llevar las pinzas en los labios internos? ¿Qué sentiría si llevara una en el clítoris? Sabía que lo único que tenía que hacer era decirlo en voz alta y Colin lo haría realidad.

No podía creer que lo estuvieran haciendo en el cementerio. Y, sin embargo, su cuerpo respondía a los estímulos, como él seguramente sabía que ocurriría. Estaba mojada, y excitada, y se encontró a sí misma moviéndose contra el cuerpo de Colin, con los ojos fuertemente cerrados y la cabeza inclinada hacia atrás.

Rezó para que nadie los pillase, para que pasasen desapercibidos. Y entonces, a medida que él aceleraba el ritmo, sólo deseó correrse. La magia de aquella sensación, contrayéndose sobre el cuerpo de él al ritmo de la lluvia que caía sobre el refugio, borró cualquier otro pensamiento sobre lo que estaba bien o mal, sobre lo que era o no adecuado. Lo único que anhelaba entonces era liberarse.

Y eso fue lo que Colin hizo por ella, recorriendo su cuerpo con los dedos hasta los pechos, para tirar de la cadena que colgaba entre ellos, y luego abajo, hasta el clítoris, describiendo rápidos círculos una y otra vez. Lissa se dejó llevar por el momento, dejó que la sensación de placer la condujera a otro nivel.

—¡Oh, Dios! —gimió con suavidad, incapaz de contenerse—. ¡Oh, sí, así…!

Colin no respondió con palabras, sino que su cuerpo arremetió de nuevo contra el de ella, haciéndole saber así que le había complacido, que estaban en sintonía, física y mentalmente. Lissa se recostó sobre él mientras se corría y sintió sus brazos alrededor de su cuerpo, abrazándola con fuerza.

Más tarde, mientras Colin la guiaba de nuevo entre las tumbas, su camisa mojada se pegaba a su piel y su pelo estaba empapado. Lissa estaba segura de que del cementerio irían directamente a casa, al menos para dejar que se arreglara. Pero no fue así. Colin tenía otros planes y, como siempre, se negó a desvelarlos hasta que fuese necesario.

Capítulo cuarenta y uno

¿A quién le importaba lo que los demás pensaran? Ése era el lema de Colin. Y si era suficiente para Lissa y para él, entonces no importaba lo que la gente dijese. Estaba intentado explicárselo a su amante, más con acciones que con palabras. Ése era su plan. Primero, haciendo el amor en el cementerio. Y, ahora, mientras la guiaba de vuelta a la calle sobre los mojados adoquines, hacia la siguiente parada de aquel retorcido *tour*. Le gustó ver un cierto brillo de emoción en los ojos de Lissa, de un gris más oscuro de lo normal, rivalizando con el color de las pesadas nubes que aún amenazaban lluvia.

Las emociones continuaron creciendo dentro de Colin. En los cuatro últimos meses había conseguido dominar la necesidad de Lissa de hacer preguntas, la había moldeado para que se adaptara a sus propias necesidades. ¿Cómo iba a dejarla marchar? Era su igual, su pareja perfecta. Se preguntó cuándo se daría cuenta ella. Ojalá que fuese pronto.

Sin embargo, en lugar de hacerle sentir más cómodo, el polvo en el cementerio le había dejado de nuevo al límite, deseando tener sexo con ella otra vez. Era como si, cada vez que hacían el amor, él necesitase siempre más. Era fantástico. Podían hacerlo todo el día si él lo quería. Sabía que Lissa nunca se atrevería a quejarse.

Su pene cobró vida en las profundidades de los Levis gastados y, mientras avanzaban hacia la salida del Père Lachaise, sintió la necesidad de empujarla contra una de las paredes del cementerio, sin importarle que alguien pudiese pillarlos in fraganti. Pero lo pensó mejor. Aquello no era suficiente. Necesitaba más.

Era él quien tenía aquellas necesidades, y no le bastaba con llevarla de vuelta al apartamento y provocarla toda la noche. No. Tenía que satisfacer su sed de la forma más extraña posible. Si no iban a añadir un poco de dolor a la escena, entonces tendría que probar con otra cosa: el peligro de ser descubierto, la vergüenza de la exposición en público o, según los planes de aquella tarde, un poco de curiosidad morbosa.

Iban hacia otro de sus sitios favoritos. Sólo de pensarlo, se le pusieron los pelos de punta.

Las escaleras de hormigón descendían en espiral hacia las catacumbas. Lissa contó los peldaños mientras bajaban, consciente de que tendrían que subirlos de nuevo si querían escapar de aquel sitio. Las paredes desprendían un olor rancio, a humedad. No era del todo desagradable, sino más bien un olor natural, como de hojas podridas, pero Lissa prefirió no respirar profundamente para evitarlo. Sólo que cuando llegaron al final de las escaleras ya no quedaba aire fresco que respirar y tuvo que inhalar con fuerza para no perder el aliento. Deseó estar en otro sitio. Tal vez podrían haber visitado el Arco del Triunfo. Había estado allí una vez, pero con Colin hubiese sido distinto. Todo era distinto con él.

Colin puso una mano sobre sus hombros y señaló con la cabeza hacia un grupo de turistas que había más adelante, a los que una guía explicaba la historia de las catacumbas. Lissa no entendía francés lo suficientemente bien como para poder seguir lo que la mujer decía, pero tampoco le importaba porque estaba demasiado absorta en el primer montón de huesos como para prestar atención a sus palabras. Colin se inclinó sobre ella para traducir las explicaciones, dándole sólo los datos más destacados, aquellos que sabía que se grabarían en su memoria. Algunos parecían viejos cuentos pensados para asustar a los visitantes, pero aun así le susurró la traducción al oído.

—Una vez un hombre se perdió aquí abajo —le dijo a Lissa—. Había bajado a la bodega de su casa y encontró una entrada a los túneles. Le encontraron siete años más tarde. Otra pila de huesos que sumar al resto.

Ella se estremeció. Imaginó lo que debía de ser caminar por aquel laberinto de túneles, tratando de encontrar la salida. La guía los hizo girar por un estrecho pasadizo en el que las paredes se estrechaban. Lissa sintió claustrofobia. Delante de ella, un niño se cogió a la mano de su madre. Y ella hizo lo mismo con Colin.

Pero ¿por qué acudía a él en busca de protección? Si él era su torturador, el que siempre la empujaba hasta los límites de su resistencia. Exactamente como, una vez más, lo estaba haciendo ahora. La retuvo hasta que todo el grupo los hubo adelantado. Luego le hizo un gesto con la cabeza indicándole que pasara por encima de una fina cadena que separaba una de las cavernas del camino principal.

—No creo que debamos entrar ahí —susurró Lissa. Colin la miró y luego tiró de ella.

—No te perderé de vista —le aseguró él— si me prometes que te portarás bien.

Lissa lo prometió. Rápidamente. No quería acabar como aquel hombre cuyos restos momificados habían sido encontrados siete años después de su desaparición. Por supuesto que Colin no la perdería de vista, de eso estaba segura, pero aun así murmuró un «Me portaré bien» con voz temblorosa.

Doblaron una esquina y ella empezó a sentirse cada vez más excitada. Jamás hubiese pensado que estaría preparada para hacer el amor de nuevo tan pronto, después del episodio del cementerio, pero así era. Siempre estaba preparada para Colin.

No cruzaron ni una palabra mientras avanzaban por el oscuro túnel. En aquella zona no había huesos y entendió cómo alguien podía perderse allí. Todas las cavernas parecían iguales, excavadas en la tierra, con el techo tan bajo que tenía que agacharse si no quería golpearse la cabeza.

Sabía muy bien por qué había querido llevarla allí. Había visto una imagen en uno de sus libros de un concierto interpretado en las catacumbas de París. La gente se reunía allí para celebrar fiestas secretas, y eso era exactamente lo que Colin planeaba hacer: organizar una fiesta, pero a su manera. Por ello no se sorprendió cuando por fin Colin se detuvo, la empujó contra la fría pared de barro y empezó a desabotonarle la camisa, muy despacio.

Sintió el cálido contacto de sus labios sobre los pezones, primero uno, luego el otro. El tacto de su lengua y sus dientes mientras los mordía con suavidad fue suficiente para que Lissa empezara a gemir.

—Déjate llevar —le dijo él ante la primera señal de que estaba perdiendo sus inhibiciones—. Haz ruido.

—No puedo. —Lissa no quería atraer la atención de nadie. Podía imaginarse las expresiones horrorizadas de los turistas al volver la esquina y encontrárselos. Aquello era aún más extraño que la escapada al cementerio. ¿A quién se le hubiese ocurrido un sitio como aquél? Sólo a Colin.

—A nadie le importa lo que hagas —dijo él—, a nadie más que a mí. Todo el mundo está demasiado ocupado con sus propios asuntos, con su propia vida.

—Nos puede oír alguien.

Colin tenía una rápida solución para aquel problema. Le puso una mano sobre la boca.

—Grita ahora. El sonido no será tan fuerte. Si alguien te oye, pensará que este sitio está encantado. —Se detuvo, mirándola, observando el miedo y el deseo en sus ojos—. Y probablemente lo esté.

Lissa no pudo pensar en lo que le acababa de decir porque en cuanto terminó volvió a besarla en los pezones, a lamerlos, a pellizcar con fuerza su piel antes de deslizarse hacia el suelo para desabrocharle los pantalones. Apretó la lengua contra las braguitas, donde la tela aún estaba mojada desde el cementerio, y Lissa pensó que iba a correrse sólo con aquella sensación. Sintió que muy adentro algo pugnaba por salir al exterior. Colin aún tenía la mano sobre su boca, así que lo dejó fluir.

Al principio era un simple gemido, ronco y grave, que salía de las profundidades de su garganta.

—Más fuerte —susurró él mientras recorría la hendidura que se abría entre sus labios, aún protegida por la fina piel de las braguitas. Su lengua recorría la tela mojada y la sensación de separación, de no sentir el contacto directo de su boca, estuvo a punto de llevarla al límite. Si la tocaba, si le bajaba la ropa interior y se hundía entre sus piernas, gritaría. ¿Sería capaz de decírselo? ¿Lo adivinaría por sí mismo?

Lo hizo. Con una mano le bajó las bragas hasta los muslos y enterró la cara en ella de tal manera que Lissa pudo sentir su aliento justo antes de que cerrara la boca alrededor del clítoris. Era una sensación increíble, poder sentir sus labios, la humedad de su lengua.

—Estoy a punto de... —murmuró ella, y Colin deslizó un dedo en su interior, y luego otro, dándole algo cálido y satisfactorio sobre lo que contraerse.

Sus rodillas cedieron bajo su peso mientras alcanzaba el clímax. Colin la sujetó entre sus brazos, ahogando sus gemidos contra su hombro y abrazándola mientras las contracciones recorrían su cuerpo.

Capítulo cuarenta y dos

Colin se sentía satisfecho. Le había dado al mecenas lo que quería con el vídeo y también había podido jugar según sus propias reglas con Lissa. Su nuevo propósito era el siguiente: en algún momento, ella tendría que escoger entre ambos. Así era como pensaba tratar el tema. Quería que entendiera qué partes de su relación habían sido orquestadas por el mecenas y cuáles eran sólo obra suya.

El cementerio. Las catacumbas. Ésas eran el tipo de ideas más propias de Colin. Y sabía que a Lissa le gustaban, aunque al principio siempre se mostrase asustada o desconcertada.

Durante el viaje de vuelta a Londres, Colin no intentó nada de tipo sexual con ella. Dejó que durmiera, junto a él, exhausta después de aquel torbellino de emociones por el que acababa de pasar. Mientras dormía plácidamente, sin embargo, cogió su mano entre las suyas y muy despacio, con mucha delicadeza, le quitó la alianza de platino que aún lucía en el anular.

Ya era hora de pasar página.

Capítulo cuarenta y tres

De vuelta a la vida normal, Lissa a menudo se descubría a sí misma recordando el viaje a París. Allí la gente seguiría admirando sus fotos colgando de las paredes del museo. No tenía muy claro cómo la hacía sentir eso. Excitada, sí. Y al mismo tiempo bella como jamás se había sentido. Durante las horas de trabajo, a menudo se quedaba ensimismada, recordando, con un libro abierto delante de ella del que no había leído ni una sola palabra. Tenía que esforzarse si quería concentrarse en el trabajo.

A veces Colin y ella trabajaban juntos en el despacho del apartamento. Una tarde, mientras intentaba leer, Lissa le oyó comprobando la bandeja de entrada de su correo. El módem cobró vida. Colin introdujo la contraseña y empezó a leer. Desde su mesa al otro lado de la habitación, Lissa no conseguía ver de quién era el *e-mail*, pero Colin parecía molesto por lo que ponía en él. Le vio fruncir el ceño y luego sacudir la cabeza, antes de escribir una escueta respuesta y enviarla. Luego apagó el módem, se puso de pie y avanzó en dirección a la mesa de Lissa. Ella fingió leer y él le dio un beso en la nuca, lo que le provocó un escalofrío que la recorrió de pies a cabeza. Un simple beso bien escogido era más que suficiente para que estuviera lista para cualquier cosa que él quisiera. Se preguntó si Colin querría hacerlo allí mismo, sobre la mesa, tirar los libros al suelo, levantarle la falda y follar. En lugar de eso, la besó desde la nuca hasta la oreja derecha, mientras le decía que volvería dentro de unas horas. Tenía una reunión aquella misma tarde.

La puerta del apartamento aún no se había cerrado por completo cuando Lissa ya estaba sentada frente al ordenador de Colin. Había guardado la clave en una carpeta del escritorio. Ahora finalmente la utilizaría y descubriría todos los secretos que hubiese entre los dos.

El primer correo era exactamente lo que había esperado, un colega que le pedía consejo para un caso. Evidentemente aquello no era lo que le había puesto de mal humor. Continuó con el siguiente *e-mail*. Unas líneas de su agente acerca de un acuerdo para reimprimir uno de los libros médicos de Colin. Lissa pasó al tercer correo.

Al principio no entendió nada. Estaba dirigido a CAD y era de alguien llamado AMANTE DEL ARTE, con el que ya se había escrito antes. Empezaba directamente con el texto del mensaje, sin saludos ni cortesía alguna, con la precisión y la falta de sentimiento de un telegrama.

> CAD, me ha encantado. Buen trabajo. Quiero llevar las cosas un poco más allá. Confío en que entiendas qué quiero decir.
>
> AMANTE DEL ARTE

Lissa leyó el mensaje dos veces antes de decidir que seguiría investigando un poco más. Abrió la carpeta de mensajes antiguos y buscó una dirección que fuese igual que la del remitente. Había un correo de una semana antes, cuando Colin y ella estaban en París. Lo abrió y leyó lo siguiente:

UN vídeo. Qué inteligente, CAD. Mucho más de lo que esperaba. Por favor, continúa con el plan.

AMANTE DEL ARTE

Un vídeo. Enviado por *e-mail* vía Internet. Lissa había visto algo parecido durante la Feria de Fráncfort. A pesar de que no era de especial interés en su línea de trabajo, la idea de poder enviar electrónicamente una película le había parecido muy interesante. Por lo que había visto en la demostración, sabía que posiblemente hubiese una copia en el ordenador de Colin. Pulsó varias teclas hasta llegar a la carpeta de elementos enviados y buscó en la lista uno que tuviese un archivo de vídeo adjunto. Había sido enviado dos días después de la aventura en el Museo de Arte Erótico de París. Pulsó el botón de *play*, sabiendo lo que estaba a punto de ver en la pantalla.

Allí estaba ella. De espaldas a la cámara, con su larga melena rubio platino cayendo sobre la cazadora de piel. Y allí estaba Colin, desnudándola lentamente. Se preguntó cómo lo habría hecho para conseguir aquella grabación. ¿Y a quién se la enviaba? Para su sorpresa, no sintió rabia, sólo cierta conmoción combinada con las ganas de averiguar qué estaba pasando. ¿Acaso se estaba jactando de su conquista con alguno de sus amigos, como en una versión electrónica del típico comportamiento masculino en los vestuarios de un gimnasio? No, parecía más que eso. Por las respuestas de Colin, parecía que ejercía de agente para aquel hombre, que hacía todo aquello que el desconocido le pedía.

¿Dónde encajaba Lissa en toda esa trama?

Cerró el archivo de vídeo y siguió revisando el resto de los correos de AMANTE DEL ARTE. Sólo encontró dos. En uno se hablaba de unas fotos, seguramente las que Colin le había hecho en Hamburgo; en el otro de Fráncfort, y Lissa supo por la respuesta de Colin que él ya había oído hablar de ella antes de que se conocieran. No había sido fruto de la casualidad. Su corazón latía con fuerza. ¿Quién estaba detrás de todo aquello?

Consideró la posibilidad de enfrentarse a Colin. Se puso de pie y paseó arriba y abajo por el despacho, pensando. Pero entonces se dio cuenta de que tendría que explicarle cómo había averiguado todo aquello y recordó la prohibición expresa de leer su correo electrónico. Como Barbazul, pensó, que había advertido a sus mujeres que no abriesen la puerta del armario, pero una a una habían ido cayendo en la trampa y muriendo asesinadas. Colin no la mataría, de eso estaba segura. Pero tal vez sí pusiese punto final a su relación con ella. ¿Valía la pena?

Sólo necesitó un segundo para contestar a esa pregunta: no. Quería seguir con él, continuar haciendo las cosas que hacían.

Pero también quería saber qué estaba pasando.

De pie, con las manos en las caderas, trató de decidir qué hacer. Ojalá tuviese un amigo con el que poder hablar, al que contárselo todo y poder pedirle consejo. Pero no había nadie en Londres a quien conociese lo bastante bien. Tal vez Gizelle, la propietaria de la galería de arte… No, ella no. Aunque la hubiese conocido mejor, la barrera del idioma sería demasiado difícil de superar.

Finalmente tomó una decisión. No le diría nada a Colin de los mensajes, pero estaría más atenta a partir de entonces. Jugaría a los detectives y descubriría quién era ese misterioso mecenas de las artes y por qué se había puesto en contacto con Colin para preparar todo aquel *affaire* con ella.

La llave giró en la cerradura de la puerta del apartamento. Lissa se apresuró en volver a su mesa y fingió estar leyendo un grueso libro de arte. Cuando Colin entró en el despacho, ella estaba sentada en su silla de piel, con las gafas de leer puestas y una expresión de intensa concentración.

—Ya has trabajado suficiente —le dijo él. Se inclinó sobre ella para besarle la frente con suavidad y le quitó las gafas, que dejó junto a la libreta de notas que había sobre la mesa—. Es hora de jugar.

Una semana después, Lissa aún no había descubierto quién era AMANTE DEL ARTE. Pero todavía no había puesto a prueba sus mejores dotes detectivescas. Cada vez que Colin la dejaba a solas en el apartamento, miraba sus *e-mails*. Había revisado todos sus archivos, tanto en el ordenador como en los cajones, en busca de más pruebas. Si Colin tenía un diario, lo había escondido bien, para que ella no lo encontrara. Aparte de algunos nuevos juguetes sexuales, algunos de ellos aún en sus cajas, apenas guardaba nada interesante en los armarios.

Antes de continuar con su búsqueda, Lissa se detuvo en uno de los juguetes, uno de aquellos consoladores que se ataban al cuerpo con un arnés. Ése era especialmente grande. ¿Para qué habría comprado Colin aquello? Evidentemente no era para usarlo con ella, y ni siquiera era capaz de imaginarle pidiendo, o permitiendo, que ella lo utilizase con él. Era absurdo. Devolvió el objeto a su sitio antes de continuar buscando.

Al mismo tiempo aprovechó para buscar su anillo de boda. Lo había perdido en el último viaje a París y, aunque Colin le había jurado que no sabía nada de él, que ni siquiera se había dado cuenta de que ya no lo llevaba, Lissa sospechaba de él.

Cuando Colin llegaba del trabajo, ella trataba de escuchar sus conversaciones telefónicas. Del mismo modo, se acostumbró a llegar a casa antes que él para así poder escuchar los mensajes en el contestador.

Nada.

Así que cuando Colin le dijo que preparara las maletas, que se iban de viaje a Amsterdam, se sintió aliviada. Allí averiguaría más cosas, lo podía sentir. Era la primera vez que él le decía adónde iban y se preguntó por qué, aunque no se molestó en comentarle nada a Colin. Si no quería decírselo, no lo haría, por mucho que insistiese.

—Haz las maletas para una semana —le dijo—, no estoy muy seguro de cuánto tiempo estaremos allí, así que mejor que vayamos preparados.

«Sí —pensó Lissa—. Siempre es mejor estar preparado.» Y ella lo estaba. Le miró con detenimiento, observó su pelo siempre perfectamente peinado, sus gafas de carey siempre en su sitio, menos cuando follaban. Su apariencia no había cambiado lo más mínimo desde que se conocieron. Nunca dejaba que le viera con la ropa desaliñada o el pelo alborotado.

Mientras Colin revisaba su correo, ella no dejó de observarle. Era reservado, siempre contenido, irrompible. Sólo que ahora ella quería descubrir qué se escondía detrás de aquella pose tan estudiada. Porque por mucho que se hubiese dicho a sí misma que en realidad no importaban, había dos preguntas que la consumían por dentro: ¿Con quién trabajaba? ¿Y por qué?

«Arte es… Lissa —decía el *e-mail*—. Ven a presenciar su transformación. En persona.»

AMANTE DEL ARTE se quedó perplejo ante la invitación de CAD. Ya era hora, decía Colin, de introducirle en los placeres de la carne. De la carne de Lissa. Al mecenas le pareció bien. De hecho, era lo que había estado esperando, pero de todas formas se puso nervioso ante la idea de estar con ella. ¿Qué pasaría? ¿Cómo reaccionaría Lissa?

Sus miedos no le impidieron comprar los billetes de avión, ni hacer los preparativos necesarios, ni tampoco soñar con ella recostado en su asiento de primera clase. Llevaba meses esperando ese día y ahora casi había llegado.

Sin embargo, algo no iba bien. Colin no le había dado todos los detalles, y él lo sabía, incluso lo entendía, y no podía hacer nada para remediarlo. No le quedaba otra opción más que confiar en Colin, pero se dijo que estaría más atento a lo que estaba pasando.

Porque sin duda Colin se traía algo entre manos.

Capítulo cuarenta y cuatro

—Estoy seguro de que no querrías quedarte en el centro de la ciudad —explicó Colin a medida que el taxi zigzagueaba lentamente entre el tráfico, apartando a una muchedumbre de peatones y ciclistas—. Amsterdam puede llegar a ser un zoo.

Por lo que vio a su alrededor, Lissa no pudo sino estar de acuerdo. Nunca antes había visto semejante bullicio, entre personas y vehículos. Se sintió agradecida por estar dentro de un taxi, a salvo, con el brazo de Colin rodeando sus hombros. Sin apartar la vista de la ventanilla, le preguntó dónde iban a quedarse. Sabía que una vez que ya habían llegado a la ciudad, Colin era menos reacio a darle información sobre sus planes. Y así fue.

—He reservado habitación en el Princess. Es un hotel que está a las afueras —dijo Colin, recordando por un instante sus anteriores estancias allí. Le gustaban especialmente la tranquilidad del lugar y el encanto del establecimiento.

¿Estaría AMANTE DEL ARTE allí?, se preguntó Lissa. Su último mensaje a Colin confirmaba que así sería. Sintió cómo los latidos de su corazón se aceleraban ante la idea. Finalmente había conseguido descifrar sus sentimientos. No se sentía furiosa con Colin por haberla engañado, sólo deseaba saber quién se escondía detrás de todo aquello. Alguien, además de Colin y de ella misma, estaba disfrutando también de los frutos de sus relaciones sexuales. Y la idea la excitaba más de lo que cualquier otra cosa lo hubiese hecho nunca.

Se preguntó si tal vez conocería al misterioso mecenas. La única persona que podría interesarse por ella de aquel modo era Beau, pero éste, después de escoger a Marcus en lugar de a él, había desaparecido de su vida. También era cierto que últimamente pensaba en él cada vez más a menudo. ¿Cómo se sentiría si el mecenas resultara ser él? No lo sabía, y así seguiría siendo hasta que le tuviera cara a cara.

Se concentró de nuevo en el caos que había más allá de la ventanilla, deseando que Colin no leyese nada en su silencio. Las calles eran tan estrechas que se hacía difícil imaginar toda la actividad que bullía en ellas. Observó ensimismada la pericia con la que los ciclistas esquivaban peatones, raíles del tranvía y baches entre los adoquines por igual. Muchas de aquellas bicicletas estaban decoradas, algunas con tanta originalidad que bien podría montarse una exposición con ellas. Casi no se veían tándems, aunque muchas llevaban a más de una persona: una madre con sus dos hijos o un chico con una chica sentada en la parte trasera. Todo parecía muy romántico hasta que, sin previo aviso, apareció un tranvía de la nada abriéndose paso entre la multitud. Involuntariamente, Lissa se refugió en los brazos de Colin. Nadie más pareció exaltarse por la proximidad del vehículo, que avanzaba a gran velocidad. Los transeúntes y los ciclistas se limitaron a hacerse a un lado para luego, una vez hubo pasado el tranvía, volver a ocupar la calzada.

—Toda esta confusión puede parecer divertida —explicó Colin—, pero es mejor tener un sitio más tranquilo al que escapar por las noches.

Lissa asintió y siguió mirando por la ventanilla. Las vistas eran increíbles. Nunca antes había estado en Amsterdam, pero por las historias que le habían contado estaba segura de que le encantaría. Había un famoso museo Van Gogh que quería visitar, y también muchas pequeñas galerías conocidas por albergar obras de gran calidad. Y, por supuesto, luego estaban las historias de sexo y pecado, de las que Colin seguramente se haría cargo.

Se preguntó dónde estarían las chicas de los escaparates. Por el momento sólo había visto cafés, *coffee shops* (donde, por lo que sabía, se podía comprar marihuana), tiendas de recuerdos, bares y clubes. No se veían prostitutas por ninguna parte detrás de los cristales, haciendo gestos a los viandantes.

El taxi se detuvo delante de un precioso edificio de ladrillo. Habían llegado. Tal y como Colin había dicho, el hotel era pequeño e íntimo, con un bar no muy grande en la primera planta y cinco niveles más de habitaciones. Mientras caminaban por el pasillo de la planta superior, Lissa no oyó ni un solo ruido procedente de las habitaciones. Las paredes debían de estar insonorizadas, pensó, y luego se preguntó si tal vez aquélla era una de las razones por las que Colin había escogido aquel lugar. ¿Le haría cosas que la hiciesen gritar? Se volvió para mirarle, pero no encontró respuestas en su rostro.

—No te molestes —dijo él mientras Lissa empezaba a deshacer la maleta—. Hace un día demasiado bonito para perder el tiempo con eso. Ya tendremos tiempo más tarde.

Ella cogió su cazadora tejana y le siguió fuera de la habitación. Mientras esperaban el ascensor, él le cogió la mano y, una vez dentro, la besó. Los besos de Colin siempre transformaban a Lissa. Incluso ahora que no confiaba plenamente en él, sus labios sobre los suyos eran capaces de borrar cualquier otro pensamiento. Cerró los ojos y él puso una mano sobre su cara. Empezó como un beso dulce, sólo labio contra labio, pero antes de que se separaran le mordió el labio inferior con fuerza. Instintivamente, Lissa se lamió la herida y le miró con ojos desorbitados.

—¿Estás lista?

¿Pensaba hacerlo allí, en el ascensor? No. Llegaron a la planta baja y Colin la guió por el vestíbulo del hotel hacia la calle.

—¿Lo estás, Lissa? —preguntó él de nuevo mientras caminaban por una sinuosa calle hacia uno de los canales.

Estuvo a punto de contestar: «¿Preparada para qué?», pero era demasiado lista para hacerlo. Sabía lo que él quería que dijese. Le apretó la mano y respondió:

—Por supuesto.

—¿Preparada para cualquier cosa? —preguntó él a continuación, señalando hacia lo que parecía un café en una esquina. Lissa sonrió. En Amsterdam, muchos pequeños cafés eran en realidad *coffee shops*. Sí, vendían café, y a veces incluso bollos o pastelitos, pero también vendían marihuana. Colin quería drogarla. Así que era eso lo que quería decir con «preparada para cualquier cosa». Se sintió aliviada. Nunca habían hecho algo así juntos, pero parecía lo más apropiado estando en Ams-

251

terdam. Colin la guió hacia el *coffee shop*. Y allí fue donde oficialmente empezó su *tour* por la ciudad.

El Greenery estaba dividido en una barra a un lado de la sala y varias mesas de madera y bancos al otro. En una segunda sala había sofás de terciopelo y almohadas de todos los colores. El local tenía cierto aire suntuoso, casi mediterráneo, y los clientes parecían muy relajados, cómodamente sentados en las butacas o tumbados en los bancos. Era justo la imagen que Lissa tenía de un antro de perdición.

Colin compró dos porros ya liados y pidió dos expresos.

—Lo primero para relajarte y lo segundo para despertarte.

—¿No acabaré justo donde he empezado? —preguntó ella—. ¿Uno anulará el efecto del otro? —No estaba intentando hacerse la graciosa. Realmente quería saberlo.

Colin la miró con detenimiento.

—Nunca has fumado un porro, ¿verdad? —le dijo tranquilamente. Avanzaron entre las mesas hacia el sofá de dos plazas que estaba libre.

—Sí que lo he probado –contestó ella mientras se sentaban—, en la universidad…

Él la miró con aire incrédulo.

—Pero no me hizo mucho efecto —continuó Lissa.

—¿Quieres decir que no te tragaste el humo? Como tu presidente, Bill Clinton.

Lissa se puso colorada.

—Sí que me lo tragué —insistió ella. Qué discusión tan curiosa. ¿Por qué intentaba convencer a Colin de que había hecho algo que era ilegal en su país? No estaba muy segura, aunque tenía claro que no quería que pensara que no había vivido ninguna experiencia interesante antes de conocerle. A pesar de lo que él creyese, ella no era tan infantil. Recordaba una vez en el apartamento de Beau. Ella estaba sentada en un gastado sofá de piel, fumando un porro que él había liado, y le dijo «¿Cuándo me va a hacer efecto? No siento nada». Él, que era todo un experto en la materia, le aconsejó que se calmara y dejara que las cosas siguiesen su curso. Pero nada había pasado.

Con Colin fue todo lo contrario. Dos caladas del primer porro y empezó a sentirse cálida y maleable. Se recostó en el sofá, mirando embelesada el mural de estilo marroquí que cubría la pared opuesta. Estaba tan relajada que ni siquiera se le ocurrió criticarlo. No era más que algo decorativo, no se trataba de ninguna obra de arte que tuviera que catalogar y diseccionar.

—¿Aún estás preparada para cualquier cosa? —le preguntó Colin.

Vaya, vaya. Apartó la vista del mural para poder ver sus ojos verdes. Le estaba diciendo algo, pero no sabía qué era. De pronto se le ocurrió que tal vez supiera que había estado fisgoneando en sus cosas, que tal vez la había descubierto. Su pulso se aceleró y pensó en explicarle que no había sido su intención encontrar aquellos *e-mails*, que no había querido hurgar entre sus archivos. Pero ¿no era él el que debería explicarle a ella unas cuantas cosas? Le miró de nuevo y supo que Colin no sabía nada. Tal vez fuera la hierba, que cambiaba su percepción de la realidad y la volvía paranoica. Aspiró otra calada, dejó salir el humo lentamente y luego le besó y dijo mientras exhalaba:

—Por supuesto, Colin. Cualquier cosa que puedas ofrecerme.

Capítulo cuarenta y cinco

Colin se levantó para pedir otras dos tazas de café. Mientras, Lissa observó su imagen reflejada en uno de los espejos del local. Vestía unos vaqueros negros y un jersey de cuello alto de color gris pálido debajo de la chaqueta tejana. Tenía las piernas cruzadas y se le veían unos centímetros de las botas de piel negras. Con el pelo recogido en una cola de caballo, parecía una universitaria cualquiera que hubiese ido a pasar unos días de juerga a Amsterdam antes de retomar las clases. Había visto a muchas de aquellas chicas paseando por las tortuosas calles con el deseo de vivir mil aventuras reflejado en sus rostros.

—Ahora sí que lo sientes, ¿verdad? —le preguntó Colin cuando volvió al sofá junto a ella.

Lissa asintió y cerró los ojos.

—Sobre todo —explicó con un hilo de voz—, me siento relajada.

Tal vez aquélla fuera la razón por la que la marihuana no le había hecho efecto en la universidad. Por aquel entonces nunca se sentía relajada, siempre estaba concentrada en sus estudios y era incapaz de dejarse llevar. Se había perdido parte de la experiencia que suponían los años de carrera, pensó, sintiéndose más desinhibida.

Abrió los ojos y tomó un sorbo del café que Colin le había traído. Él ya iba por el segundo, y ella ni siquiera había probado el primero. La cafeína le hizo efecto en seguida, pero no de la forma que esperaba. Su pulso no se aceleró ni se sonrojaron sus mejillas. Se sentía más llena de energía pero, sin embargo, seguía sintiéndose relajada. Lo que más le apetecía ahora era caminar y explorar la ciudad disfrutando de aquella nueva conciencia. Colin pareció entender sus deseos y, tan pronto como Lissa se hubo acabado el café, se puso de pie y le tendió la mano, guiándola hacia la salida.

Afuera, sus sentidos seguían alertas. Se fijó en los colores de la ropa de los ciclistas y en cómo las nubes parecían colgar del cielo a escasos metros de sus cabezas. Se sintió como si estuviera dentro de un cuadro, experimentando los colores con la piel, con los ojos, con la boca. ¿Era ése el efecto que la marihuana tenía en todo el mundo? Si era así, entonces entendía por qué algunos preferían estar drogados todo el día. Cada sensación era más intensa y no podía dejar de mirar a su alrededor. Quiso ir a ver un quiosco de revistas cubierto de grafitis, pero cuando Colin avanzó en otra dirección se sintió exactamente igual de cautivada por las flores de un mercado al aire libre.

Le gustaba sentir la mano de Colin en la suya, guiándola entre la multitud. Llegaron a una de las calles circulares que discurrían paralelas a un canal. Más abajo había casas flotantes y grupos de patos marrones y blancos que se desplazaban por el agua. Una madre pato guiaba a sus crías en lo que parecía una lección de natación algo tardía. Mientras Lissa observaba la escena, un enorme gato de tres colores saltó de la calle hasta la cubierta de uno de los botes, como si también quisiese observar a los patitos más de cerca.

Después de mirar su reloj, Colin la cogió de nuevo de la mano y siguió avanzando. De pronto, Lissa se preguntó si realmente sólo habían salido a dar un paseo para admirar las maravillas de la ciudad o si Colin se traía algo entre manos. A pesar de su estado, supo que sabía exactamente qué estaban haciendo y hacia adónde la llevaba.

¿Acaso Colin no tenía siempre un plan?

Capítulo cuarenta y seis

El sexo bajo los efectos de la marihuana era más que intenso, una de las pocas situaciones en las que Colin podía correrse sin necesidad de recurrir a sus métodos habituales. Ahora, de vuelta en el hotel para tomarse un pequeño descanso después de hacer tanto turismo, tenía a Lissa tumbada con las piernas sobre sus hombros. Aún sintiéndose embriagado por la hierba mágica de Amsterdam, Colin se tomó su tiempo. Besó y lamió a Lissa entre las piernas hasta que saboreó los deliciosos jugos de sus labios. Le encantaba aquel sabor.

—Eres tan dulce… —murmuró sin apartar la boca de su sexo—. Tan jodidamente dulce…

Lissa sintió la vibración de aquellas palabras contra su piel y, aunque no entendió lo que Colin acababa de decir, el placer de aquel sonido casi la llevó hasta el clímax. Si continuaba hablando allí, entre sus piernas, se correría de inmediato. Se sentía algo confusa, casi aletargada, pero de alguna forma aquel estado no hacía más que intensificar el placer.

Ahora entendía por qué su novio de la universidad, Beau, siempre había querido que hicieran el amor después de fumar unos porros. Nunca se dieron el gusto de probarlo porque Lissa era incapaz de entender la razón por la cual hacerlo en aquellas condiciones suponía una experiencia totalmente distinta del sexo más convencional.

Ahora sí lo entendía.

—Dime qué quieres —dijo Colin de pronto, trayéndola de vuelta al mundo real—. Dime en qué estás pensando.

Ése era su método de tortura favorito. No implicaba dolor, como ocurría con los azotes. Pero incluso ahora, después de varios meses juntos, a Lissa aún le resultaba difícil compartir sus fantasías. Tartamudeó y se puso roja, incapaz de hablar, tan cerca del orgasmo que casi podía saborearlo.

—Pararé —amenazó Colin, como siempre, sujetando la zanahoria delante de sus narices—. Te dejaré aquí retorciéndote, sin poder llegar al final.

No, Lissa no quería que pasara eso. Le diría lo que quisiera, recuperaría alguna otra fantasía de las profundidades de su memoria y la compartiría con él. De pronto pensó, incluso en aquel estado de ausencia total, que si compartía otra fantasía con Colin él trataría de hacerla realidad. Lo había hecho una y otra vez, de modo que tenía que tener cuidado con lo que pedía. ¿No era ésa la moraleja de algún cuento para niños?

Ten cuidado con lo que deseas, porque puede hacerse realidad.

Colin pensó que aquélla era una fantasía perfecta. Lissa quería correrse mientras otros a su alrededor la miraban. Había sacado la idea de una famosa fotografía en blanco y negro de la década de 1960. Él había visto aquella misma imagen en una revista y la escena le había impactado.

La fotografía mostraba a una mujer en el centro de una gran alfombra, rodeada por unas cuerdas de terciopelo como si fuese la obra de arte de un museo. La modelo estaba desnuda y se masturbaba. Actuaba como si no se diese cuenta de lo que la rodeaba, aunque no estaba sola. A su alrededor, los mecenas de la exposición la observaban. Ellos eran la parte principal de la fotografía, la más importante. La expresión en sus rostros era de lo más reveladora. Los hombres la observaban con descaro, con lujuria en la mirada. Las mujeres, sin embargo, parecían querer ocultar sus propias inseguridades, y se mostraban falsamente emocionadas por lo que veían.

—Siempre me ha encantado esa imagen —explicó Lissa—, desde la primera vez que la vi.

—¿Y quieres ser la chica de la fotografía? —preguntó Colin.

—Para poder tener a toda esa gente a mi alrededor… —dejó las palabras en el aire, preguntándose hasta dónde llegaría Colin para convertir su fantasía en realidad.

Había cumplido con su petición y le había confesado sus pensamientos más íntimos, así que él dejó que llegara al orgasmo. La sensación fue más intensa, tanto que todas las terminaciones nerviosas de su cuerpo vibraron de placer al unísono, como si su cuerpo fuese un instrumento que Colin tocaba con los dedos y con la lengua. Deseó un público que presenciara aquel concierto de sexo. ¿Aplaudirían tras la última nota?

Capítulo cuarenta y siete

Aquella misma tarde decidieron visitar el Museo Erótico, que, según Colin, no tenía demasiado que ver con el Museo del Sexo que se encontraba en el centro de la ciudad. Junto a la puerta había una fuente de mármol blanco y negro con forma de pene gigante. Lissa observó embelesada cómo el agua salía disparada por la punta, creando un chorro que alcanzaba varios metros de altura.

—Sólo en Amsterdam —dijo Colin, con una sonrisa en los labios. A él aquella fuente le parecía inoportuna, aunque a Lissa parecía encantarle, especialmente en su estado de alteración mental. Sabía que de no estar bajo los efectos de la marihuana, la escultura no hubiera sido de su agrado. Dejó que la observara unos minutos y luego la guió hacia el interior del museo, después de hacer un rápido gesto con la cabeza a la atractiva morena que les vendió las entradas en taquilla.

Lissa se percató de aquel intercambio de miradas, pero no tenía idea de qué podía significar. Leyó el nombre de la joven en la placa que llevaba prendida del pecho: Gina. Mientras la chica contaba la vuelta de las entradas, Lissa la observó con más detenimiento. Tenía el pelo largo y castaño, recogido con un pasador plateado, y el flequillo corto, estilo Bettie Page.

De pronto Gina levantó la vista y se encontró con los ojos de Lissa fijos en ella; respondió a su mirada con una amplia y lenta sonrisa. Lissa se sonrojó y miró rápidamente en dirección a los pósters que colgaban en la pared, detrás de la chica. Uno era de la exposición del Museo de Arte Erótico de París, con fotos de ella misma que le devolvían la mirada. Gina siguió la trayectoria de sus ojos y sonrió aún más abiertamente.

Sabía algo, ¿verdad?

Pensó que tal vez trataba de leer más en cada detalle de lo que realmente había. Sin embargo, sabía que Colin había preparado algo en el museo, algo que tal vez superara lo de Hamburgo e incluso lo de París. Pero ¿qué? No lo sabía. Mientras subían las escaleras que llevaban a la primera planta, Lissa decidió dejar de intentar adivinar sus intenciones.

—Tienes que subir hasta arriba del todo e ir bajando —le dijo Colin, explicándole la razón por la cual no se detenían en el primer piso—. Como en París, sólo que aquí no hay ascensor.

Lissa se olvidó de Gina y empezó a observar todo lo que tenía alrededor. Aquel museo era muy distinto de los dos que habían visitado antes. El edificio que lo albergaba era muy estrecho, y también más pequeño y peor cuidado que los de París o Hamburgo. De hecho, todo estaba en bastante mal estado. En algunos puntos la pintura roja se desprendía de las paredes. Las escaleras estaban sucias. El lugar, en general, transmitía una sensación de abandono bastante desagradable. Sin embargo, nada de todo aquello le restaría valor a la experiencia. El sexo podía ser sucio, Lissa lo sabía, y disfrutar del arte podía significar también disfrutar de aquello que lo rodeaba. Las obras que se

261

disponían a ver eran tal vez de un género más subido de tono que las exposiciones de los otros dos museos.

En la planta superior, Lissa descubrió para su sorpresa que no había ninguna pieza de arte colgando de las paredes. En su lugar, había maniquís vestidos con cuero y vinilo colocados en varias escenas. En una esquina, se recreaba una relación de dominación y sumisión en la que una mujer vestida con ropa de vinilo se alzaba sobre su esclavo masculino, casi desnudo y encogido en el suelo. Al otro lado de la sala, un hombre parecía hacerle proposiciones a una prostituta, que alargaba una mano en espera del pago por sus servicios. En el centro había una silla con ataduras, vacía, preparada para que algún pobre sumiso fuese inmovilizado en ella. Lissa se dio cuenta de aquel detalle justo cuando Colin pasó un brazo por su cintura y la guió hacia el centro de la sala.

—Aquí no —se quejó ella, casi sin darse cuenta. Sabía que había cola para visitar el museo, ella misma la había visto. Esa vez no habría forma de evitar que los interrumpieran. La idea de ser pillados in fraganti le revolvió el estómago. Claro que en París no había pasado nada (aparte de lo de la cinta de vídeo, que de todas formas había sido idea de Colin). Así que tal vez nadie los viera…

—¿Estás desobedeciendo una orden? —preguntó Colin, interrumpiendo sus pensamientos. Sus ojos verdes brillaron cuando empezó a desnudarla.

Lissa se mordió un labio. No quería desobedecerle, pero tampoco se sentía preparada para protagonizar una escena en público.

—¿Te he dado alguna vez motivos para que no confíes en mí? —quiso saber él. Le habló en voz baja y con expresión seria.

Sí, se los había dado. Estaba confabulado con otra persona y ella lo sabía. Aun así, negó con la cabeza.

—De todas las veces en las que hemos estado juntos, ¿en alguna te he puesto en peligro? —preguntó Colin.

Lissa negó de nuevo con la cabeza. Por lo que ella sabía, no había habido riesgos reales en ninguno de sus encuentros. Todos habían sido perfectamente orquestados para que ella se sintiera siempre a salvo.

—Contéstame —exigió él. Su voz había adquirido un tono severo, recordándole que siempre esperaba una respuesta verbal a sus preguntas.

—Nunca —dijo ella temblando, mientras Colin continuaba desnudándola. Empezó a sentirse excitada, sus pezones duros por el contacto de sus dedos sobre su piel. Sintió también aquella sensación entre las piernas, aquella humedad cada vez más intensa, y se preguntó cuánto tendría que esperar para que él la penetrase. Normalmente, cuando representaban una de sus escenas, la hacía esperar hasta que casi no podía contenerse. ¿Qué pasaría si le pidiera que follaran primero? Un buen orgasmo conseguiría relajarla y le ayudaría a concentrarse en portarse bien para él.

Antes de que pudiera decir nada, Colin le quitó las botas y empezó a desabrocharle los tejanos. ¿Realmente pensaba desnudarla allí, en público? Eso parecía, pensó mientras él le quitaba los pantalones. Luego cogió las braguitas por la cintura y empezó a bajárselas muy despacio. Lissa cerró los ojos. Siempre le resultaba más fácil con los ojos cerrados. Así podía fingir que aquello sólo estaba pasando en su imaginación y no en un sitio público.

Oyó el sonido metálico de las cadenas cerrándose

sobre sus muñecas y sintió las cintas de cuero deslizarse alrededor de la cintura y del cuello. La luz entraba en la sala por una claraboya situada justo encima de ella y tuvo la extraña sensación de ser infinitamente vulnerable durante las horas de sol.

Sintió la punta de su pene rozándole los labios e inmediatamente abrió la boca para recibirlo. Puro instinto. No necesitaba una orden directa para chupársela. Simplemente lo hizo, como una niña buena. Sin embargo, en su mente aún se sucedían las preguntas. ¿Cuándo pensaba explicarle qué quería de ella? ¿Practicarían sólo sexo oral mientras estaba atada a la silla? Aquello no parecía propio de la intensidad que siempre tenían sus relaciones. Si la había llevado hasta Amsterdam, era porque tenía un plan más elaborado que ése.

—¿Estás preparada?

Aunque aquélla era la pregunta del día de Colin, las palabras habían sido pronunciadas por una mujer, cuya voz parecía provenir de las escaleras que llevaban a la sala. Lissa cerró los ojos aún con más fuerza, tratando de evitar ver una expresión de horror en el rostro de la desconocida. Aunque tal vez pensase que ella y Colin formaban parte de la exposición, que aquello era una especie de *performance* organizada por el museo. Colin sacó el pene de su boca y se apartó de ella. Le oyó dirigirse a la mujer y sintió que empezaba a relajarse. Aquélla era una experiencia que la asustaba, pero al menos no iba a pasar delante de una completa extraña. Era evidente que Colin y la mujer se conocían.

—Gina —dijo él—, qué bien que hayas decidido unirte a nosotros.

—¿Cómo iba a rechazar semejante invitación? —contestó ella. Tenía un acento que Lissa no consiguió identificar. No era holandesa, eso estaba claro. Italiana, tal vez. Al menos lo parecía. Entreabrió los ojos para poder observar la escena sin ser vista. La chica llevaba pantalones de cuero y una camiseta blanca que dejaba al descubierto un tatuaje de brillantes colores en uno de sus hombros. Abrió más los ojos, tratando de descifrar qué representaba aquel dibujo. Parecía un lagarto, pero no podía estar del todo segura.

Gina, al sentir su mirada sobre ella, se dio media vuelta y le sonrió. Lissa se sonrojó y deseó haber mantenido los ojos cerrados. Ahora que los había abierto, pensó, se resignaría a acatar los planes que Colin tuviera para ella.

De pronto una idea pasó por su mente y Lissa se quedó sin aliento. ¿Sería Gina su mecenas? ¿Era aquello posible? En realidad, no podía saber si se trataba de un hombre o de una mujer.

Lissa miró a Gina, como si fuese capaz de averiguarlo a simple vista. Ella le aguantó la mirada, sin que la expresión de su rostro revelara nada. Aquello no significaba que estuviese equivocada. AMANTE DEL ARTE podía ser tanto un hombre como una mujer, sólo que ella lo había imaginado hombre, un hombre que disfrutaría con las fotografías, con el vídeo. Aunque también había muchas mujeres que se lo hubiesen pasado bien con aquel material.

Mientras estaba ocupada con tantas dudas, tantas preguntas, Colin ya había empezado a desnudar a su nueva acompañante.

Capítulo cuarenta y ocho

La primera parte de aquella nueva escena ideada por Colin fue más difícil para Lissa que cualquier otra cosa que hubiesen hecho juntos hasta el momento. Más que la tarde en el Père Lachaise y en las catacumbas, o en el Museo Erótico de Hamburgo. Más incluso que el episodio del vibrador con control remoto. Todos aquellos pequeños pasos en su relación palidecían junto a lo que Colin había planeado para aquel día. Mientras Lissa seguía atada a la silla, impotente y sumisa, él le desabrochó los pantalones de cuero a Gina, los deslizó por sus preciosos muslos y la penetró. Lissa sabía que su pene aún estaba mojado después de haber bailado entre sus propios labios y no podía creerse que hubiese utilizado su boca para calentarse con los preliminares.

—Cariño —dijo Colin en voz baja, y Lissa no supo si se refería a ella o a Gina—, eres tan bonita… —Y un segundo después, añadió—: Las dos sois preciosas.

¿Por qué la obligaba a mirar? Aquello era más de lo que podía soportar. Sintió que los ojos se le llenaban de lágrimas y se hubiese echado a llorar si Colin de pronto no hubiese cambiado a Gina de posición, cara a cara con Lissa, las manos sobre los brazos de la robusta silla, sus labios a tan sólo unos centímetros de los suyos. No iba a llorar mientras aquella chica la mirara. Nada la haría sentir peor que mostrarse débil delante de ella.

—Bésala —ordenó Colin, y Gina, entendiendo que se dirigía a ella, obedeció de inmediato, inclinándose hacia adelante y besando a una sorprendida Lissa en los labios. Sus ganas de llorar desaparecieron por completo y fueron sustituidas por una sensación nueva. Sentía los sensuales labios de Gina sobre los suyos, podía oler su perfume de flores, suave y luminoso, como a lavanda.

—Devuélvele el beso, Lissa —ordenó Colin, mientras él aún seguía penetrando a Gina desde detrás. La observó fijamente, esperando que obedeciera sus órdenes. Después de un momento de duda, Lissa separó los labios sobre los de Gina y pudo sentir su lengua dentro de la boca.

Era increíble. Ya antes había pensado en ello, por supuesto que sí. Y Colin lo había sugerido una y otra vez, había conseguido que la idea se colase en su mente. Incluso se había masturbado pensando en ello, acariciándose el clítoris mientras imaginaba una escena muy parecida a la que ahora estaba viviendo. Sin embargo, besar a una mujer en la vida real era una sensación muy distinta de cualquiera que hubiese podido crear en su mente. Era la diferencia entre oír hablar de un delicioso pastel de chocolate y hundir los dientes en el primer bocado.

De pronto entendió qué había querido decir AMANTE DEL ARTE en su último mensaje. Quería que experimentara el sexo con otra mujer. ¿Cómo sabía que era algo con lo que ella había fantaseado? Algo cambió en sus sentimientos hacia la persona que se ocultaba tras el seudónimo. Quería que Lissa fuese feliz, que experimentara todo aquello con lo que alguna vez había soñado. Sólo buscaba su placer y Colin era la herramienta con la que proporcionárselo.

Pero ¿por qué?

Antes de que pudiera seguir tratando de averiguar las motivaciones de AMANTE DEL ARTE, sintió las yemas de los dedos de Gina acariciándole los pezones. Sus manos cubrieron sus pechos y Lissa sintió el tacto del frío metal sobre su piel. Bajó la mirada y vio que la joven llevaba varios anillos en cada mano, y éstos se clavaban en su carne mientras la acariciaba, cada vez más abajo, por encima de las costillas, y cada vez más cerca de su sexo.

Si no estuviese atada a aquella maldita silla… Podría tocarla, acariciar su rostro con las manos, besarla en los labios, morderlos, y luego recorrer su largo cuello con besos suaves hasta llegar al pequeño hoyo entre sus clavículas. Y lamer. Se preguntó a qué sabría su piel, qué sonidos emitiría si…

—Haz que se corra —dijo Colin, arrancando a Lissa de sus fantasías—. Acaríciale el clítoris con los dedos. Círculos pequeños y rápidos. Cuando esté a punto de llegar, hazlo más despacio.

Sí, la conocía a la perfección, pensó Lissa. Sabía exactamente qué le gustaba. Y Gina parecía una buena estudiante. Siguió las instrucciones de Colin con suma precisión, describiendo círculos sobre su clítoris hasta que estuvo a punto de explotar de placer. Aunque seguía las indicaciones que él le daba, también utilizaba su propio método, provocando de una forma seductora, entendiendo instintivamente cuándo Lissa estaba a punto de llegar al orgasmo y deteniéndose entonces para mantenerla siempre al límite. Lissa emitió un sonido, una súplica gutural y profunda, y Gina sonrió.

—Aún no —le susurró—. Más despacio, ¿vale?

Lissa asintió.

—Sí —respondió con voz ronca—, vale.

Unos minutos antes, no podía dejar de pensar en lo furiosa que estaba con Colin por ponerla en aquella situación sin ni siquiera avisarla. Su ira, sin embargo, se había ido derritiendo con el paso de los minutos, de un «cómo te atreves» a «¿cuándo me toca a mí?». Porque lo único en lo que Lissa podía pensar ahora era en lo mucho que deseaba correrse. Había llegado al punto en el que no podía evitar suplicar, aunque sabía muy bien que aquello no solía ser demasiado útil, al menos con Colin. Todo pasaba según él lo había previsto. Aun así, Lissa decidió intentarlo.

—Por favor… —rogó sin mirarlo, concentrada únicamente en el rostro de Gina.

—¿Te gusta?

—Sí —susurró—. Pero, por favor…

—Te correrás cuando yo lo haga —contestó la chica, disfrutando abiertamente del poder que detentaba. Con una mano abrió los labios de su propio sexo y empezó a acariciarse el clítoris. Tiró de algo que Lissa no lograba ver, mientras le susurraba—: Cuando me hice el *piercing* en el clítoris, me corrí como una apisonadora.

Sorprendida ante aquellas palabras, Lissa se puso rígida. Al mismo tiempo, sin embargo, deseó poder ver qué escondía entre las piernas. ¿Sería un aro o tal vez una barra? ¿Qué tipo de placer le produciría si tirara del metal con los dientes? Mil pensamientos se agolparon en su mente, ideas que jamás se hubiese creído capaz de engendrar.

—Bésame —susurró Gina, y Lissa obedeció al momento, con el corazón latiendo cada vez más rápido mientras Colin aceleraba el ritmo de sus envestidas. Los círculos sobre el clítoris de Lissa fueron más y más de prisa, hasta que al fin Gina apretó sus labios contra los de ella y le susurró «ahora» dentro de la boca.

El clímax tuvo un triple efecto, primero en cada uno de los amantes y luego combinándose para llevar el placer al extremo. La sala se quedó en silencio cuando los tres alcanzaron el orgasmo, en un instante de puro éxtasis.

Capítulo cuarenta y nueve

Colin y Lissa salieron del museo y se encontraron las calles de Amsterdam cubiertas por una ligera lluvia. La ciudad entera brillaba en cada gota y los canales eran una sinfonía de agua cayendo sobre agua.

—¿Quieres que busque un taxi? —preguntó Colin.

Tenía un brazo alrededor de Lissa y la calidez de su cuerpo era como un bálsamo para ella. Levantó la mirada hasta encontrarse con sus ojos, sonrió y negó con la cabeza. Le gustaba caminar, especialmente cuando algo la preocupaba, como ahora. Estaba segura de que el paseo de vuelta al hotel le daría tiempo para aclarar sus ideas.

—Nos vamos a empapar —dijo él con cierta dulzura en la voz. La lluvia era fina, sí, pero estaban a más de un kilómetro y medio del hotel.

—No me importa. Coge un taxi tú si quieres y ya me reuniré contigo.

—¿Te pasa algo? —preguntó él, aparentemente preocupado.

Lissa negó de nuevo con la cabeza.

—Nada en absoluto —contestó ella, sorprendida por la verdad que escondían sus palabras. No estaba molesta, ni siquiera confundida. Sólo quería tiempo para procesar todo lo que acababa de sucederle. Pero

271

más importante aún, tenía el presentimiento de que se estaba olvidando de algo importante, algo crucial.

Caminaron en completo silencio. Lissa observó la arquitectura de los edificios, las estrechas casas pintadas de color marrón. Las calles eran angostas y muchas no tenían aceras. Colin tuvo que llevar a Lissa varias veces hasta el borde del canal para evitar los coches. Cada vez que eso pasaba, ella se mostraba aturdida, le agradecía el gesto con una débil sonrisa y luego seguía admirando las calles por las que avanzaban.

¿Podría vivir allí?, se preguntó. Había algo mágico en Amsterdam, algo muy distinto de lo que desprendía la otra gran ciudad de los canales, Venecia. Tal vez aún fuera el efecto de la marihuana, pensó, aunque tampoco había fumado tanto. Lo que más le gustaba era la sensación de libertad. Libertad para fumar marihuana, si se quería, o para vivir en un bote anclado en uno de los canales, o para mantener relaciones en un museo...

Colin la apartó de nuevo tirándole del brazo, justo cuando un pequeño coche pasaba a toda velocidad junto a ellos. Le miró a los ojos y pudo leer la preocupación que había en ellos. Sonrió. Estaba bien, confusa y excitada, pero bien.

Besó a Colin mientras él deslizaba los brazos alrededor de su cuerpo. La lluvia decoraba el pelo y la cara de Lissa con diminutas gotas que parecían rocío. Él le devolvió el beso, abriéndose paso entre sus labios con la lengua, mezclándose con la de ella de una forma que le recordó a Gina y sus suaves labios contra los suyos.

—Nos quedaremos aquí esta noche —propuso Colin cuando llegaron al hotel—. ¿Te parece bien?

Ella asintió. La idea de tener que vestirse para salir o de tratar de mezclarse con la multitud de turistas que a esas horas abarrotarían los mejores restaurantes de la ciudad le parecía algo lejano. Su mundo aún giraba fuera de control después de los acontecimientos de aquella tarde.

—Date una ducha —sugirió Colin—. Pediré algo de comida y haré que la suban a la habitación.

Aún parecía tratarla con extremo cuidado, como si se acabara de recuperar de una enfermedad o hubiese escapado de una situación peligrosa. Lissa sabía que lo que le preocupaba era cómo podía sentirse ella después de verle hacerle el amor a otra mujer. Pero aquélla no era la imagen que la consumía por dentro. En su mente sólo había una cosa, y era el recuerdo de los labios de Gina contra los suyos, y una pregunta: ¿volvería a pasar de nuevo?

Se encerró en el baño, enorme y algo decadente, para asearse un poco. Le temblaban las piernas y tuvo que apoyarse contra una de las paredes mientras el agua se calentaba. ¿Cómo había podido saber Colin exactamente lo que quería? ¿Cómo sabía cuándo detenerse, qué punto podía significar cruzar la raya? ¿Acaso era tan fácil leer sus pensamientos? Estaba casi segura de que no. Y si lo era, ¿por qué ninguno de sus antiguos novios había conseguido interpretar sus deseos con tanta precisión?

Tal vez todo fuese a instancias del misterioso mecenas, en cuyo caso, ¿cómo podía él, o ella, conocerla tan bien?

Lissa se pasó una mano por el pelo y se sorprendió al ver lo mojada que estaba. No se había dado apenas cuenta de la lluvia durante el paseo de vuelta al hotel.

Sintió frío. Se quitó la ropa empapada y se apresuró a meterse en la ducha.

La temperatura del agua era perfecta y el efecto sobre sus doloridos músculos inmejorable. Lissa giró bajo el chorro de agua para que llegase a todos los recodos de su cuerpo. ¿Quién hubiese pensado que una tarde de sexo pudiese ser tan agotadora? Sabía que el dolor se lo había provocado ella misma al luchar por deshacerse de las ataduras. Tal vez ésa fuese la lección diaria de Colin: no te resistas tanto, simplemente deja que pase. Pero al parecer ella nunca era capaz de hacerlo. Todo requería de una disección previa, cada momento, cada ínfimo detalle. Toda acción precisaba ser diseccionada y toda sensación inesperada ser analizada.

Cerró los ojos y visualizó lo que había pasado esa tarde mientras se enjabonaba. Se le hacía difícil imaginarse a sí misma entre tanta decadencia, como una más. Sus recuerdos no la engañaban y pasaban frente a sus ojos cerrados como si fuesen una película a cámara rápida. Allí estaba Gina, inclinándose para besarla. Y allí estaba Colin, detrás de ella, follándosela y empujándola cada vez más cerca de Lissa con cada nueva sacudida. Recordaba perfectamente el tacto de las manos de Gina sobre sus pechos la primera vez que la había tocado…

Dios, se estaba poniendo cachonda de nuevo. Se sentía mojada y no precisamente por el agua de la ducha. Consideró la posibilidad de satisfacer aquella urgencia ella misma, de deslizar una mano entre sus piernas y acariciarse con los dedos en movimientos rápidos y circulares. Un simple roce y supo que sólo necesitaría unos segundos para alcanzar el clímax. Se recreó por un instante en aquella sensación, pellizcándose el clítoris entre los dedos índice y pulgar y gimiendo de placer. Recordó las palabras de Gina sobre el *piercing* que llevaba en aquel punto tan sensible y sintió un escalofrío que le recorría el cuerpo. Era algo que a ella ni siquiera se le había pasado nunca por la mente y, por ello, no había considerado jamás la posibilidad de que aquel acto de automutilación pudiese ser tan erótico. Pero lo era. Se apoyó en la pared de la ducha y notó el frío de las baldosas en su espalda. El chorro de agua caliente, justo delante de ella, caía en cascada sobre su estómago y sus muslos.

¿Dónde estaba? En el museo con Gina, notando el contacto de su mano sobre la piel, recorriendo su cuerpo arriba y abajo. La próxima vez se aseguraría de no estar atada. Le diría a Colin que quería usar sus propias manos para acariciar la piel de su compañera de juegos. Las manos, y las palmas, y también las puntas de los dedos. ¿Se lo permitiría? Posiblemente no.

Estaba a punto de alcanzar el orgasmo cuando abrió los ojos y se percató de que la ducha incorporaba un aparato de masaje. Sopesó la posibilidad de utilizarlo para aliviarse. Era del tipo que se sujetaban en la mano y masajeaban en rotación. Pero ¿qué diría Colin si se enterase? Nunca le había ordenado que no se masturbase. Probablemente no le importara si...

Mientras Lissa se duchaba, Colin extendió una manta en el suelo, en medio de la habitación, y colocó los platos de la cena sobre ella. Harían un picnic, algo sin duda romántico. Encendió velas de color marfil y bajó la intensidad de las luces. El viaje a Amsterdam estaba saliendo según lo previsto. Se había propuesto enseñar a

Lissa cosas nuevas, abrir sus miras, ponerla a prueba, y lo estaba cumpliendo al pie de la letra.

Había más en aquella escapada de lo que ella podía entender, al menos por el momento, pero todo estaba bajo control, tal como a él le gustaba. Oyó el ruido del agua de la ducha en el lavabo y rápidamente hurgó en la bolsa del maquillaje de Lissa en busca de uno de sus pintalabios.

Rojo. Perfecto.

Caminó hasta el espejo de cuerpo entero que había junto a la cama y, extendiendo el brazo por encima de su cabeza todo lo que pudo, escribió una frase en el borde. El lápiz de labios brillaba sobre la superficie acristalada y no pudo evitar una sonrisa al ver el producto de su trabajo. Tal vez Lissa ni siquiera se diese cuenta del detalle.

Al fin y al cabo, ella no era la destinataria del mensaje.

Lissa descolgó el telefonillo de la ducha y se lo puso entre los muslos. Manipuló la presión del agua hasta que encontró el ritmo perfecto. La sensación del chorro manando directamente sobre su piel era increíble. Jugó con el cabezal, acercándoselo más al clítoris primero para luego apartarlo en el momento exacto, acariciándose con el chorro de masaje hasta que oyó la voz de Colin.

—¡Lissa!

Rápidamente dejó el telefonillo en su lugar y miró a través de la puerta de la ducha, empañada por el vaho, tratando de averiguar si la había descubierto in fraganti. No, allí no había rastro de Colin. Cerró el grifo, se envolvió con una mullida toalla color cereza y luego se peinó la rubia melena.

Tenía las mejillas sonrosadas, como le ocurría siempre que estaba a punto de llegar al orgasmo. Pero Colin no tenía por qué saberlo. Pensaría que el color de sus mejillas era producto del calor de la ducha. Sonrió a su imagen en el espejo y salió del lavabo, lista para recibir a su hombre.

Capítulo cincuenta

—Quítate la toalla —ordenó Colin justo cuando entraba en la habitación.

Lissa dejó que la toalla se deslizase por su cuerpo hasta el suelo y se sintió de pronto llena de *glamour*, como una estrella de cine de la década de 1940 o incluso como la modelo del famoso cuadro de Botticelli. *El nacimiento de Venus*, desembarcando en la playa sobre una concha de mar, con el pelo revoloteando a su alrededor y una mano cuidadosamente situada para cubrir tanta desnudez. El arte siempre en su mente, mezclándose con las escenas de la vida cotidiana. La piel de Lissa, como la de la modelo del cuadro, parecía brillar a la luz de las velas. Se detuvo a unos pasos de distancia de Colin, dejando que la observara antes de reunirse con él sobre la manta, en el suelo.

—Acércate más.

Avanzó unos pasos y, al girar a los pies de la cama, vio que él también estaba desnudo. Una vez más fue consciente de su belleza, de su cuerpo alto y esbelto, fuerte y a la vez refinado, de músculos definidos pero no demasiado marcados. Siempre le habían gustado los hombres de aspecto felino y Colin se adaptaba perfectamente a la descripción.

La cena estaba servida, pero Lissa se dio cuenta de

que había perdido el apetito. El apetito por la comida, para ser más exactos. Estaba hambrienta de Colin, quería hacer el amor con él con los ojos abiertos, entregarse por completo sin que nada se interpusiese entre ellos. Sin vendas que le taparan los ojos. Sin ataduras que la retuvieran.

La luz de las velas hacía bailar sombras sobre las paredes. La de Colin se alargó al acercarse a ella. Lissa se acurrucó entre sus brazos y sintió el consuelo de su piel. Pocas veces hacían el amor como la gente «normal». Para ellos todo giraba alrededor de normas, relaciones de poder —siempre las de él— y la sumisión de Lissa a su voluntad. Pero allí de pie frente a él, entre sus fuertes brazos, sintió que eran iguales.

Colin avanzó hacia la cama, pero Lissa negó con la cabeza.

—Quiero sentir el aire de la noche —susurró.

Las ventanas del hotel daban a una calle tranquila. Lissa se deshizo del abrazo de Colin, separó las cortinas y las ató, y luego levantó el panel de cristal de la ventana. Las nubes se habían disipado y podía verse un cielo plagado de estrellas. Lissa le ofreció su cuerpo a Colin, inclinada hacia adelante, con el torso apoyado en el alféizar de la ventana. Más abajo, en la calle, vio a una pareja en bicicleta, ella fuertemente agarrada a la cintura de él. Los observó mientras se alejaban hacia la oscuridad de la calle. Giraron una esquina, y justo ése fue el momento escogido por Colin para entrar en su cuerpo, separando sus labios con el pene para encontrar la humedad que siempre se escondía entre ellos.

Él suspiró de placer y Lissa se mordió un labio, tratando de ahogar un gemido. Las manos de él recorrieron su cuerpo, acariciándola con las yemas de los dedos, haciéndole cosquillas en la nuca. Tembló, por el tacto de sus manos y por la suave brisa nocturna que entraba por la ventana. El temblor hizo que su sexo se contrajera alrededor del pene de Colin, que gimió de nuevo.

Era como una danza, los dos moviéndose en silencio, juntos, en un ritmo perfecto, en una unión indisoluble. Ambos conocían los gustos del otro y aprovechaban aquella sabiduría a cada instante. A Lissa le gustaba poder hacerlo sin dolor y sin las complicaciones del sadomasoquismo. Casi era un alivio para ella poder dejar a un lado los juegos, siempre presentes en su relación. Esta vez sería completo, pensó, sin ningún añadido.

Hasta que Colin cogió una vela.

En una mesa baja de madera, junto a la ventana, había varias velas de color marfil. Él se hizo con la que tenía más cerca, que era alta y delgada y estaba hecha de tiras de cera enroscadas en espiral. Estaba detrás de ella, así que si Lissa quería ver qué hacía tenía que volver la cabeza. Le vio apagar la llama con un rápido movimiento de muñeca. Antes de que pudiera decir nada, Colin le acercó la vela a la espalda y dejó que la cera goteara lentamente a lo largo de la columna. Lissa se reprendió a sí misma por los pensamientos con los que se había entretenido sólo unos momentos antes. Se había sentido orgullosa de que al fin entre ellos hubiese sexo «normal». Pero ahora que las reglas habían cambiado —otra vez—, sintió un nuevo abanico de sensaciones en su interior.

¿Por qué aquel afán por ser sexualmente normal?

El dolor que la cera infligió en su piel no se parecía a ningún otro tipo de castigo que hubiese experimentado en manos de su amante. A cada llamarada de calor le seguían el aliento y luego la lengua de Colin, para refrescarle la piel. Con cada gota, su sexo se contraía casi con brutalidad alrededor de su pene. Era la forma en que su cuerpo le hacía saber que lo que más le gustaba era el dolor, la chispa de algo que estaba más allá de lo convencional. Mentalmente, se sentía arrastrada a un nivel superior al prepararse para la siguiente e inevitable gota de cera ardiendo, y físicamente su cuerpo se acercaba a la cumbre del orgasmo de forma mucho más rápida que si Colin se hubiese limitado a frotarse entre sus muslos.

—Te gusta, ¿verdad, cariño?

Lissa respondió con un sonido gutural procedente de las profundidades de su garganta, y deseó que Colin lo entendiese como una afirmación.

—Dime por qué te gusta.

No tenía intención de dejar que se librase tan fácilmente, estaba claro. Quería hacerla hablar. Cada nuevo encuentro con él era como un examen en el que ella siempre tenía que esforzarse al máximo para aprobar.

Los dedos de Colin recorrieron las gotas de cera que ya se habían solidificado sobre la piel, desde la nuca hasta la base de la espalda. Allí se detuvieron y separaron las nalgas. Lissa aguantó la respiración mientras él le dejaba el ano al descubierto. ¿Acaso pensaba dejar caer cera allí también?

—Dime —insistió Colin.

Ella respiró profundamente. ¿Qué se suponía que debía decir? Es más, ¿qué podía decir? No tenía ni idea de por qué le gustaban todas aquellas cosas que hacían juntos. De lo único que estaba segura era de que su cuerpo no mentía y siempre respondía rápidamente, y con mucha fuerza, a cada uno de los jueguecitos que Colin preparaba para ella.

—Lissa... —dijo él, avisándola, esperando su respuesta. En el espejo de cuerpo entero que tenía a su derecha, ella pudo ver que Colin se había llevado la base de la vela a la boca y la estaba chupando.

Supo qué estaba a punto de ocurrir un segundo antes de que pasara. Sin embargo, saberlo no la preparó para aquella extraña sensación de intrusión. Colin fue introduciendo lentamente la vela cada vez más adentro, con el pene todavía en su vagina, y luego empezó a penetrarla de nuevo, sólo que ahora era como hacerlo con dos hombres a la vez. Entraba y salía con ambos penes a la vez, el natural y el artificial, y el placer resultante era tan intenso que Lissa quiso gritar sobre los tejados de la ciudad. En lugar de eso, se mordió el interior de las mejillas, tratando de mantener el control sobre sus impulsos. Sabía que Colin aún esperaba una respuesta.

—Me gusta porque... —empezó con una voz casi inaudible, un susurro.

—¿Sí?

—Porque ya no tengo que pensar más. —¿Era eso? Cuando se ponía en sus manos, sus propias responsabilidades desaparecían. No tenía elección, ni voz ni voto. Él ejercía un control total, y había en aquella pequeña dictadura algo que le resultaba inmensamente satisfactorio. Colin pareció conformarse con aquella respuesta. Más que eso, era lo que se esperaba. Cuando habló de nuevo, Lissa creyó captar cierto tono de suficiencia en su voz, como si en todo momento hubiese sabido lo que ella iba a responder.

—Mírate —le dijo. Por un momento, Lissa creyó

que le estaba advirtiendo que no le desobedeciera. Entonces se dio cuenta de que quería que volviese la cabeza hacia la derecha, donde podría ver su propia imagen en el espejo que colgaba de la pared.

»Qué bonita eres —continuó él, esta vez con un tono distinto, lleno de admiración.

Lissa observó su reflejo mientras él le metía la vela cada vez más adentro, aunque ella ya se sentía llena más allá de los límites. Sus músculos se contrajeron alrededor de aquel objeto extraño, oprimiéndolo con fuerza y luego dejándolo libre de nuevo, mientras su cuerpo estaba cada vez más cerca del clímax. No aguantaría mucho más. Ambas sensaciones, el cilindro de cera y el pene de Colin, se fundían en una que la llevaba cada vez más cerca del límite.

—Estoy a punto de... —murmuró Lissa—. Oh, Dios, Colin, voy a correrme.

De pronto él se apartó de ella, la cogió de la cintura y la llevó hacia el espejo. Rápidamente le hizo poner las manos sobre la fría superficie, frente a su propio reflejo, con aquellos brillantes ojos verdes mirándola directamente. Ojos de lobo. Las palabras estallaron en su mente mientras se corría. ¿Quién había dicho aquello? ¿Quién los había llamado de aquella manera? Colin volvió a penetrarla, por los dos sitios, a un ritmo cada vez más rápido, alejando cualquier pensamiento que no tuviera que ver con lo que estaban haciendo.

Enfrentada a su propio reflejo, a Lissa no le resultaba nada fácil mantener los ojos abiertos. Sin embargo, sabía que aquello era precisamente lo que Colin quería. Le había encomendado la misión más complicada de todas y ahora estaba esperando a ver si obedecía. Lissa respiró profundamente y se concentró en su propio rostro, en sus labios abiertos, en sus mejillas sonrosadas. Su larga melena, aún húmeda de la ducha, caía formando tirabuzones sobre su espalda. Colin le sujetó el pelo con una mano y tiró de él hasta que la barbilla de Lissa se fue elevando y la imagen en el espejo le devolvió una mirada desafiante. ¿Me estás mirando a mí?, parecía decir su álter ego. No hay nadie más. Debe de ser a mí a quien miras.

Las velas le daban al reflejo una apariencia casi mágica. La luz dorada parecía derretirse a su alrededor y Lissa tenía la sensación de estar mirando una imagen oscurecida por el agua, profunda y brillante a la vez. Su propio reflejo le recordó a las mujeres de las pinturas prerrafaelitas, flotando en el río con un halo de luz que las envolvía. Para cada fase de su vida, para cada momento, existía una obra de arte equivalente.

—Córrete para mí —ordenó Colin—. Córrete gritando.

No podía obedecer aquella orden, no en un hotel rodeados de gente que podía oírlos. No con la ventana abierta. ¿Cómo hacerlo? ¿Cómo podía pedirle algo así?

—¡Ya! —insistió Colin, y Lissa, a pesar de no creerse capaz de obedecer, sintió cómo su cuerpo respondía y alcanzaba el orgasmo, uno muy intenso, rápido y ruidoso, con los ojos cerrados y la boca entreabierta, y el cuerpo sacudido por espasmos increíbles.

—Ésta es mi chica —le susurró Colin al oído—. Mi chica especial.

Capítulo cincuenta y uno

Y tanto que era especial. El mecenas estuvo totalmente de acuerdo con Colin. Observaba, demudado, la escena que tenía lugar ante sus ojos. Miraba a Lissa, sus manos selladas al otro lado del espejo, sus pechos temblando por las sacudidas, sus pezones rosados casi rozando la fría superficie. Levantó una mano en el aire y recorrió el contorno de su cuerpo, imaginando que en realidad acariciaba su piel desnuda, tersa y suave. Podía imaginar su tacto, casi palparla. Colocó las manos sobre el cristal, en perfecta simetría con las palmas de ella, mucho más pequeñas.

Sobre la superficie del espejo, Colin había escrito con pintalabios: EL ARTE ES ANTICIPACIÓN. Las letras estaban escritas del revés, pero el mecenas podía leerlas perfectamente. Otra de las inteligentes ideas de Colin. Las palabras no significaban nada para Lissa, pero sí para Colin y para él mismo.

El mecenas la miró de nuevo, concentrando toda su atención en ella. Lissa estaba a punto de correrse. Lo sabía por la expresión de su rostro, y deseó poder oír lo que le decía a Colin. Imaginó que le hablaba a él y se preguntó cómo le respondería. Sería increíble follársela, sentir el tacto de su piel contra la suya. Después de ver las fotos, el vídeo y ahora aquella repre-

285

sentación en directo, estaba preparado. De hecho, su pene estaba más que listo. Ahora todo lo que tenía que hacer era esperar a que Colin le diese la señal. Aquélla era la razón por la que había viajado a Amsterdam. Colin le había dicho que ése era el momento para vivir aquella experiencia en primera persona, y la idea le excitaba y le asustaba a la vez.

Miró a Lissa directamente a los ojos y sintió que perdía el aliento cuando ella alcanzó el clímax. Sus párpados temblaron en una serie de movimientos rápidos y luego se cerraron. Se mordió el labio inferior con tanta fuerza que posiblemente le quedarían marcas de los dientes. El mecenas deseó poder morder aquel labio carnoso él mismo y se acercó aún más al cristal, como si pudiese atravesar la superficie del espejo y atrapar el labio de Lissa entre sus dientes.

Colin no se detuvo y continuó penetrándola, aunque ella ya se había corrido. El mecenas lo sabía, aunque en realidad desde donde estaba no podía ver lo que hacía Colin, parapetado detrás del cuerpo de ella. Pero había visto la escena en la ventana y podía imaginarse dónde estaba la vela y qué le estaba haciendo con ella.

Qué inteligente había sido por su parte escoger aquel lugar. El hotel era un antiguo burdel, con paredes insonorizadas y espejos de dos caras en la planta superior. Colin conocía a los propietarios —lo cual no era ninguna sorpresa, puesto que parecía tener contactos en todas partes—, y éstos le habían ofrecido aquella habitación para su uso privado.

Lissa seguía apoyada en el espejo, pero ahora parecía más relajada. El orgasmo se había extendido por su cuerpo como la pólvora, dejándola visiblemente exhausta y, también aliviada. Colin se estaba moviendo. El mecenas pensó que tenía que actuar con rapidez si quería convertir su fantasía en realidad. Se había estado acariciando durante toda la escena y ahora se acercó aún más al espejo. Los ojos de Lissa estaban abiertos y ella también empezó a moverse.

—No te vayas —murmuró el mecenas—, aún no.

Quería eyacular encima de ella, ver su semen contra su piel. Ojalá estuviese totalmente apoyada en el espejo, así podría correrse sobre la superficie de vidrio y ver cómo el líquido blanquecino cubría todo su cuerpo. Para su decepción, Lissa se separó del espejo y el mecenas tuvo que conformarse con ver cómo Colin la obligaba a arrodillarse a sus pies, le ordenaba que abriera la boca y se limpiaba en sus labios. Él estaba de nuevo excitado y Lissa parecía encantada de complacerle, de tomar su pene erecto en su boca y darle un buen baño con la lengua a la antigua usanza.

Aquello era mejor que cualquier película porno que jamás hubiese visto. La acción no parecía sujeta a un guión, ni tampoco forzada, y los actores estaban muy bien dotados. Los actores porno también lo estaban, claro, pero aquella pareja era real. Su placer era infinitamente más genuino.

No se creía capaz de aguantar mucho más sin tocarla. Colin se lo había prometido, y sería pronto. El mecenas recordó sus palabras y se calmó. Quería que el momento durase tanto como fuera posible.

Pero cuando Colin apartó el pelo de la cara de Lissa, el mecenas pudo ver sus ojos, la profundidad que desprendían, y eso lo llevó hasta el límite. Una mirada de satisfacción, de deseo mezclado con lujuria. Era casi como si estuviese mirándolo a él. Eyaculó contra el espejo y las gotas del espeso líquido resbalaron por la superficie hasta el suelo.

Capítulo cincuenta y dos

Amsterdam se despertó mucho antes de que Lissa y Colin lo hicieran. Para cuando estuvieron listos para enfrentarse a un nuevo día, el reloj de la mesita de noche marcaba casi las doce del mediodía. Él se levantó antes que ella. Lissa notó cómo se movía en la cama y más tarde oyó, aún con los ojos cerrados, cómo llamaba al servicio de habitaciones y encargaba café. Cuando fue a ducharse, Lissa se desperezó, se incorporó en la cama y trató de poner su cerebro en funcionamiento. Una taza de café era justo lo que necesitaba, así que cubrió su cuerpo desnudo con una gruesa bata de color blanco, se sirvió una generosa taza y salió al balcón a bebérsela.

La fachada del hotel estaba decorada con banderas de todos los países. Lissa las observó mientras la suave brisa las hacía ondear. La tela de las banderas hacía un sonido, una especie de aleteo, que resultaba relajante. Se inclinó sobre la barandilla del balcón y justo en ese momento se oyó el ruido de la puerta del balcón de la habitación contigua. Trató de ver de quién se trataba, pero no pudo. Una especie de biombo de madera, cubierto por una exuberante planta enredadera, separaba un balcón del otro.

Saber que otra persona compartía sus mismas vistas sobre la ciudad hizo que se sintiese un tanto incómoda, como si aquel desconocido supiera lo que Colin y ella habían hecho la noche anterior, o incluso dos días antes. Regresó al interior de la habitación con la taza de café en la mano y se sentó en la cama, esperando a que Colin saliese de la ducha y le explicase los planes del día. Sabía que la dejaría visitar el museo Van Gogh, pero también había mencionado algo más, algo que la había asustado, justo unos segundos antes de dormirse.

Cerró los ojos y trató de recordar sus palabras y cómo las había dicho. El recuerdo la asaltó de nuevo rápidamente. Acurrucado a su lado, con la boca sobre su oreja, había susurrado:

—Si crees que el día de hoy ha estado lleno de sorpresas, entonces espera a mañana.

Capítulo cincuenta y tres

La habitación estaba lista, tal y como Colin había ordenado. Era pequeña y daba al callejón. La cama estaba a unos pasos de la ventana y las cortinas estaban corridas, dejando pasar la luz grisácea del atardecer. Sobre la mesita de noche había un jarrón con narcisos amarillos. Un toque especial. Él había pedido que el sitio fuese limpio y seguro, pero Gina no había podido evitar añadir un toque de femineidad al lugar. Sabía que a Colin le gustaría.

Se sobresaltó al oír que alguien llamaba a la puerta. No había visto ni a Colin ni a Lissa pasar por delante de la ventana. ¿Habrían llegado desde el otro lado de la calle? La habitación estaba ya preparada, pero el invitado aún no había llegado. Echó un vistazo por la mirilla y en seguida se tranquilizó. Al otro lado de la puerta había un hombre alto de pelo oscuro, vestido con una camisa tejana y un pantalón caqui. Parecía el modelo de un catálogo de ropa de calle. Aunque nunca antes le había visto, de inmediato supo que era el socio de Colin y le abrió la puerta.

El hombre no se disculpó por haber llegado tarde. No parecía ser alguien acostumbrado a disculparse. En su lugar, le ofreció una mano y dijo: «¿Gina? Encantado.» Tenía una voz agradable, profunda y con un marcado acento americano. Ella le tendió la mano a su vez y sonrió cuando él se la llevó a los labios para besarla. Encantador.

Era guapo, pensó, con el pelo un poco más largo por delante de lo que estaba de moda. Al mirarla, tuvo que apartarlo de la cara con un movimiento de la cabeza, y ese gesto hizo que Gina tuviese ganas de pasarle los dedos por el pelo. Tiempo al tiempo. Tenía que ser paciente.

—¿Tienes idea de cómo funcionará todo esto? —preguntó el desconocido mientras miraba a su alrededor.

Ella asintió, olvidándose de la fantasía de tocarle el pelo y concentrándose en responder a la pregunta.

—Colin ha sido muy preciso al respecto. —Retiró su mano de la de él y avanzó hacia las cortinas de terciopelo negro que escondían un pequeño armario del resto de la habitación—. Esperaremos los dos aquí dentro —continuó— hasta que Colin nos dé la señal.

Capítulo cincuenta y cuatro

Colin guió a Lissa hacia lo que parecía ser un pequeño callejón entre dos edificios. Al poner el primer pie
allí, ella se dio cuenta de que aquello no era sólo un
callejón, sino también un mercado de mujeres. Se había estado preguntando cuándo Colin le mostraría
aquella parte de Amsterdam, la atracción más característica de la bella ciudad holandesa. Un lugar en el que
se podía ver a mujeres expuestas en escaparates, como
si fuesen mercancía, y luego comprar aquella que mejor se adaptase a las necesidades de cada uno. La idea
de escoger a una mujer desde el otro lado del cristal le
resultaba algo desagradable, tanto como la calle del
muro en el Reeperbahn. Aunque en realidad, ahora
que veía a las chicas más de cerca, no pudo esconder
su interés. Una serie de enormes ventanales del suelo
al techo daban paso a unas pequeñas habitaciones.
Junto a cada ventana había una puerta, y dentro de
cada puerta una mujer.

A pesar de que tenía una idea bastante formada de
lo que estaba a punto de presenciar, la visión de la primera prostituta la sorprendió. Encontrarse con aquella mujer detrás del cristal de un escaparate era mucho
más impactante que la interminable fila de putas en
Hamburgo. Aquella sensación era muy distinta. Lissa

se encontró con los ojos de la primera prostituta y rápidamente bajó la mirada al suelo. Sin embargo, la imagen de la mujer se quedó grabada en su mente. Aquella prostituta debía de tener unos cuarenta años y un contorno más parecido al de una pera que al de un reloj de arena.

—Puedes mirar —dijo Colin—, a ellas no les importa. Para eso están aquí. —Hablaba como si estuviese a punto de echarse a reír.

—¿Para que las miren?

—Para que las compren. Están acostumbradas a atraer las miradas. Es parte del negocio.

Lissa tuvo que esforzarse para levantar la mirada del suelo. La mujer de la segunda ventana era más joven que la primera, incluso más joven que Lissa, e iba vestida con unos vaqueros cortados y una diminuta camisola de encaje negro.

El tercer escaparate era más grande que los anteriores. En él, dos mujeres esperaban tranquilamente, reclinadas sobre un sofá de terciopelo rojo. Había un hombre justo enfrente del cristal, observándolas con fijeza. Parecía no darse cuenta de su presencia, no tenía ojos para nada que no fueran aquellas dos mujeres. Lissa aceleró el paso, las mejillas sonrosadas, y sintió que Colin la detenía con un tirón de su muñeca. Ella no quería pararse, no quería sentirse cómoda mirando junto a otra persona, formando parte de aquella multitud de mirones que observaban a las mujeres como si formasen parte de un espectáculo.

Se lo contó a Colin al oído, susurrando, y él le contestó.

—Es que forman parte de un espectáculo. Así es como consiguen que la gente pague. Es parte del trato.

Luego dejó que Lissa acelerara el paso y se reunió con ella al final del callejón, que desembocaba de nuevo en un canal. Las nubes que durante toda la tarde habían cubierto el cielo de un gris plomizo ahora amenazaban lluvia. Se refugiaron en otro café, éste dedicado a la figura de Bob Marley, y pidieron dos porros, un café para cada uno y un trozo de pastel de limón para compartir.

—¿Cómo pueden soportar algo así?

Colin no entendió la pregunta.

—Quiero decir que ya sé que esas mujeres son prostitutas... Pero ¿cómo pueden soportar que la gente las mire de esa manera?

—¿A ti te gustaría que alguien te mirase? —preguntó Colin en voz baja, para que sólo Lissa pudiera oír sus palabras—. Si no recuerdo mal, una vez me dijiste que algo así te excitaría.

Cierto, lo había dicho, y sin ir más lejos, el día anterior, transportada a otra dimensión por las formas abstractas que Colin había dibujado con la lengua sobre su clítoris. Le miró fijamente, empezando a entender... Después de unas cuantas caladas, Colin repitió la pregunta de nuevo:

—¿No has querido siempre que alguien te mirase?

El cuerpo de Lissa estaba relajado y, al mismo tiempo, se dio cuenta de que pensaba con más claridad, como si las nubes se hubiesen disipado en su cerebro. No entendía cómo podía ser que la marihuana pudiera ayudarla a pensar con mayor claridad, aunque tal vez se debiera a que ya no se sentía esclava de sus inhibiciones. No tenía por qué decir lo que era políticamente correcto, sino que podía ser honesta y decir la verdad. Sí, siempre había querido que la mirasen, tener una multitud de gente a su alrededor observándola como el hombre del callejón miraba a las dos prostitutas.

Colin sonrió abiertamente.

—¿Y estás lista para convertir esa fantasía en realidad?

Allí estaba, la verdadera razón por la que la había llevado a Amsterdam. Lissa le miró a los ojos, tratando de averiguar si de verdad hablaba en serio. Admiró su pelo rojo despeinado y sus ojos verdes, brillando intensos detrás del cristal de las gafas. No era nada habitual verle así, y a Lissa le pareció extrañamente encantador que no hiciese ningún esfuerzo para peinarse. Colin tenía una medio sonrisa en los labios y, por la expresión de su cara, supo que lo decía en serio. Supuso que si decía que no la propuesta se quedaría en eso, en una fantasía no realizada. Nunca antes la había obligado a hacer algo que no quisiera. Y al menos hasta el momento todas sus ideas le habían reportado un placer inimaginable.

Colin esperaba una contestación. Lissa lo sabía, pero se tomó su tiempo para formular una respuesta en su mente. Cogió un trozo de pastel y dio un sorbo al café y luego dijo:

—Sí. Estoy preparada.

Capítulo cincuenta y cinco

La anticipación era el juego favorito de Colin. La conversación que acababan de mantener no tuvo ninguna consecuencia inmediata. En vez de eso, llevó a Lissa a una de los numerosos sex-shops que habían visto a lo largo de todo el día. La puerta estaba cubierta por tiras de tela negra que dejaban entrar y salir a los clientes y protegían el interior de miradas curiosas. Colin no intercambió una sola palabra con Lissa, sólo la cogió de la mano y tiró de ella. Era como entrar en la casa de la risa, la cortina de tiras de tela separándose para dejarlos pasar.

No le explicó por qué estaban allí, sino que prefirió dejar que lo imaginase y temblara pensando qué le esperaba más tarde. Era tan divertido ver cómo sus ojos se abrían como platos y sus labios se separaban ligeramente, como si fuese a decirle que no, que no quería...

Algunas cosas las había hecho por el mecenas, habían sido fruto del acuerdo entre ambos. Otras, sin embargo, habían sido planes ideados únicamente para su propio placer. Algún día le explicaría a Lissa cuáles habían sido obra suya y cuáles de AMANTE DEL ARTE. Y entonces ella tendría que escoger entre los dos. Tal vez no estuviese jugando limpio, al seguir unas reglas distintas de las que había pactado con el mecenas. Pero a veces los planes cambian, ¿no es cierto? Por el momento avanzó hacia la puerta de la tienda, vigilando atentamente a Lissa por el rabillo del ojo.

Ella sintió cómo sus mejillas enrojecían ante lo que estaba viendo. Era una muñeca hinchable de tamaño real que había sido usada para mostrar una gran variedad de los artículos en venta. Alguien debía de tener un sentido del humor un tanto retorcido, porque estaba sujeta con esposas, como si pudiese resistirse. Una venda de cuero negro la protegía de las miradas de los curiosos. Tenía, además, un vibrador en la boca y otro sujeto con un arnés metido entre las piernas.

Lissa miró hacia otro lado, pero lo siguiente que encontró no ayudó a que se sintiera menos incómoda. Había una pared entera cubierta de vibradores, cada uno de ellos más sofisticado que el anterior. El primero tenía un pequeño apéndice en la base que rotaba en círculos, pensado para acariciar el clítoris. Otro tenía forma de conejo y sus orejas tenían la misma función. Lissa vio uno cuyos extremos imitaban la forma de un pene y que parecía poder doblarse en «U». ¿Cómo se suponía que funcionaba aquello?, se preguntó extrañada.

Sobre una mesa había una gran variedad de lubricantes comestibles, braguitas con sabor a fresa y pintura de chocolate para el cuerpo. Intrigada, estudió los distintos objetos que había a la venta. Otra sala estaba llena de ropa, la mayoría fabricada en vinilo, cuero o PVC. Lissa acarició el brillante material de un mono ajustado de vinilo e imaginó cómo sería si Colin eyaculase sobre él. Sí, era un poco hortera, pero había algo en él que la excitaba.

Pensó en probarse una de las faldas plisadas de colegiala que colgaban de una de las paredes, pero entonces cayó en la cuenta de que no era ella la que había planeado aquella salida. Tal vez a Colin no le gustasen sus sugerencias sobre cómo jugar a su propio juego.

Pero ¿por qué la había llevado allí? Miró a su alrededor en busca de Colin y le localizó junto a la caja, cerca de la puerta. Acababa de pagar algo que no alcanzó a ver, porque el chico del mostrador ya lo había guardado en una bolsa de papel marrón. Ahora miraba en su dirección, con una curiosa expresión de interés en la cara.

—¿Puedo ayudarla en algo, señorita? —preguntó, pero Colin ya la había cogido de la mano y tiraba de ella hacia la salida.

—¿Qué hay en la bolsa? —preguntó Lissa mientras salían de nuevo a la calle, al calor de los últimos rayos de sol del día.

—Ésa es la pregunta del millón —respondió él con una sonrisa—, ¿a que sí?

Capítulo cincuenta y seis

Colin llevó a Lissa de vuelta al callejón de las prostitutas. Esta vez se detuvieron a mirar delante de cada escaparate. Unas eran mayores, otras más jóvenes, pero Lissa no apartó los ojos ni una sola vez cuando su mirada inquisitiva llamaba la atención de alguna de aquellas mujeres. Para eso estaban allí, le había dicho Colin, para que las mirasen. De modo que eso es lo que ella pensaba hacer.

Él se detuvo frente a uno de los escaparates que estaban vacíos, en el centro del callejón, y Lissa le observó mientras hacía girar el pomo de la puerta y la abría. Le hizo un gesto para que entrara y luego él la siguió y cerró la puerta detrás de ellos. Ella no dijo ni una sola palabra, pero supo al instante que algo gordo estaba a punto de pasar.

—Por aquí —le indicó, llevándola hasta el centro de la habitación. No había adónde ir. La estancia era pequeña, con una cama y una mesita de noche sobre la que descansaba un jarrón con flores. Una puerta entreabierta daba a un baño minúsculo en el que Lissa sólo pudo ver un lavabo y un váter.

Colin se acercó a la cama y sacó un primer objeto de la bolsa. Era una venda para los ojos. Por supuesto, debería haberse imaginado que volverían a utilizar una. Privarla de visión era uno de sus métodos favoritos para mantenerla bajo control. Cerró los ojos y Colin los cubrió con el trozo de seda negra, que le ató con un nudo detrás de la cabeza. Lissa respiró profundamente, aspirando el suave aroma de su colonia e incluso la esencia de las flores que descansaban sobre la mesita. La privación de uno de sus sentidos siempre parecía despertar con más fuerza el resto.

—Desnúdate —le ordenó él a continuación. Era su primera orden directa y Lissa obedeció de inmediato. Se quitó el jersey de lana y la camiseta que llevaba debajo y los dejó caer sobre el suelo. Luego añadió a la pila las botas, los tejanos gastados y los calcetines. Se quedó de pie frente a él, sólo con el sujetador y las bragas, esperando la siguiente orden, que tardó en llegar. Aguardó pacientemente en silencio, hasta que al fin Colin dijo—: Todo. Quítatelo todo.

Le temblaron los dedos mientras se quitaba el sujetador y lo dejaba caer. Deslizó las braguitas por sus muslos y las apartó a un lado con el pie. Luego esperó, deseando que la expresión de su rostro mostrara sumisión y no desafío. No podía controlar las emociones que recorrían su cuerpo: miedo, excitación, nervios... ¿Cómo se suponía que debía de sentirse alguien cuya fantasía sexual estaba a punto de convertirse en realidad?

Se preguntó si ya habría gente reunida al otro lado del cristal, en la calle, observándola. Cerró las manos con fuerza y las mantuvo a ambos lados de su cuerpo, decidida a evitar la tentación de cubrirse la cara con ellas. Incluso aunque no hubiese nadie disfrutando de la escena podía sentir los ojos de Colin sobre su cuerpo. ¿Qué haría a continuación? No tenía ni idea, pero deseó que pasara algo, y que pasara ya.

—¿Confías en mí? —preguntó él en voz baja. Sintió su voz más cerca de lo que esperaba y creyó que iba a perder el equilibrio. Cuando alargó un brazo en busca de apoyo, inmediatamente notó que alguien la sujetaba. Alguien que no era Colin.

Capítulo cincuenta y siete

Lissa se concentró en las sensaciones. Sin la posibilidad de utilizar su sentido de la vista, anulado por la venda que cubría sus ojos, confió en el tacto, el olfato y el gusto para guiarse. Aunque al principio no pudiese creer lo que sus sentidos le decían.

El hombre que tenía detrás no era Colin. ¿Cómo podía ser? Sabía que aquello era un montaje orquestado por su amante, todo el proceso de hacer que se desnudara primero para luego mostrarla al público del callejón. Era parte de su propio viaje iniciático, de su objetivo de recrear obras cumbre del arte erótico, y de recrearla a ella.

Sin embargo, sus sentidos le decían que aquel hombre no era Colin. No hablaba, lo cual sin duda formaba parte del engaño. Se limitó a acercar su cuerpo al de Lissa y frotar su pene contra su piel. Envuelto en un condón de látex y lubricado, se deslizó fácilmente dentro de ella. La sensación era algo extraña; Colin nunca utilizaba preservativos. Lissa se apretó aún más contra el cuerpo de aquel desconocido, vacilando al principio, tratando de conseguir una reacción. Si gemía, entonces podría saber con seguridad si aquel hombre era Colin o no.

Con las manos sobre la espalda de ella, el desconocido recorría la línea de su columna con los dedos, arriba y abajo. Un escalofrío hizo temblar el cuerpo de Lissa. El tacto de aquellas manos era dulce y poderoso al mismo tiempo, parecido al de Colin y distinto a la vez. Ese hombre era más alto y más corpulento, y sus músculos estaban más desarrollados que los de su amante. Respiró profundamente y le pareció captar un rastro sutil de la colonia de Colin, aunque pensó que aquello sólo sería una artimaña más para desconcertarla. No era más que un truco. Pero ¿cómo podían creer que la engañarían hasta el punto de que creyese que aquel extraño era Colin?

Y justo en ese instante lo supo: era él. Las palabras resonaron en su cabeza antes de que pudiese entender su significado. Mientras la penetraba lo supo. No era Colin, pero tampoco era un extraño, un hombre cualquiera escogido al azar entre los transeúntes. Colin no le haría algo así, no la expondría a semejante riesgo. No, aquel desconocido era el mecenas, aquel que había hablado con tanta elocuencia de sus fotografías y sobre el vídeo del museo. Había deseado tanto conocerle, y ahora estaba allí. Sin embargo, no podía confesarle que conocía su secreto. Podía arruinarlo todo si se enfrentaba a él. Además, ¿cómo podía estar segura de que Colin no seguía allí, en la habitación, con ellos? ¿Y de qué modo la castigaría si se enteraba de que había estado fisgoneando entre sus cosas, que había conseguido la clave de su ordenador y leído su correo?

El hombre la levantó en brazos y la llevó hasta la cama. Ella no opuso resistencia. Dejó que le levantara los brazos por encima de la cabeza y sintió el frío acero de las esposas alrededor de sus muñecas. Luego, con tiras de cuero gastado, le ató las piernas a las patas de la cama. Estaba totalmente tumbada, abierta, como si fuese un postre exquisito. Recordó aquella primera vez con Colin en el hotel de Fráncfort. La forma en que la había atado a la cama y luego había ido administrándole poco a poco todas aquellas deliciosas recompensas. ¿Seguiría el mecenas sus pasos?

No. Lo supo en cuanto sintió la punta de su sexo entre sus labios. Sintió el sabor de su propio cuerpo, el látex del condón y el dulce sabor del lubricante. Era cereza, o algo muy parecido. Le lamió por encima del preservativo, sintiendo las estrías que cubrían su superficie pensadas para darle placer a ella, y de nuevo olió la esencia de Colin. Se estaban excediendo, pensó Lissa, perfumando a aquel extraño con su colonia sólo para confundirla. Pero de pronto sintió el contacto con otro pene, preparado para penetrarla por detrás. Así que Colin seguía allí, se dijo. Aquél era el tacto inconfundible de su miembro, deslizándose entre sus piernas por donde sólo unos segundos atrás lo había hecho el mecenas.

Se preguntó por qué no hablaban entre sí. Ahora que era tan evidente que eran dos hombres, ¿qué sentido tenía continuar ocultándoselo? Podía preguntárselo, aunque obviamente no mientras el mecenas tuviera el pene metido en su boca.

Cuando sintió un tercer par de manos sobre su cuerpo, Lissa abandonó cualquier conjetura posible y se entregó por entero al placer. Sintió las caricias, los cuerpos frotándose contra el suyo, el sudor y el lubricante mezclados goteando sobre su piel.

Dios, era una mujer. Aquel tercer par de manos pertenecían a una mujer. ¿Serían de Gina, la amiga de Colin? Gina, con su larga melena castaña al viento, acariciando su piel desnuda. Sí, seguro que era ella, se dijo al sentir el contacto de sus fríos anillos por todo el cuerpo. Uno de plata en el dedo corazón de la mano izquierda y dos esmaltados en el dedo anular de la derecha. Su fragancia a lavanda inundó todos sus sentidos. Sí, sin duda era Gina. Recordaba aquel perfume del museo.

Lissa volvió al presente, a la realidad de aquella orgía de sensaciones, cuando el miembro del mecenas fue sustituido por el sexo de Gina. Vaciló unos segundos, sin saber muy bien qué hacer. Nunca antes lo había probado, nunca le había proporcionado placer a otra mujer. Estaba nerviosa y emocionada al mismo tiempo. ¿Qué pasaría si lo hacía mal? ¿Y si cometía un error?

Pero tampoco tenía otra elección, de modo que hizo lo que a ella misma le hubiese gustado que le hicieran. Hundió la lengua entre los labios, separándolos hasta que consiguió encontrar el clítoris.

Oh, sí, definitivamente era Gina. Recordó lo que le había dicho en el museo sobre el día en que le hicieron el *piercing*. Entonces Lissa casi se había escandalizado. Sin embargo, ahora Gina emitía un extraño gemido, como el trino de un pájaro, mientras ella encontraba la pequeña bola de metal y tiraba de ella con los dientes. Jugó con ella unos segundos sólo para poder oír aquellos sonidos tan dulces que emitía. Luego deslizó la lengua tan adentro como pudo, haciéndole a Gina las cosas que a ella más placer le daban.

Ya no necesitaba pensar en nada más. Había manos, lenguas y uñas recorriendo su cuerpo y a ella no le importaba. Su objetivo principal era el placer, el suyo propio, y se dejó llevar por él del mismo modo que un paracaidista se deja caer al vacío desde kilómetros de altura. La excitación invadió su cuerpo y las sensaciones se apoderaron de ella, completamente fuera de control, mientras alcanzaba el punto más alto y luego se desplomaba.

Caída libre hacia un placer que nunca antes había experimentado.

Capítulo cincuenta y ocho

El cuerpo de Lissa parecía hecho de cera caliente. Sentía una sensación de intensa calidez en las piernas, como si fuesen maleables. Su cadera se movía con una cualidad casi líquida bajo la tela de su vestido negro, corto y ajustado. Cuando Colin la rodeó entre sus brazos, todo su cuerpo se moldeó a su imagen y semejanza. Se movían como si fuesen uno solo.

A su alrededor, hombres y mujeres giraban al ritmo de la música. Para Lissa, en el estado de relajación en el que se encontraba, casi como si estuviese drogada, aquellos bailarines parecían formar parte de una coreografía moviéndose al ritmo de la música sobre la pista de baile. Con los ojos medio cerrados, observó todo lo que la rodeaba. La discoteca estaba decorada para amoldarse al estado de ánimo de los presentes. Las paredes cubiertas de espejos reflejaban la pista de baile hasta el infinito. Había camareros semidesnudos, chicos y chicas, llevando bebidas a aquellos que preferían disfrutar del espectáculo cómodamente sentados en lugar de unirse a él. De las paredes que no estaban cubiertas de espejos colgaban esposas que la gente podía utilizar libremente. Aunque la mayoría esperaban vacías, muchas aprisionaban ya las muñecas de los pobres sumisos para el disfrute de sus amos dominantes.

Lissa observó a la gente que bailaba a su alrededor. El negro parecía ser el color dominante, con alguna nota ocasional de rojo, plateado o dorado que rompía con la monotonía. Lissa llevaba un vestido negro de vinilo que Colin había comprado para ella en el sex-shop, y la tela brillaba bajo la luz estroboscópica.

—Mi niña bonita —le susurró al oído para que pudiese oír su voz por encima del atronador ritmo de la música—. ¿Cómo te lo has pasado?

Ella le sonrió, levantando la barbilla para dirigirle una mirada coqueta. Él sabía muy bien cómo se lo había pasado. Había estado allí, participando, presenciando los cambios que se producían.

—¿Te ha gustado? —continuó Colin.

Lissa se sorprendió, no sin cierto regocijo, al detectar la preocupación en su voz, como ya había ocurrido el día anterior en el museo. Tal vez le preocupase haberla lastimado de alguna manera, o que lo que había sucedido aquella noche fuera demasiado para ella. Lissa, sin embargo, se imaginaba a sí misma disfrutando de más noches como aquélla, regodeándose en el placentero calor de los cuerpos. ¿Quién hubiese dicho que varias personas podrían adaptarse las unas a las otras con tanta facilidad, creando un auténtico puzle de cuerpos humanos?

—Contéstame, Lissa —exigió Colin de pronto, y aunque el tono de su voz no había cambiado, pudo ver en sus ojos verdes la intención de sus palabras. Una imagen mental de lo que le ocurriría si no contestaba pasó fugaz por su mente—. Le levantaría el vestido y le daría unos azotes allí mismo, a la vista de todos. No llevaba bragas ni tampoco medias, a petición de Colin. El resto de los asistentes se lo pasarían en grande con el espectáculo, aunque entre los hedonistas, los que bailaban desnudos y las chicas en las jaulas con grilletes en las muñecas, Colin y ella probablemente no causasen demasiada conmoción.

Tal vez no le pegara, sino que la llevaría hasta una de aquellas esposas que colgaban de la pared y la encadenaría allí. Le bajaría la cremallera del vestido hasta que éste cayera al suelo, dejando al descubierto la desnudez de su cuerpo. Entonces la ofrecería a todo aquel, hombre o mujer, que quisiera hacer uso de ella. Aquella posibilidad le gustó y se perdió entre los recovecos de sus posibilidades hasta que Colin la devolvió de nuevo a la realidad.

—Lissa —repitió, y en su voz se podía palpar la urgencia.

—Ha sido increíble –contestó ella, consciente de que las palabras no podían expresar lo que sentía. Increíble era un término demasiado suave. Colin había convertido su fantasía más secreta en realidad. No existían palabras que pudiesen definir lo que estaba experimentando, así que prefirió bailar con él, utilizar su cuerpo para expresarse. Estaba completamente alterada, como si aún siguiese representando el papel de prostituta de aquella tarde. Ya no era Lissa Daniels, la reputada historiadora del arte experta en esconder sus emociones. Ahora era alguien más evolucionado, una mujer que sabía lo que quería y tenía el valor de ir a por ello.

Pero ¿qué era lo que querría después?

El disc-jockey no dejaba de pinchar música que bien podría formar parte de la banda sonora particular de

Lissa. Primero Madonna, con una canción del disco *Erotica*. Julianne, su hermana pequeña, se lo había regalado unas Navidades y a ella le había sorprendido la intensidad de las letras, sobre todo el estribillo en el que se hablaba de placer mezclado con un poco de dolor. Ahora todo eso ya no le parecía tan ajeno a ella. Contoneó su cuerpo al ritmo de la música, sintiendo las palabras fluir por sus venas. Cambió la música. Lissa sabía que ninguno de los temas debería sorprenderla. Al fin y al cabo, aquélla era una discoteca de ambiente sadomasoquista y las canciones no habían sido elegidas sólo para ella. Aun así, cuando sonó un tema de Nine Inch Nails y la voz de Trent Reznor cantó aquellas palabras de *Hurt* en las que se hablaba de violación y penetración, Lissa sintió que aquel tema era sólo para ella.

Colin puso los labios sobre su oreja y Reznor y él le cantaron el verso más desgarrador de toda la canción: «Tú permitiste que te hiciera esto.»

Así era. ¿Qué decía eso de ella? Se había dejado violar, penetrar, profanar... El sonido distorsionado de la canción rodeó su cuerpo como un bálsamo. Se apartó de Colin y bailó sólo para sí misma. La larga melena rubia danzaba alrededor de su cara y un intenso hormigueo recorría su cuerpo cada vez que recordaba el tacto de aquellos desconocidos sobre su piel hacía tan sólo unas horas antes.

Había permitido que Colin la convirtiese en alguien que no sólo era capaz de hablar de sus fantasías en voz alta, sino que participaba de ellas cuando cobraban vida en el mundo real. Era algo bueno, ¿verdad? La sensación de liberación era maravillosa, como si toda su energía negativa se hubiese esfumado. Aunque tal vez aquel estado de consciencia alterado no era más que el fruto de los múltiples orgasmos. ¿Y quién no se sentiría relajado después de correrse alrededor de un pene, una lengua y unos dedos en escasas horas?

En los altavoces sonaba una canción de los Red Hot Chilli Peppers a un volumen atronador. Lissa reconoció a la banda del sur de California —no había nadie en Los Ángeles que no supiera quiénes eran—, incluso sin conocer demasiado su música. Pero era como si Anthony, el líder del grupo, cuyo cuerpo estaba cubierto de tatuajes, le hablara sólo a ella. Con aquella voz sensual y profunda le cantó sobre el placer salpicado de dolor... Exactamente lo mismo que le gustaba a ella. En otro momento de su vida, si alguien le hubiese sugerido una idea como ésa, seguro que se hubiera negado a probarla. Puede que incluso le hubiera parecido desagradable. Ahora ya no. Se entregaría en cuerpo y alma a aquellas sensaciones, lo daría todo por experimentarlas de nuevo.

Sí, le gustaba el placer salpicado de dolor. ¿Gustarle? Dios, más bien estaba aprendiendo a adorarlo.

LIBRO QUINTO

CELOS

Desconocían los celos,
ese infierno del amante ultrajado.

JOHN MILTON

Capítulo cincuenta y nueve

De vuelta en París, la exposición estaba finalmente preparada. Lissa le dijo a Colin dónde se encontrarían, y lo único que le explicó al respecto es que había una exposición que quería ver.

—Pero ¿por qué no vamos juntos? —preguntó él. A diferencia de las preguntas que hacía ella, las de él requerían de una contestación.

—Confía en mí —dijo Lissa, esperando que fuese suficiente para él.

—Y confío en ti —respondió Colin mientras le apartaba unos mechones de su suave pelo de la cara. Lo llevaba suelto aquella tarde, lo cual no era demasiado habitual en ella. Parecía que prefería llevarlo recogido en una cola de caballo o en un moño francés. Con el pelo suelto sobre los hombros parecía más joven y vulnerable. Le gustaba mucho cómo le sentaba—. Confío en ti —repitió con un hilo de voz, casi melancólico—. Pero ¿estás segura de que me gustará el resultado?

Lissa le besó, inclinándose sobre él para hacerlo. Colin percibió el suave aroma de su pelo, el olor a menta fresca de la pasta de dientes que utilizaba y su verdadera esencia. Quería hacerle el amor ahora, allí mismo, antes de ir a ver la exposición. Todo lo que tenía que hacer era cogerla en brazos, tirarla sobre la cama, subirle la falda, bajarle las bragas y hacerla suya. Pero Lissa se apartó antes de que él pudiera hacer cualquiera de esas cosas, antes de que pudiera abrazarla u obligarla a arrodillarse a sus pies para metérsela en esa preciosa boca de brillantes labios rojos.

—A las seis en punto —dijo ella, dándole un trozo de papel con la dirección de la galería escrita a mano—. No llegues tarde —añadió desde la seguridad de la puerta. Salió del apartamento y cerró tras ella, justo a tiempo para que Colin no la alcanzara y le diera la azotaina que se merecía por parecer tan engreída. ¿Acaso le estaba dando órdenes, diciéndole dónde debía estar y cuándo? No supo muy bien cómo reaccionar.

—A las seis en punto —murmuró. No pensaba obedecer. Se presentaría en la galería cuando a él le pareciese bien, ni un segundo antes. Que esperase, que se preocupase por él, que recapacitara sobre el tono de voz que acababa de emplear.

Durante las pocas horas que tuvo que esperar, solo en el apartamento, Colin analizó su relación. AMANTE DEL ARTE había viajado hasta Amsterdam. Allí había tenido la oportunidad de ver a Lissa, de tocarla, pero no se la había llevado lejos de él.

¿Qué significaba aquello? ¿Es que acaso ya le pertenecía? ¿Había ganado la partida?

Recordó la pequeña orgía que habían compartido. Lo cierto era que la finalidad de ese encuentro no era otro que ver cómo respondía Lissa. Se comportó tal y como Colin había imaginado, obedeciendo todas sus órdenes hasta en el mínimo detalle. ¿No era ésa la prueba de que ella también le quería? Deseó poder hablar con Lissa y tal vez explicarle el plan. Si le mostraba los hechos con claridad, ¿no entendería acaso las motivaciones que se escondían tras sus acciones?

Pero no había sido capaz de hablar con ella. Simplemente había continuado con la farsa, como si sus experiencias en Amsterdam hubiesen sido iguales que las de Hamburgo o París. Como si pudiesen retomar la rutina de sus vidas y nunca más volver a mencionar los cambios que en ellos se habían experimentado, el proceso de transformación compartido.

Tal vez se lo contase aquella misma noche, porque estaba seguro de que durante la velada las cosas alcanzarían un punto crítico. Al fin y al cabo, él sabía más de los planes de Lissa de lo que ella imaginaba.

Le gustó, sin embargo, la sensación de asombro que se apoderó de él mientras se servía un trago. El elemento sorpresa siempre suponía una grata recompensa. Y por alguna razón que se escapaba a su entendimiento, estaba seguro de que Lissa no le defraudaría. Por ello le había planteado aquel reto.

Aunque él tenía sus propios planes, por supuesto. ¿Acaso no era así siempre?

Capítulo sesenta

Lissa sentía como si el corazón quisiese escaparse de su pecho. Nunca en su vida había estado tan nerviosa. Era consciente de haber provocado a Colin con sus palabras y sabía que él no lo olvidaría tan fácilmente. Sin embargo, ése no era el verdadero motivo de su nerviosismo. Después de seis meses de convivencia, sabía cómo tratarle. No era su reacción lo que más la preocupaba.

Lissa había enviado un correo electrónico al mecenas invitándole a la inauguración y no estaba muy segura de cómo terminaría todo aquello. Tenía la sensación de que su relación con Colin, la travesía que habían hecho juntos durante los últimos seis meses, estaba a punto de llegar a su momento álgido. Y eso era lo que hacía que su corazón latiese a mil revoluciones.

Ella había creído que Colin le presentaría al mecenas antes de dejar Amsterdam, pero no había vuelto a mencionar al resto de los miembros de la orgía, aparte de preguntarle si le habían gustado las «herramientas» que había conseguido para ella.

Aun así, ella no había podido quitarse a aquel desconocido de la cabeza. Cuando regresaron a Londres, Lissa continuó leyendo los correos electrónicos de Colin en busca de una respuesta que aclarara sus dudas.

Al final decidió que ella misma se pondría en contacto con el mecenas y le mandó un *e-mail* desde una de sus cuentas del museo. Y entonces se percató de que ya no le importaba si Colin descubría que conocía su secreto. Ambos eran culpables de ocultarle cosas al otro. Pero ahora, con la confianza en sí misma renovada gracias al despertar de los sentidos que había experimentado en Amsterdam, no pudo contenerse y se puso en contacto con aquel hombre.

En el espacio reservado al asunto había escrito sólo dos palabras: «¿ARTE ES...?»

Cuando se encontrase cara a cara con aquel desconocido que coleccionaba arte inspirado en su propio placer sexual, ¿sentiría algo distinto hacia él de lo que sentía ahora? Y ¿cómo reaccionaria Colin cuando le viese?

Mientras caminaba hacia la galería desde la parada de metro, trató de ahuyentar todas esas preguntas de su mente. Era importante concentrarse en cada momento mientras aún tuviese vigencia. No tenía forma alguna de adivinar el futuro, o de tratar de imaginar el resultado final de aquella velada, así que ¿por qué no disfrutar del show mientras los artistas estaban aún en escena?

Cruzó la puerta de la galería y se dirigió hacia Gizelle, que la esperaba con los brazos abiertos. Roberto también estaba allí, a unos cuantos pasos de ella. Sonrió al ver a Lissa y luego se acercó a ellas para ayudar con los preparativos finales de la exposición.

Cuando Colin llegó a la galería eran ya las ocho menos cuarto y la sala estaba llena de gente. Algunos habían tenido que conformarse con esperar en la calle y charlaban animadamente mientras bebían champán y kir royales.

La multitud parecía entretenerse, y la atmósfera era cada vez más festiva. No era una sensación muy distinta de la que Colin había experimentado en el Barrio Francés de Nueva Orleans, hacía ya un año, durante los carnavales de la ciudad, a los que los lugareños llamaban Mardi Gras. La gente recorría las calles bebiendo alcohol en vasos de plástico y divirtiéndose mientras paseaban junto a tiendas de vudú y clubes de *striptease*. Evidentemente, el Barrio Francés de Nueva Orleans tenía un toque hortera inédito en aquel pequeño barrio parisino, pero los asistentes a la inauguración hacían gala de una frivolidad parecida. Aún no estaban borrachos, pero lo estarían en breve.

Mirando a su alrededor, tuvo la sensación de que todas aquellas personas eran artistas. Su ropa era mucho más alegre que la del francés medio. De hecho, algunos parecían haberse decorado a sí mismos, como si sus cuerpos fuesen obras de arte.

Las cabinas estaban cubiertas de folletos de la exposición, que también cubrían el suelo. Colin recogió uno y se sorprendió al reconocer a la modelo.

Se abrió paso entre la multitud para poder entrar al interior de la sala y buscar a Lissa. No podía creer lo que veían sus ojos.

Lissa comprobó la hora en el reloj que colgaba de la pared de la galería. Ya casi eran las ocho. Colin aún no había dado señales de vida, y tampoco el mecenas. Se preguntó si tal vez había sido un error ponerse en contacto con aquel desconocido. Cualquiera de las personas que entraban en la galería podía ser AMANTE DEL ARTE, se dijo, aunque ninguno de ellos se correspondía con la imagen que Lissa había creado de él en su mente.

Respiró aliviada al ver a Colin de pie, en la calle, frente a la galería. Por la expresión de su cara, no parecía muy contento. Peor para él. Le había sugerido un reto y ella había puesto en él todo su empeño. Si no podía aceptar los resultados, ése era su problema. Intentó liberar la tensión de su cuerpo. Se volvió y entabló conversación con las personas que tenía alrededor. Como siempre le ocurría, hablar de arte hacía que se sintiese cómoda. Sabía que estaba en su elemento. Decidió que lo mejor que podía hacer era ignorar la presencia de Colin.

Capítulo sesenta y uno

Lissa estaba completamente desnuda, de pie en el escaparate de la galería.

¿Cómo se atrevía?

Colin apenas podía contenerse. Sus puños se cerraron con fuerza a ambos lados de su cuerpo y sintió que estaba a punto de perder el control. Con gran esfuerzo, sacó un cigarrillo, lo encendió y aspiró el humo profundamente para calmarse. París era el único sitio en el que fumaba —era como lo que había que hacer— y agradeció el sabor amargo de un Gauloise entre sus labios. La bocanada de humo que salió de su boca fue más un suspiro de resignación que otra cosa. Después de dos caladas, tiró el cigarrillo al suelo y lo aplastó con el talón.

Si quería jugar, le demostraría cómo podía machacarla en cuestión de segundos. La rabia dio paso a la excitación mientras se abría camino a empujones entre aquellas personas que parecían no querer sentirse ofendidas por la brusquedad de sus maneras. Pensaba sacar a Lissa del escaparate, colocarla sobre su regazo y darle unos azotes; le pegaría hasta que perdiera el sentido.

—Niña mala —murmuró en voz baja al entrar en la galería—. Zorra sucia y mala.

Pero cuando su mano entró en contacto con la muñeca de Lissa, se dio cuenta del engaño. Aquélla no era Lissa, sino una escultura de ella hecha en cera, perfecta a los ojos de cualquiera, pero nada más que una pieza de arte. Retrocedió un paso para poder observar mejor la suavidad de su piel, la expresión de paz en su rostro. Por un momento, sonrió al saberse víctima de un engaño, y luego se volvió y buscó a la Lissa de verdad entre la multitud.

Estaba en todas partes.

Era evidente que se había inspirado en la exposición de Londres, aunque allí las figuras eran de hierro y los personajes anónimos, sin rostro ni expresión. Sus cuerpos transmitían dolor, malestar, infelicidad. Las esculturas de Lissa, sin embargo, eran mucho más expresivas. En una de ellas estaba doblada sobre sí misma, tocándose las puntas de los pies, como quien hace una tabla de ejercicios matutinos. Si el ángulo lo permitía, podía admirarse su precioso culo y el espacio que se formaba entre sus muslos, al que un amigo de Colin llamaba el «error de fábrica» y que hacía alusión a las chicas cuyos muslos, en su parte superior, no llegaban a tocarse.

En una esquina, había otra escultura de Lissa sentada con las piernas cruzadas, leyendo una revista. El papel era de verdad, aunque de nuevo ella era una muñeca de cera, con su larga melena cayendo sobre los hombros, los labios abiertos y la lengua asomando entre ellos.

Al otro lado de la sala, Lissa dormía sobre un sofá cama, con las rodillas separadas y un brazo tapándole los pechos en un gesto de indulgencia. Colin se imaginó a sí mismo desnudo, tumbado junto a ella en aquella cama, con la cabeza reposando en la curva de su cuello. En su fantasía podía olerla y besarla, y estaba preparado para moverla sobre un costado y penetrarla en aquella posición, con la espalda de ella contra su pecho. La idea de hacer el amor con una escultura no le resultaba desagradable. Podía imaginarse eyaculando sobre su suave piel de cera, las gotas del blanco líquido deslizándose por sus brazos, su vientre, entre sus piernas.

A través de la gente todavía pudo ver otra Lissa, ésta en posición desafiante, con la espalda contra la pared, una pierna doblada y fumando un cigarrillo. Fue incapaz de averiguar cómo lo habría hecho el artista. El cigarro parecía estar encendido, la ceniza en un extremo cada vez más gruesa. Y de pronto se dio cuenta de que aquella Lissa hablaba con la gente que la rodeaba. No era otra estatua de cera, sino el molde original.

Estaba francamente impresionado. En el pasado la había retado a encontrar sitios nuevos en los que jugar y situaciones con las que pasar un buen rato juntos. Ahora, después de seis meses de relación, la alumna había superado al maestro, le había sorprendido con algo impactante y bello al mismo tiempo. El arte y la vida entrelazados, superpuestos en perfecta sincronía.

Colin avanzó hacia donde estaba Lissa, en silencio, para poder oír lo que estaba diciendo.

Capítulo sesenta y dos

Ella dejó de hablar en cuanto vio a Colin. La observaba atentamente, sin apartar la mirada, y de pronto Lissa olvidó de qué estaba hablando. Los que la rodeaban esperaron a que continuara, pero al ver que no lo hacía, se volvieron como si fuesen una sola persona en busca de aquello que había llamado su atención tan repentinamente.

—No quería interrumpiros —dijo Colin.

Una mujer rubia y delgada que estaba junto a él tradujo sus palabras al resto de los presentes. La sala entera se había quedado en silencio, observando a Colin y a Lissa como si fuesen contendientes en un partido de tenis, siguiendo sus movimientos con la cabeza de un lado al otro.

—No sabía si llegarías a tiempo —contestó ella, mirando intencionadamente el reloj que colgaba de la pared. Llegaba dos horas tarde.

—Ya sabes lo que me pasa siempre con el tiempo —dijo él—, que no tengo un concepto real de él.

Lissa sonrió mientras la mujer traducía de nuevo. Colin estaba siendo todo lo críptico que era capaz de ser, sin darle pista alguna con las palabras, pero delatándose con las miradas y las expresiones de su rostro. Le había gustado y Lissa lo sabía. Es más, estaba impresionado. Justo lo que ella quería: demostrarle que podía jugar a su juego al mismo nivel que él y que, si se lo proponía, podía llegar a ganarle.

Aunque por la forma en que la miraba, no estaba segura de que «ganar» fuese la palabra correcta. Parecía que Colin tenía sus propios planes y nunca hasta entonces había adivinado sus intenciones con mayor precisión. Lo más inteligente era quedarse callada y esperar.

Hablaría con él, le explicaría cómo había organizado la exposición, los detalles de su trabajo con Gizelle, la propietaria de la galería, y con Roberto, el artista. Aunque, pensándolo bien, lo más probable era que a Colin no le interesara todo eso. Se ponía tan nerviosa cuando la miraba así... Se agachó para dejar el cigarrillo en el cenicero que había sobre la mesa, junto a ella, y luego se incorporó de nuevo, con la espalda recta, actuando con más seguridad de la que realmente sentía.

Por primera vez en toda la tarde fue consciente de su propia desnudez. Unas horas antes, los nervios habían despertado la exhibicionista que llevaba dentro. Se había sentido parte de la exposición, una escultura más, y no un objeto sexual. Pero la forma en que Colin la miraba hacía que se sintiese confusa: era la mirada que utilizaba antes de castigarla, ante la que ella era incapaz de reaccionar. Deslizó las manos por los muslos y luego fue subiendo por las costillas antes de cruzar los brazos encima de sus pechos.

De pronto deseó estar a solas con él. El principal problema era la multitud presente en la sala. Seguían allí, observando a los amantes. Era como si intuyesen que algo estaba a punto de pasar, algo excitante y que valdría la pena presenciar, más excitante incluso que el hecho de que aquella mujer, la modelo de la exposición, llevase toda la tarde dando vueltas por la sala completamente desnuda.

Colin avanzó hacia ella y la multitud se abrió a su paso. Una mujer ahogó un grito, como si pensara que Colin tenía intención de pegar a Lissa. No lo hizo. Simplemente se acercó a ella y le susurró al oído:

—Estoy impresionado.

Lissa no pudo evitar una sonrisa.

—Y ya sabes lo difícil que puede llegar a ser impresionarme.

Ella asintió.

—Pero también sabes que nunca dejo que nadie me supere.

El corazón de Lissa empezó a latir ruidosamente en sus oídos. Sus mejillas se sonrojaron mientras él trazaba una línea con los labios que nacía entre sus pechos, bajaba hasta el ombligo y se detenía en la pequeña extensión de vello rubio que crecía entre sus piernas.

Los presentes, que se habían apartado para que Colin pudiese avanzar, se acercaron y formaron un círculo alrededor de ellos. Allí estaban Gizelle, la dueña de la galería, y Roberto, el artista, de pie junto a ella. Ambos sonreían con dulzura, como si estuviesen acostumbrados a esa clase de espectáculos. Lissa, que hasta entonces no había estado muy segura de la reacción de Colin, se sintió aliviada al oír que le gustaba, pero su forma de comportarse disparó todas las alarmas. Sus labios estaban ya a la altura de su sexo y parecía que no tenía intención de levantarse o de moverse de allí. La abrió con los dedos como si ella fuese una flor y sus labios unos delicados pétalos y empezó a lamer en círculos alrededor del clítoris.

Todo hubiese sido más fácil si Colin estuviese enfadado, si la hubiese llevado de la mano hasta el fondo de la sala y allí le hubiese dado su merecido por ser tan descarada. Pero, al parecer, ése no era el plan que tenía en mente. Pensaba llevarla hasta el orgasmo en público y cumplir así otra de sus fantasías. Lissa no sabía si podría con aquello.

Colin apartó la boca de su sexo y se dirigió a la dueña de la galería. En un perfecto francés le pidió que retirara la escultura de Lissa del escaparate. La mujer hizo un gesto con la cabeza a dos hombres que había entre la multitud, que se apresuraron a hacer lo que se les había pedido. Luego, sin intercambiar con ella ni una sola palabra más, Colin cogió a Lissa en brazos y la llevó hacia la entrada. Aquellos que miraban desde la calle, pegados a los cristales, se acercaron aún más, conscientes de que algo crucial estaba a punto de suceder.

Lissa cerró los ojos mientras Colin la colocaba en posición, con las manos sobre los cristales, de cara a la multitud. Le ordenó que abriera los ojos y ella obedeció inmediatamente, tratando de evitar poner a prueba su humor.

—Ésta es mi chica —dijo él en voz baja—. Manténlos abiertos. Pase lo que pase.

Lissa consiguió responder un tímido «Sí, Colin» mientras él se arrodillaba de nuevo frente a ella y besaba los labios de su sexo, lentamente y con extrema delicadeza. Se apartó un instante de ella, lo justo para poder susurrar algo en francés a los que estaban situados detrás de Lissa, y luego retomó las caricias. De pronto, ella sintió la presión de varias manos sobre su cuerpo, acariciándola por todas partes. Eran al menos diez personas tocándola a la vez, y la sensación de sus dedos sobre la piel era electrizante. Tuvo que luchar para mantener los ojos abiertos. Las olas de placer que se desplazaban por su cuerpo, cubriéndolo todo a su paso, hacían que fuese muy difícil obedecer aquella orden.

Recordó un truco que había aprendido en un seminario sobre cómo hablar en público. Escoge a una persona de la primera fila y a otra de la última y concéntrate en ellas. Imagina que son amigas tuyas y háblales sólo a ellas. ¿Funcionaría en una situación como aquélla? No tenía nada que perder, de modo que miró hacia la multitud, buscando entre aquellos que estaban más lejos de la ventana. Sus ojos encontraron un rostro familiar. Gina estaba al otro lado de la calle y la miraba con una expresión de ánimo.

—Gina está aquí —murmuró Lissa, y Colin se detuvo un instante y la miró.

—Le conté lo de la inauguración. Espero que no te importe —susurró. Sus labios brillaban, cubiertos por sus jugos, y ella sacudió la cabeza, luchando contra el impulso de pedirle que continuara. Había estado a punto de alcanzar el clímax, pero sabía que si se lo decía ralentizaría el ritmo de sus caricias aún más. Le gustaba sacar cada pequeña sensación de placer de ella, haciendo que se lo ganara.

Lissa respiró profundamente y miró de nuevo en dirección al público. Los ojos de Gina no se habían apartado de ella. Tragó saliva, contenta de encontrar a alguien conocido que, además, aprobaría sin problemas lo que Colin y ella estaban haciendo. Ahora venía la parte más difícil: encontrar a una persona en la primera fila.

Sus ojos vagaron de un rostro a otro. Un hombre calvo con una barba desaliñada la miraba con ojos vidriosos. No, él no. A su lado había una mujer alta y delgada que lanzaba aros de humo de su cigarrillo hacia el cielo nocturno de París. Tampoco ella. Finalmente, Lissa encontró el valor suficiente para mirar a la persona que tenía justo delante, y al hacerlo perdió el aliento.

Allí estaba Marcus, mirándola con ojos inquisitivos, como preguntándose cuándo se daría cuenta de su presencia. Le reconoció al instante, pero luego dudó. Parecía diferente. Había un cierto abandono en su apariencia, como si mientras habían estado separados hubiese descubierto el lado bohemio de la vida. Su oscuro pelo había crecido y casi le llegaba hasta el cuello. Tenía la camisa abierta y no llevaba corbata.

En cuanto los ojos de Lissa se detuvieron en él, Marcus sonrió y, como en un brindis, levantó su copa de champán.

Capítulo sesenta y tres

—Es Marcus —consiguió decir Lissa. Colin dejó lo que estaba haciendo y la miró. Cuando sus ojos se encontraron, ella supo que había algo que él sabía y ella no, un secreto largamente guardado que Colin quería que descifrase sola.

—Mi marido —continuó Lissa, sin saber muy bien cómo interpretar la mirada de Colin.

—Ex marido —la corrigió él.

Aquello parecía no interesarle lo más mínimo. Abrió los labios de su sexo de nuevo y metió la lengua entre ellos. Acarició con la punta la parte más interna y Lissa gimió de placer. Le encantaba que la besase de esa manera. Sus gestos no eran delicados, sino que más bien parecían imitar las envestidas de su pene. Dentro y fuera, y muy adentro, tanto que su boca quedaba sellada contra los labios. Iba a conseguir que se corriera penetrándola sólo con la lengua. La sensación de dominación, de completa sumisión a su voluntad, borró cualquier otro pensamiento de su mente. Las manos de Colin se cerraron sobre su culo y atrajeron aún más su cuerpo. Entonces separó las nalgas con los dedos y, oh, Dios, casi había llegado...

Pero allí estaba Marcus, mirándola fijamente. Le temblaron las rodillas y estuvo a punto de caer al suelo. Puso una mano sobre el hombro de Colin y lo apartó de ella. Él no opuso resistencia, lo cual no hizo más que ponerla más nerviosa. ¿Qué se suponía que estaba pasando?

—¿Cómo sabía que tenía que venir aquí? —consiguió preguntar.

—Porque tú se lo dijiste —contestó Colin como si fuese lo más evidente del mundo.

—¿Que yo se lo dije?

—Sí —respondió él—. Le enviaste un correo electrónico con todos los detalles, invitándole a la inauguración de la exposición.

De pronto Lissa lo entendió todo y su cuerpo tembló. Marcus era el mecenas. Desde el principio, durante todo aquel tiempo, su marido había sido la persona en la sombra, el coreógrafo de todas sus aventuras. Se había derretido con las fotos de Hamburgo, había encargado la cinta de París, había estado allí, en la misma habitación con ella, Colin y Gina en Amsterdam. Se sintió traicionada y aliviada, todo al mismo tiempo. Era Marcus, y de alguna forma aquello lo cambiaba todo.

Colin hizo un movimiento hacia adelante, como si estuviese preparado para seguir dándole placer, pero ella se apartó de él. El público a su alrededor estaba cada vez más cerca de ellos. Al parecer, creían que aquello formaba parte del drama, que era un añadido más para su mayor entretenimiento. Lissa sentía su presencia, el calor de sus cuerpos, pero era como si no los viese. Sólo tenía ojos para Colin, de rodillas frente a ella.

En su mente, los pensamientos se arremolinaban sin control. Él sabía que había fisgado en su correo y

332

se había puesto en contacto con Marcus a escondidas. Lo sabía, y aun así parecía no importarle.

¿Por qué no se le había ocurrido la posibilidad de que fuese Marcus? Se sintió estúpida, aunque en realidad ¿por qué debería haber pensado en su marido? Él nunca se había mostrado especialmente interesado por aquel tipo de relaciones, algo pervertidas. Y eso era justo lo que Colin y ella habían estado haciendo todo ese tiempo, explorar las perversiones más enrevesadas, todo a instancias de un misterioso mecenas.

Colin continuó, imperturbable, como si sus explicaciones, cualesquiera que éstas fueran, pudiesen tranquilizarla.

—Estaba interesado. Quería ver tu transformación con sus propios ojos.

—Mi transformación... —repitió Lissa.

Las palabras sonaron vacías en su cabeza, como si las hubiera dicho en otro idioma.

—De la chica tímida y recatada con la que se casó a la mujer que se dejaría follar delante de cientos de personas. —Colin sonrió, acariciándole distraídamente con los dedos el interior de los muslos—. Eso es lo que tú querías, ¿verdad? Lo que más ansiabas de entre todas tus fantasías.

Lissa no dejaba de temblar. Las manos que hasta hacía unos segundos no dejaban de acariciarla por todas partes de pronto habían desaparecido, como si hubiesen notado el cambio en la interpretación. Lissa se envolvió con sus propios brazos, sintiéndose desnuda de nuevo. Deseó tener algo con lo que cubrirse, un abrigo, lo que fuese, un callejón oscuro por el que desaparecer.

—Pero ¿cómo podía saberlo? —murmuró—. ¿Cómo podía saber lo que yo quería? ¿Y tú cómo...?

—Tu diario —se anticipó Colin, sonriendo. De pronto ella sintió el deseo de darle una bofetada y borrar aquella expresión de autosuficiencia de su cara. En lugar de eso, dio media vuelta y se abrió paso como pudo entre la multitud. Esta vez no se apartaron con tanta facilidad. Por lo visto, creían que aquello también formaba parte del espectáculo, que no era más que una dramatización para su puro entretenimiento. La felicitaban por su interpretación, por su transparencia, mientras ella en lo único en que pensaba era en alcanzar la puerta de la pequeña habitación que había al fondo de la sala. A Colin tampoco se lo ponían nada fácil. Le paraban para hacerle preguntas, para felicitarle por la honestidad de su actuación.

Después de lo que a Lissa le pareció una hora, aunque realmente no fue más de un minuto, consiguió llegar a la habitación. Se detuvo, exhausta, sin saber muy bien qué hacer después. Gizelle, que lo había presenciado todo desde el fondo de la galería, entró en el pequeño despacho y cerró la puerta tras de sí.

—Tengo que salir de aquí —dijo Lissa.

La dueña de la galería asintió con la cabeza. Parecía entender lo que acababa de pasar, aunque en realidad no era imposible que así fuera.

—Sube a la planta de arriba, a mi apartamento. Yo me desharé de toda esta gente.

—No —respondió Lissa, negando nerviosamente con la cabeza—. Tengo que irme. —Caminaba arriba y abajo por el despacho como si fuese un animal enjaulado, con la larga melena rubia cayendo sobre sus hombros.

—Por favor —dijo Gizelle, mostrándole la puerta que llevaba a su apartamento—. Sube las escaleras y espérame arriba. Cuando estés más tranquila, podrás decidir adónde quieres ir.

Lissa negó de nuevo con la cabeza. Su ropa seguía en medio de la galería, en un montón sobre el suelo, en el lugar en que se había desnudado aquella misma tarde. Le pareció que aquello pertenecía a una vida distinta. Cuando estaba a punto de salir corriendo, desnuda, hacia la calle, Gizelle le dio un abrigo largo y negro que colgaba detrás de la puerta y se quitó las caras bailarinas de piel que llevaba.

—Vuelve cuando te hayas calmado —le dijo.

Lissa se puso las bailarinas y trató de explicárselo todo, pero la mujer la detuvo.

—Un triángulo amoroso —dijo con su marcado acento francés—. A veces uno necesita estar solo para decidir a quién pertenece realmente su corazón.

Aquello no se ajustaba al estado emocional de Lissa. En realidad, se sentía como si fuese un saco de sentimientos al que dos boxeadores golpeaban al mismo tiempo. No trató, sin embargo, de explicarse, sino que cogió el bolso de encima de la mesa, besó a Gizelle en las mejillas y abrió la puerta trasera de la galería, que daba a un estrecho callejón.

Podía ver el Sena desde donde estaba. Agachó la cabeza y echó a andar en dirección al río, consciente de que, mientras no se apartase de su curso, podría encontrar el camino de vuelta en la Ciudad de la Luz.

Capítulo sesenta y cuatro

«¡Qué desastre!», se dijo Colin mientras caminaba lentamente de vuelta al apartamento. Podría haber cogido el metro, pero prefirió aprovechar el trayecto para liberar tensiones. Por primera vez en su vida, los planes no habían salido como él esperaba. Sí, sabía que Lissa había descubierto la existencia de un mecenas. Había intentado ser más astuta que nadie y se lo había ocultado, pero ella era como un libro abierto para él. Siempre. La expresión de su cara, la mirada en sus ojos grises, eran detalles que siempre la delataban. Sin embargo, él creía que en cuanto viese de nuevo a su marido se daría cuenta de que su amor por él se había desvanecido. Y que ahora a quien quería era a él.

«Idiota», se reprendió a sí mismo. En lugar de atraerla hacia él, la había alejado bruscamente de los dos. De no haber sido por la mujer de la galería, hubiese podido alcanzarla en el pequeño despacho y explicárselo todo desde el principio. Pero cuando al fin consiguió abrirse paso entre aquella marea de gente, en el despacho sólo estaba Gizelle, que le había mirado con una expresión vacía en los ojos, como si no entendiese el inglés. La muy zorra.

Vio su propia imagen reflejada en un escaparate, con la luz de una farola justo detrás de él, dándole un aire fantasmal, casi transparente. Así es como se sentía. Era a lo que se reducía cuando estaba sin ella.

¿Qué haría si Lissa no volvía con él?

Se detuvo frente a un bar, considerando la posibilidad de tomarse una copa. Whisky escocés, tal vez, a palo seco. Le sentaría bien. Pero mejor no. Tenía que regresar al apartamento. Tal vez Lissa le estuviese esperando allí. Ese pensamiento hizo que acelerara el paso inconscientemente. Puede que al girar por la rue d'Italie se la encontrase allí, sentada en la acera. Imaginó la escena y le pareció tan real que casi podía tocarla. Lissa, con el pelo suelto sobre los hombros y una expresión perdida en el rostro.

Mientras caminaba, trató de convencerse de que, aunque no estuviese esperándole delante del apartamento, podría encontrarla. El problema era que no tenía ni la más remota idea de dónde podría haber ido. Marcus, que seguramente la conocía lo suficiente para saber qué sitio escogería su ex mujer para esconderse en una ciudad como París, también había desaparecido. Colin había perdido un tiempo precioso buscándolo entre la multitud, acosado por varias mujeres que querían tener su oportunidad con él en el escaparate de la galería.

Colin se había deshecho de ellas, no sin cierto asco. No significaban nada para él. Sólo quería a Lissa, y cuando no la encontró frente al apartamento, sintió ganas de llorar. Dio una vuelta a la manzana, imaginando que tal vez hubiese pensado lo mismo que él y estuviera en algún bar de la zona bebiendo para olvidar. No había rastro de ella por ninguna parte, así que finalmente regresó al apartamento, subió muy despacio los cuatro pisos y abrió la puerta. Se sirvió una copa de whisky, salió al balcón y observó el oscuro cielo de París mientras bebía.

¿Cómo habían podido llegar hasta ese punto? El plan parecía tan simple, tan sencillo de seguir. Pero había olvidado lo que pasaba cuando las emociones de alguien quedaban atrapadas en medio del fuego cruzado. Cerró los ojos y recordó la primera vez que había visto a Lissa, en la Feria del Libro de Fráncfort, y todo lo que aquel encuentro había significado.

Capítulo sesenta y cinco

No pensaba compadecerse de sí misma. Había cosas mucho peores en la vida que ser engañada por un amante y por un ex marido, había gente para la que las cosas eran infinitamente más difíciles que para ella. Sin embargo, mientras caminaba junto al Sena, no pudo evitar sentirse miserable. ¿Acaso no tenía motivos para ello? Había sido el peón en la partida de ajedrez entre los dos hombres en los que más había confiado en toda su vida. Su marido, aunque ya no lo fuera, jamás le había mentido. Y Colin... Colin. Lo había puesto todo en sus manos. Su alma. Sus deseos más secretos.

Su corazón.

El agua del río despedía un brillo plateado bajo la luz de la luna llena. Sin aquellos barcos que transportaban turistas arriba y abajo, el Sena parecía más grande y más viejo, como los edificios que lo rodeaban. Allí estaba Notre-Dame, alzándose majestuosa sobre las aguas. Lissa se detuvo para contemplar su belleza. Una vez, durante una visita a la ciudad, había tenido la oportunidad de entrar en la catedral y admirar sus preciosas vidrieras y el famoso altar. Ahora pensó que el exterior era incluso más espectacular. Bajo la luz de la luna, provocaba una sensación de respeto...

Oyó un ruido detrás de ella, como un susurro apagado, y sus pensamientos se detuvieron en seco. Se volvió rápidamente, pensando que tal vez Colin la había seguido. ¿Qué haría de ser así? No tenía intención de irse con él. ¿Y si era Marcus?

Un poco más atrás, junto a la barandilla de cemento que discurría paralela a la acera, había una pareja de enamorados haciéndose arrumacos. Se volvieron para mirarla y luego continuaron con lo suyo. Mientras se alejaba de ellos, pudo oír los gemidos de la mujer. Al fin y al cabo, París era la ciudad de los enamorados.

Así que, ¿qué hacía ella allí?

No pensaba regodearse en su propia miseria. Lo que necesitaba era un plan, uno sólido a partir del cual recuperar de nuevo las riendas de su vida. Todavía tenía un libro a medio escribir, y un buen trabajo esperándola en California. Nada había cambiado en su vida. Simplemente había pasado los últimos seis meses perdida en aquella especie de farsa romántica.

Pero ¿cómo se habían atrevido? Justo cuando empezaba a sentirse bien consigo misma y con sus deseos.

Lissa se sentó en un banco de piedra y envolvió su cuerpo aún más con el abrigo que Gizelle le había prestado. Recordó de pronto que debajo de la gruesa tela estaba su piel desnuda, y ese pensamiento hizo que se sintiese más sola de lo que se había sentido en toda su vida.

Capítulo sesenta y seis

Colin se sirvió otra copa sin darse apenas cuenta de lo que hacía. El whisky era de una de las mejores marcas que existían, pero bien podría haber sido disolvente, que él no hubiese notado la diferencia. Sólo quería borrar el rostro de Lissa de su memoria justo antes de salir corriendo, aquella expresión entre asco y desconfianza. No entendía nada. Descubrir la existencia del mecenas parecía haberla excitado aún más. Evidentemente era la identidad de aquel misterioso personaje —descubrir que era Marcus— la que había provocado que se sintiese traicionada.

De vuelta al balcón, recordó la odisea que había supuesto encontrar su *stand* en aquel enorme laberinto de pasillos que era la Feria de Fráncfort. Cerró los ojos y, de nuevo, allí estaba.

Lissa estaba sentada mirando en su dirección, aunque no le veía. Detrás de ella había una imagen de su libro, un grueso ejemplar sobre nuevos talentos artísticos en Estados Unidos. Había pasado los últimos cuatro años investigando sobre el tema, según le explicó Marcus, y el libro había tenido una buena acogida, proporcionándole cierta fama entre los asistentes a la feria. Despedía un brillo especial, allí sentada entre todos aquellos pedantes. Colin metió una mano en un bolsillo y retrocedió unos pasos, confundiéndose con la multitud para así poder observarla mejor. Marcus le había dado una fotografía, pero no le hacía justicia. Aquella mujer era radiante. Tal vez fuera la feria la que la hacía brillar de aquella manera, aunque Colin lo dudaba. Había una luz en sus ojos con la que no contaba.

Durante una reunión de la fraternidad, en la que Marcus le había explicado que su vida sexual era nula y que la energía entre su mujer y él se había desvanecido por completo, los dos hombres trazaron aquel plan, aquella idea insólita y genial, basándose en la película de Hitchcock *Extraños en un tren*.

—No me puedo creer que te esté pidiendo esto —dijo Marcus mientras tomaban algo en el bar del hotel.

Colin, que era quien realmente había propuesto la idea, de una forma tan sutil e inteligente que Marcus había acabado aceptándola como suya propia, asintió con la cabeza.

—Tienes razón, suena raro, pero puede que funcione. Si me follo a tu mujer, tal vez se salve así tu matrimonio.

Aquello no era una situación que se diese normalmente entre antiguos compañeros de universidad. Pero Colin y Marcus no lo eran. Ambos formaban parte de un club —los Dragones Plateados—, una sociedad secreta que sólo aceptaba doce nuevos miembros por año. Por tanto, aquello era algo de lo que un dragón podía hablar abiertamente con otro, sin ningún tipo de miedo.

Compartieron bromas y carcajadas sobre el tema hasta que se despidieron estrechándose la mano. Colin esperó impaciente en su estancia, aquella noche, pensando que tal vez Marcus cambiaría de idea, le llamaría y lo cancelaría todo. Paseó por la estancia, excitado, de la cama al sofá y del sofá a la cama, cargado de una energía que en el fondo no eran más que nervios concentrados. Pero el teléfono no sonó aquella noche, y Colin reservó un vuelo para Fráncfort y se presentó en la feria, esperando el momento adecuado para acercarse a ella.

Ahora. No había mucha gente alrededor. Nadie que pudiese oír lo que pensaba decirle a Lissa. Estaba de espaldas a él, ordenando los libros de una estantería. Colin se acercó a ella, pasó los brazos alrededor de su cintura y pegó los labios a su oreja.

Lissa no gritó, ni siquiera se puso tensa. De hecho, en los pocos segundos que la tuvo entre sus brazos, tuvo la sensación de que se relajaba. Su cuerpo era delgado, aunque firme y flexible como el de una bailarina. Le gustaba la sensación de tenerla entre sus brazos. Cuando trató de apartarse, de volverse para ver quién la sujetaba, Colin creyó ver una mirada de esperanza en sus ojos que le hizo sentirse aún más seguro de sí mismo. Todo el mundo creía que él era un hombre con mucha autoestima. Sin embargo, en ocasiones no era más que una fachada. Vio cómo en los ojos de Lissa se formaban preguntas, interrogantes que esperaban respuesta y que para él eran fácilmente legibles. Y entonces la oyó decir: «Lo siento.»

No podía creérselo. Aquello iba a ser más fácil de lo que había imaginado, mucho más de lo que Marcus le había dicho. Colin mantuvo sus emociones bajo control y respondió: «Por supuesto que lo sientes. Ésa es tu forma de ser.»

Marcus llevaba tiempo esperando un informe, algo que le dijese cómo progresaba el plan, un e-*mail* que le confirmase que todo iba sobre ruedas. «Dale un poco de emoción. Haz que se despierte —le había dicho el día de la reunión—. He visto el deseo en sus ojos. Yo no sé cómo darle lo que quiere, así que dale algo en lo que basarse, una aventura. Luego ella y yo trabajaremos a partir de eso. —Se detuvo y su voz se volvió ronca y profunda—: Tenemos que superar este bache. No sé si podría vivir sin ella.»

Marcus creía que el romance, si es que se le podía llamar así, duraría sólo lo que durase la feria. Entonces Lissa volvería a casa, con las pilas cargadas, convertida en otra mujer, y así él también podría cambiar y demostrarle lo salvaje que podía ser. Empezarían de cero, una vez que ella se hubiera liberado de sus inhibiciones y estuviera preparada para una vida nueva. Marcus quería que hicieran todas aquellas cosas sobre las que Lissa escribía en su diario. Hacerle el amor en las viejas gradas del Hollywood Bowl. Esconderse debajo del muelle de Santa Mónica. Unirse al Club de la Milla Aérea con ella en una de aquellas nuevas camas dobles de los vuelos transoceánicos de las aerolíneas Virgin.

Colin, sin embargo, tenía otros planes. ¿Una semana? Era imposible conseguir algo en tan poco tiempo. Y además estaba la feria. Las firmas de libros. Las fiestas. Las comidas. Los actos de presentación de su libro. No, los resultados sólo serían evidentes cuando se acabase la feria y volviesen a Londres. Y Colin tenía los contactos necesarios, repartidos por toda Europa.

Tal vez Marcus estuviese recibiendo más de lo pactado. Y es que en realidad ya no conocía a aquel hombre con el que había hecho un trato. Colin había cambiado mucho desde los tiempos de la facultad de medicina. Entonces era el bromista, el más listo, la eminencia de la clase. Su apariencia física escondía al hombre que en realidad era y le permitía hacer cosas que nadie hubiese esperado de él. Ahora estaba más centrado, tenía un gran control sobre sí mismo. Aún conservaba una mente ágil, pero la usaba para fines bien distintos.

Con Lissa, el objetivo final de su plan había sido quedarse con ella.

Ahora, mientras contemplaba la ciudad bajo la luz de la medianoche, se dio cuenta de cuánto se habían complicado sus planes. Se suponía que él era la persona al mando, el encargado de zarandear su mundo para que la relación de Lissa con su marido renaciese de sus cenizas. Pero el poder había cambiado de manos. ¿En qué momento ella se había hecho con el control y había puesto su mundo patas arriba?

¿Y cómo demonios haría para colocar las cosas de nuevo en su sitio?

Capítulo sesenta y siete

A las tres de la madrugada Lissa llamó a la puerta trasera de la galería. Estaba empapada hasta los huesos por la lluvia que había empezado a caer sobre la ciudad tan sólo una hora antes. Deseó desesperadamente que Gizelle aún estuviese allí. Había dejado sus cosas dentro, aunque no era eso lo que la había traído de vuelta. Después de caminar junto al Sena bajo la lluvia, tratando de decidir qué podía hacer, se había dado cuenta de que no tenía otro sitio al que ir.

Gizelle abrió la puerta y se encontró a Lissa en la calle, temblorosa y confundida. Tenía el pelo alborotado y empapado y las mejillas sonrosadas.

—Roberto aseguró que volverías —le dijo con una sonrisa cálida en los labios—. Ha estado esperando por si necesitabas ayuda. —Y ambos, Gizelle y Roberto, la hicieron entrar y la condujeron al apartamento que había en la planta superior.

—Te quedarás aquí —murmuró Gizelle mientras le acariciaba el pelo empapado y la ayudaba a quitarse el abrigo.

Roberto esperó junto a la puerta, observando la escena, hipnotizado por las formas del cuerpo de Lissa. Ya la había visto desnuda antes, por supuesto, cuando había posado para las esculturas. Pero ahora había algo distinto en ella, como si realmente fuese una de sus estatuas que hubiese cobrado vida. Gizelle encendió varias velas, que danzaron traviesas sobre las temblorosas curvas de Lissa. Aún parecía aturdida por los acontecimientos que había vivido aquella misma tarde. No trató de cubrir su desnudez y tampoco supo qué hacer cuando Gizelle le ofreció una toalla.

Fue Roberto quien la cogió y, acercándose muy despacio a ella, como si tuviese miedo de su reacción, la ayudó a secarse. Empezó por los hombros y fue bajando lentamente. Le frotó brazos y manos, el vientre y la espalda, los muslos y las rodillas. Luego empezó a subir de nuevo, con la misma lentitud en los movimientos, utilizando la toalla en la cara interna de las piernas y luego sobre su sexo.

—Mejor, ¿verdad? —preguntó en un inglés titubeante pero perfectamente comprensible.

Lissa le miró desde arriba, con los ojos muy abiertos. Parecía como si aún estuviese dentro de una de aquellas estatuas que había creado para ella. Roberto se preguntó qué sería necesario para derretir a aquella mujer. Se volvió para mirar a Gizelle y preguntarle con la mirada qué debía hacer, si tal vez debía continuar o no.

La mujer asintió una única vez. Suficiente para Roberto. Se acercó aún más al cuerpo de Lissa, separó los labios de su sexo son una mano y luego le lamió el clítoris con la lengua. Sus patillas acariciaban la piel de Lissa y le hacían cosquillas. La sensación la despertó de su ensueño. Puso las manos sobre sus hombros, como si tratara de confirmarle que sí, que aquello era exactamente lo que quería.

Gizelle se acercó a la pareja y se situó detrás de

Lissa, apretando su cuerpo contra ella. La rodeó con los brazos y empezó a acariciarle los pechos. Lissa suspiró y dejó caer su peso sobre la dueña de la galería, mientras Roberto le metía la lengua y luego volvía a describir sobre su clítoris aquellos círculos, pequeños y rápidos, que hacían que le temblaran las piernas. Gizelle, que era mucho más fuerte de lo que aparentaba, sostuvo el peso del cuerpo casi inerte de Lissa, que temblaba de placer bajo el embrujo de la lengua de Roberto.

Aquella tarde, con Colin, no había conseguido alcanzar el orgasmo. Ahora, sin embargo, estaba a punto de correrse.

—¿Vamos a la cama? —preguntó Roberto mientras recobraba el aliento. Lissa y Gizelle asintieron al unísono y los tres se dirigieron a la cama que había en una esquina del apartamento de un solo ambiente. Era enorme y muy baja, cubierta por sábanas negras de satén y un edredón de terciopelo. Gizelle tiró del edredón hasta que cayó al suelo y los tres se dejaron caer sobre las brillantes y resbaladizas sábanas. Lissa nunca antes había probado una cama como aquélla. Todo en ella era suntuoso. El colchón parecía firme y las sábanas eran tan suaves que cada vez que se movía se deslizaba sobre ellas. Había también cojines forrados en terciopelo, a juego con el edredón.

A un lado de la cama había una ventana que daba a un pequeño balcón. Más allá, París y el Sena brillaban bajo la luz de la luna. Al otro lado, un espejo de cuerpo entero reflejaba la pasión de los tres amantes. Lissa tenía aquel espejo ante sus ojos y el placer de ver reflejada la escena superaba al de la orgía que había vivido con Colin, en la que una venda le cubría los ojos impidiendo que disfrutara con todos sus sentidos.

Con Roberto a un lado y Gizelle en el otro, Lissa se dio cuenta de que ya no necesitaba pensar sobre lo que le había sucedido aquella tarde. Podía dejar que sus preocupaciones desapareciesen y prestar toda su atención a lo que estaba viviendo en ese preciso instante, participar en la acción en lugar de limitarse a ser un simple espectador pasivo.

Roberto se recostó sobre un brazo y observó a Lissa intensamente, memorizando cada una de sus curvas. Conocía aquel cuerpo a la perfección, después de haber hecho los moldes de cera a partir de él, pero ahora que podía tocar su piel y hundir los dedos en su carne, parecía extasiado, incapaz de continuar. Lissa se inclinó sobre él y le besó en los labios, y aquello pareció despertarle de su ensoñación y devolverle a donde lo había dejado.

—Me gusta —dijo ella con suavidad, acariciando la barbilla de Roberto y disfrutando de la sensación de su barba sobre la piel—. Me gusta el tacto contra mi piel.

Él sonrió y le devolvió el beso, frotando suavemente su cara contra la de ella y haciéndola reír. Luego descendió por su cuerpo hasta colocarse de nuevo entre sus piernas. Había probado su néctar y quería más. Así se lo dijo, en francés, y Lissa se echó sobre la cama, extasiada por la combinación de palabras y acciones. Le encantaba la suavidad de sus labios y de su lengua, en contraste con la aspereza de su barba.

Lissa se convirtió en el centro de atención. Gizelle se inclinó sobre ella para concentrarse en sus pechos. Besó primero uno y luego el otro, haciendo que los pezones se pusiesen duros como pequeñas piedras preciosas. Roberto se sentó a horcajadas sobre una de sus piernas para que así Lissa pudiese notar la presión de su pene contra ella, y luego continuó jugando al escondite con la lengua.

Durante todo el tiempo que estuvieron en la cama, apenas se dijeron nada. No lo necesitaban. Sus cuerpos sabían comunicarse por ellos. Lissa suspiró y levantó la cadera, y Roberto interpretó en ese movimiento que ya estaba lista para que la penetrara. Colocó la punta de su pene sobre el clítoris de Lissa y ella gimió de placer, un gemido gutural, proveniente de lo más profundo de su ser.

Lissa separó las piernas y Gizelle se colocó junto a ella para mantener los labios de su sexo abiertos mientras Roberto introducía la punta de su miembro. Había algo increíblemente decadente en tener a Gizelle como ayudante. Era el rol que ella misma hubiese adoptado si Colin estuviera presente. Hubiese sido el elemento subordinado del trío. Ahora, sin embargo, ella era la figura central, y cuando sintió los dedos de Gizelle entre sus piernas tuvo que esforzarse para no correrse en ese preciso instante.

Roberto no apartaba la mirada de sus ojos, creando un vínculo entre ellos. Lissa tampoco intentó desviar la vista hacia otro lado, aunque al mismo tiempo notó cómo Gizelle se deslizaba hasta el borde de la cama. De pronto sintió la boca de la otra mujer mientras le chupaba los dedos de los pies. Aquello era algo que nunca antes había probado y que no había pensado que pudiera gustarle. Y sin embargo, la sensación de la lengua envolviendo cada dedo, acariciando, lamiendo, era increíble. Lissa se contraía alrededor del sexo de Roberto cada vez que la lengua de Gizelle entraba en contacto con su piel. El escultor gimió y empezó a embestir cada vez con más fuerza, llevando a Lissa de nuevo hasta el límite.

Cuando Gizelle subió por su cuerpo, lamiendo y acariciando el interior de sus muslos, Lissa pensó que no podía aguantarse más.

—Voy a correrme —murmuró, sujetando a Roberto por los brazos.

—Espera —le susurró él—. Córrete conmigo.

Ella trató de retener el orgasmo, pero cuando Gizelle cambió de posición y se sentó sobre la cara de Lissa, con el sexo contra su boca abierta, ya no pudo esperar más. Se corrió contra su carne, con los labios cerrados alrededor del clítoris de Gizelle, sus gemidos perdiéndose en las profundidades de su compañera de juegos. La dueña de la galería alcanzó el orgasmo casi al mismo tiempo que Lissa y Roberto, que había estado reservándose para ese momento y eyaculó con fuerza dentro de Lissa.

Tardaron varios segundos en separarse, cada uno conectado al cuerpo de otro. Pero deseando poder sentir el calor y la sensación de seguridad de saberse unidos a otros, los tres durmieron abrazados en el centro de la enorme cama de Gizelle.

Capítulo sesenta y ocho

A diferencia de Colin, Marcus ni siquiera se molestó en buscar a su mujer. Sabía que cuando Lissa se enfadaba necesitaba estar sola. Era inútil intentar que pasara de un estado de ánimo a otro. Además, aunque quisiera encontrarla, ¿cómo iba a hacerlo en una ciudad como París? Había demasiados lugares en los que esconderse, demasiados artistas y colegas de profesión a los que podía llamar en busca de ayuda. Así que decidió que lo mejor que podía hacer era sentarse frente al portátil y leer su diario una vez más.

Pensó que tal vez si conseguía colarse en sus pensamientos sabría qué hacer a continuación. Todo el experimento se basaba únicamente en sus fantasías. Sin embargo, ahora que la realidad le había superado, se le hacía difícil tomar decisiones.

El científico que había en él revisó la lista. Había cumplido prácticamente todas sus fantasías, a través de Colin, eso sí. Había hecho el amor en público, se había mostrado delante de una multitud de espectadores, había conocido el peligroso mundo del sadomasoquismo, lo había hecho con otra mujer y se había vestido con ropa salvaje. ¿Qué quedaba? Conectar con él, con su marido, a un nivel superior. No, en aquello era precisamente en lo que le había fallado a su mujer.

¿Cómo había sido tan iluso?, ¿cómo había podido pensar que si se la entregaba a Colin, a otro hombre, conseguiría que su amor fuese más fuerte? Intentó tranquilizarse. Aquello había sido un último y desesperado esfuerzo. De hecho, cuando Marcus encontró el cedé que contenía su diario electrónico perdido en el fondo de un armario, Lissa ya le había dejado.

Pulsó un botón y en su ordenador empezó a reproducirse la grabación de Lissa y Colin en el Museo de Arte Erótico de París. La cámara tomó un primer plano de ella, con los labios abiertos, y Marcus se dio cuenta de algo que hasta ese momento no había notado. Cada vez que Lissa se corría, pronunciaba su nombre. Vio cómo sus labios formaban la palabra y pudo oír el sonido de su voz dentro de su cabeza.

Era lo que necesitaba para saber que lo suyo aún podía funcionar. Si lograba encontrarla, entonces todo se solucionaría entre ambos.

Ahora sólo tenía que dar con ella.

Capítulo sesenta y nueve

Colin supuso dónde estaba pasando Lissa aquellos días, y acertó. Sabía que aún no estaría preparada para seguir trabajando en el libro. Necesitaba aclarar sus pensamientos antes de poder avanzar. Sin embargo, difícilmente podría pasar tanto tiempo separada del arte, porque el arte era lo que la ayudaba a mantener las piezas unidas. Y recordaba haberle oído decir alguna vez que el Louvre era su museo favorito.

La esperó en el café Marielle, tomando un expreso detrás de otro y observando a los turistas apresurándose hacia la pirámide de cristal por la que se entraba al museo. No tenía muy claro qué le inspiraba aquella obra, si realmente era arte o un simple truco. La pirámide, obra de I. M. Pei, tenía un aspecto extraño en el centro de la enorme plaza. Pero al menos le daba un punto exacto a partir del cual buscar a Lissa. Sabía que utilizaría aquella entrada en lugar de las escaleras mecánicas que descendían desde la calle hasta el subsuelo. Le gustaba aquel diseño.

Al tercer día de vigilancia, Colin distinguió la figura de Lissa en el patio. Al principio no estaba muy seguro de que fuese ella. Pero sí, no había duda, se trataba de Lissa; la delataba su forma de andar, siempre con un objetivo en mente. Sin embargo, había algo distinto en ella. Entornó los ojos a medida que se fue acercando al museo y luego se reprendió a sí mismo. Por supuesto que era Lissa, con gafas de sol negras y el pelo recogido, revelando aquel cuello que él adoraba, la línea de las clavículas que tanto disfrutaba siguiendo con el dedo. Llevaba un vestido azul cielo que Colin no había visto nunca. Se había ido de la galería sin nada de ropa, únicamente con aquel abrigo que le había prestado la dueña del local. Seguramente se habría pasado los tres últimos días de compras. Pero había algo más, algo diferente y más profundo que su atuendo.

Mientras la observaba, se dio cuenta de que también había cambiado otros aspectos de su apariencia. No, no llevaba el pelo recogido, sino que se lo había cortado, y lo cierto es que el cambio le favorecía y le quitaba unos cuantos años de encima. Parecía una modelo de pasarela contoneándose sobre sus zapatos de tacón, bolso a juego y gafas de sol oscuras, como si fuese de incógnito, lo cual seguramente sería cierto.

Colin dejó varias monedas sobre la mesa y se levantó. Esperó a que Lissa entrara en el museo y luego la siguió. El Louvre, el museo más grande del mundo, aglutinaba multitud de secciones distintas. La de pintura, con la *Mona Lisa* como joya de la Corona, era la más popular. Colin analizó los planos que colgaban encima de las taquillas en busca de una sección que se ajustase a los gustos de Lissa y donde, por tanto, pudiese encontrarla.

Recordó uno de sus primeros fines de semana juntos, durante el cual Colin no había dejado de hacerle preguntas para conocerla mejor. «Dime cuál es tu obra de arte favorita», le dijo. A ella le costó mucho decidirse. Le gustaban distintos tipos de arte según el estado de ánimo en que se encontrara, y trató de explicárselo a Colin. La recordó atada a la cama, con los brazos por encima de la cabeza y las piernas abiertas. Aquella lección giraba en torno a la capacidad de autocontrol, así que Colin le pasó un plumero de quitar el polvo por todo el cuerpo, dejando que las plumas de colores rozaran ligeramente su piel hasta que las sensaciones fueron irrefrenables. Lo que más le gustaba de todo aquello era hacerla hablar mientras la torturaba. Finalmente Lissa le dio una respuesta, entre risas y carcajadas: la *Venus de Milo*, por la combinación de belleza y antigüedad.

Colin pagó la entrada y luego, una vez dentro, avanzó casi corriendo por los pasillos del museo, pasando por varias exposiciones sin pararse un segundo a admirar las obras. Las esculturas de la antigua Grecia no le impresionaban lo más mínimo. En ese instante sólo tenía ojos para Lissa. Trató de localizar su vestido azul claro y escuchó atentamente por si oía sus pasos. La buscó en todas las salas antes de encontrarla justo donde sabía que estaría, frente a la *Venus de Milo*.

Lissa no se había dado cuenta de su presencia. Estaba demasiado absorta en la obra, como siempre, de pie frente a ella, mirándola como si aquella estatua fuese lo único que quedase en la Tierra. Para Colin aquélla era la mirada de una mujer en la iglesia, arrodillada frente al altar, en paz consigo misma y con Dios. Y precisamente por aquella santidad que desprendía el momento, prefirió no interrumpirla y esperar a que se percatara de su presencia.

Finalmente en la sala sólo quedaron ellos dos, tres,

contando la estatua de la Venus. Colin no pudo resistirlo más. Avanzó hacia ella y pronunció su nombre en voz baja. Lissa le oyó y se volvió para mirarle.

Había odio en su mirada, y Colin se sorprendió tanto que olvidó por completo lo que había pensado decirle. Había reproducido aquella misma escena innumerables veces en su imaginación, pero por alguna razón nunca había considerado la posibilidad de que Lissa estuviese furiosa con él. Confundida sí, preocupada también, pero furiosa no. ¿Podía ser que después de tanto tiempo él fuese el más infantil de los dos?

—¿Qué haces aquí? —preguntó ella. Su voz sonó como un bofetón en la mejilla de Colin, y tuvo que controlarse para no retroceder un paso.

—He venido a verte —contestó, sorprendido por el tono de su propia voz, como si ahora él fuese el sumiso de la pareja, el que necesitaba seguridad, aquel al que había que azotar para mantener a raya. Se alegró de haberse tomado su tiempo para vestirse apropiadamente. Aquel traje oscuro hacía que se sintiese más poderoso que si sólo hubiese llevados unos Levi's y un simple jersey de punto.

—¿Qué quieres? —preguntó Lissa de nuevo. Se había quitado las gafas de sol y Colin pudo admirar la belleza de su rostro. Era una digna rival para cualquiera de las obras de arte del museo, pensó.

Se hubiese conformado con quedarse allí de pie donde estaba y mirarla. Cierto que habría preferido un tono distinto en su voz, y no aquella frialdad distante. Al fin y al cabo, lo único que quería era cogerla entre sus brazos y prometerle que sería suyo para siempre. Quería contarle que algo había salido mal en su plan maestro, en aquel experimento suyo y de Marcus, y que en lugar de avivar su libido se había ganado su corazón.

—¿Qué quieres, Colin? —repitió Lissa, y él recordó todas las veces que él le había repetido una pregunta una y otra vez, esperando una respuesta satisfactoria. ¿Estaba ella haciendo lo mismo con él? ¿Quería que le contestara algo en particular? Por el brillo de sus ojos supo que no. Parecía querer acabar con aquella conversación cuanto antes para poder seguir admirando su escultura favorita.

Colin pensó en dar media vuelta y desaparecer. Al menos así era como actuaba un dominante. Si quería algo de él, ya sabía dónde encontrarle. Pero no pudo. Había tantas cosas que quería explicarle... Tomó aire, listo para empezar a hablar, y se dio cuenta de que no sabía cómo. Aquella inquietud le era ajena. ¿Dónde estaba su confianza ahora? ¿Dónde estaba su actitud dominante?

Menos mal que lo había escrito todo en una carta. Se acercó a ella y se la entregó, con la sensación de que la rompería allí mismo, delante de él. Prefirió no esperar a ver qué ocurría. Se inclinó sobre ella, la besó una única vez en los labios y luego se marchó de la sala.

Capítulo setenta

Lissa se llevó la carta a los jardines de las Tullerías. Hacía un día tan bonito que decidió sentarse en uno de los bancos que había alrededor de la fuente y tomarse una copa de vino blanco bajo los rayos del sol rodeada de turistas, artistas y alguna que otra persona normal. Mientras cruzaba la calle en dirección al parque, vio que la noria ya estaba en funcionamiento. El primer signo de la llegada de una nueva primavera.

Sintiéndose un poco mareada, pagó un billete y se montó en la atracción. Desde lo alto de la noria las vistas sobre París eran impresionantes. Abrió la carta de Colin y la leyó. Necesitó que la noria diera dos vueltas completas para poder entender el significado de aquellas palabras. Al menos ahora lo comprendía todo y ya no tenía que vivir con la incertidumbre de no saber de los tres últimos días. Ver a Marcus al otro lado del cristal había sido lo peor de todo. Colin no era más que un simple gigoló, un asalariado, alguien contratado para reavivar la pasión y encender de nuevo la llama del amor.

La cabina de Lissa se detuvo al nivel del suelo y el hombre que controlaba la atracción le hizo un gesto con las cejas. ¿Quería dar otra vuelta? Lissa asintió. El aire que se respiraba en las alturas, limpio y fresco, la ayudaba a aclararse las ideas. Cansada del vino, pensó que un whisky en aquellos momentos no le vendría nada mal.

Le pareció ver una mancha roja entre la multitud reunida alrededor de la fuente. ¿Estaría Colin esperándola? Por ella podía esperar cuanto quisiera, porque no pensaba irse con él. Se le aceleró el pulso y se dijo que ella tampoco había sido totalmente sincera en aquella relación. No le había contado que estaba separada de su marido, ni que sabía de la existencia de aquel mecenas que coleccionaba el arte erótico que creaban entre los dos. A fin de cuentas, ella misma había formado parte de aquella farsa. Y si hubiese sabido desde el principio que el mecenas era Marcus, ¿hubiese cambiado en algo su relación con Colin?

No lo sabía. Sólo estaba segura de dos cosas: que estaba furiosa y que se sentía traicionada.

El código de los dos niñatos de la escuela de medicina, miembros del mismo estúpido club. ¿Por qué no se habría dado cuenta antes? Aunque ¿cómo podría haberlo hecho? Marcus nunca le había mencionado que pertenecía a un club, así que Lissa no tenía por qué saberlo. ¿Cómo hubiese podido imaginar que Marcus y Colin eran amigos?

La noria continuó dando vueltas y ella enterró la cara entre las manos, tratando de decidir qué iba hacer. Finalmente, y tal como Colin había imaginado, rompió la carta en trozos y dejó que el confeti se escapara entre sus dedos y cayese revoloteando al suelo. No era una decisión, pero al menos se sintió mejor consigo misma.

Capítulo setenta y uno

Tal vez tuviese el portátil. Marcus no quería vaciar su corazón en un *e-mail*, pero ¿qué otra cosa podía hacer? Ni siquiera tenía forma de saber si aún estaba en París. Tal vez hubiese vuelto con Colin y a esas alturas estuviesen ya en Londres, o incluso en California.

Pero si tenía su ordenador con ella y comprobaba su correo al menos sabría que estaba tratando de encontrarla. Quería que lo supiera. Se preguntó si sus intentos por reconciliarse con ella habían fracasado. ¿Había sido una estupidez dejarla en brazos de otro hombre? Era un riesgo que creía haber calibrado. Ahora que Lissa no estaba, tenía tiempo de sobra para analizar todo lo ocurrido, y lo que parecía obvio era que las motivaciones de Colin eran mucho más profundas que el simple deseo de ayudar a un amigo.

Mantuvo la mirada fija en la pantalla durante varios minutos. El fondo de escritorio era una de las fotos de Lissa en el museo de Hamburgo, una en la que aparecía caracterizada de chica poni, con la mirada encendida por la pasión. Se preguntó cómo sería la pieza original y aquello le hizo recordar algo que Lissa le había dicho hacía ya algunos años. Si una imagen te hacía querer saber más, entonces había cumplido con su objetivo. Si la obra seguía contigo una vez abandonado el mueso, el artista podía darse por satisfecho.

No estaba muy seguro de si Lissa consideraba el arte erótico comparable al convencional, pero se alegró al ver que algo que ella le había dicho finalmente tenía sentido para él. Si la convencía para que volviese con él, se prometió a sí mismo que prestaría más atención a sus palabras. La escucharía siempre y sería un verdadero compañero para ella, no sólo en la cama.

¿Volvería con él?

Tenía que darle una última oportunidad.

Lissa leyó el mensaje de nuevo.

Era conciso, con mucha menos palabrería que el de Colin. Le decía que se había embarcado en aquella temerosa travesía porque ella parecía infeliz. Quería que experimentara las cosas que el mundo tenía para ofrecerle y que luego regresara a casa, despierta y viva. Colin pertenecía al club, de modo que además estaba seguro de que nada malo le podía pasar.

Era ridículo y al mismo tiempo parecía tener sentido. Marcus era así, pensaba así. Encontró el disco con su diario personal lleno de las fantasías sexuales que consumían a Lissa por dentro y quiso convertirlas en realidad. Pero ¿por qué no había tenido las pelotas de encargarse él mismo? Imprimió el *e-mail* en el ordenador de Gizelle y cogió el papel con una mano, sin darse cuenta de que lo estaba chafando hasta dejarlo convertido en una bola de papel.

Desplegó la carta de nuevo y la leyó.

Quería verla.

Bueno, todo el mundo quería algo, ¿no?

Capítulo setenta y dos

Gizelle no quería que Lissa se marchase.

—Los hombres de tu vida te tratan como si fueses un objeto, como si formases parte de un videojuego —le dijo. Sus ojos eran de un color azul más oscuro de lo normal—. Ellos quieren pasar al siguiente nivel y que tú seas el premio. —Su voz se volvió más suave y se acercó a ella para susurrarle—: Sólo una mujer sabe cómo se siente otra mujer.

Lissa estaba sentada en el borde de la cama, sin apartar la vista de su amiga. Cuando no se maquillaba, Gizelle parecía mucho más joven. Era como el lienzo vacío preparado para recibir el pincel del maestro. También parecía más vulnerable, tanto que Lissa acercó una mano a su rostro para acariciarle la mejilla y ella se apartó.

—Te agradezco todo lo que has hecho por mí —dijo Lissa suavemente, consciente de que en su tono de voz se distinguía una intencionalidad que nunca antes había escuchado—, pero ahora mismo tengo que poner en orden el resto de mi vida.

Gizelle parpadeó con fuerza mientras sus ojos se inundaban de lágrimas. Se dejó caer sobre la cama deshecha, y Lissa recordó la noche de pasión que había compartido con ella y con Roberto, el tacto de las sábanas de satén sobre su piel desnuda. Era un recuerdo muy intenso y tuvo que esforzarse por ahuyentarlo de su mente. Se puso en pie y caminó despacio hacia la puerta de salida. Se detuvo un instante en el rellano y regresó al lado de Gizelle.

—Es un mundo nuevo para mí —le dijo—. Ya no hay más ataduras y por tanto tampoco hay más despedidas. Pero si me dejas, podemos decirnos *au revoir* de una forma muy especial.

Gizelle levantó la cabeza de la almohada y la miró con ojos llorosos. Luego apartó las sábanas y recibió de nuevo a Lissa en su cama.

Aquella vez fue una experiencia totalmente distinta, única. Sí, era cierto que había estado con Gina dos veces, en Amsterdam, y luego también aquella otra noche, la de la inauguración, en la que Roberto y Gizelle le habían permitido formar parte de un maravilloso *ménage à trois*. Pero esta vez era ella la que estaba al mando, y ese pequeño detalle suponía una gran diferencia.

—¿Te gusta esto? —murmuró Lissa, mientras la besaba en la barbilla y luego trazaba una línea imaginaria sobre la cordillera de sus clavículas. Gizelle emitió un gemido largo y profundo que interpretó como una afirmación—. Dime qué es lo que más te gusta —continuó, y su voz le recordó a la de Colin, incluso en el tono, como si exigiera en lugar de pedir.

Gizelle abrió los ojos y la miró con una nota de sorpresa flotando sobre el profundo azul del iris. El brillo de sus ojos se volvió vidrioso y justo en ese instante empezó a hablar en francés, describiendo para Lissa aquellas cosas que le proporcionaban más placer.

—*Touche-moi ici* —susurró—. *J'aime ça.* —Y Lissa inmediatamente siguió sus órdenes, acariciando su cuerpo con las yemas de los dedos. Pasó la mano sobre el tatuaje de una mariposa que Gizelle lucía en el vientre, como si pudiese sentir la destreza del artista en su propia piel.

Lissa trató de descubrir de dónde había sacado las ansias de dominación. Supuso que era porque esta vez era Gizelle la que no quería que se fuera. Y como ella tenía ese poder, decidió que se tomaría su tiempo. Se movió suavemente a lo largo de su cuerpo. Se detuvo en los lugares más delicados, más sensibles, utilizando la punta de la lengua para trazar líneas invisibles en su cuello.

Lissa alcanzó el ombligo y Gizelle no pudo reprimir un gemido, sabiendo lo que venía a continuación. Arqueó la espalda, pero Lissa no necesitaba ayuda. Sujetó a Gizelle por la cadera y empezó a comerle el sexo como si estuviese dándose un festín de algo líquido y azucarado, una fruta fresca rebosante de dulce néctar.

Aquello era muy distinto de estar con Gina en Amsterdam. Haciendo el amor con Gizelle, Lissa sentía que no había nadie más en el mundo que ellas dos. Lo hacía porque ésa era su voluntad, no porque Colin o el mecenas —Marcus— se lo hubiesen ordenado, sino porque era lo que ella quería, lo que más deseaba.

Quiso sentir la boca de Gizelle sobre su sexo e invirtió la posición, formando un sesenta y nueve. La dueña de la galería no necesitó instrucciones en ningún idioma, sabía exactamente lo que tenía que hacer. Separó los labios de Lissa con las manos y luego le lamió el clítoris formando pequeños ochos a su alrededor. Lissa podía sentir el cálido aliento sobre su piel. A medida que se acercaba al clímax, en su mente aparecieron imágenes fugaces: haciendo el amor con Colin en las catacumbas, follando en el museo rodeada de sus propias fotografías, haciéndolo en la ventana del hotel, en Amsterdam... Casi pudo tocar aquellos recuerdos, como si pudiese revivirlos de nuevo. La lengua de Gizelle parecía haber abierto todas las barreras de contención y ahora las emociones lo inundaban todo.

Y entonces, justo en el momento en que sintió la inminencia irrefrenable del orgasmo, vio a Marcus al otro lado del cristal de la galería, brindando con una copa de champán en la mano.

Al recordar su mirada, se dio cuenta de que ella había cambiado, pero él también. Lo podía ver en sus ojos. Había algo diferente en él, algo que recordaba de hacía muchos años, cuando se conocieron en el campus de la universidad. Un fuego en sus ojos que ardía con fuerza la primera vez que la besó, con los brazos alrededor de su cuerpo y su energía transmitiéndose a través de Lissa.

Gizelle se corrió gritando algo en francés, y Lissa sonrió ante los sonidos de aquel idioma tan romántico.

—*Je viens!*

Las palabras eran mucho más bonitas en francés que en inglés, pensó Lissa. Dejó que los latidos del orgasmo de Gizelle se extendieran por su propio cuerpo y se agarró con fuerza a su compañera hasta que la sensación desapareció. Luego la rodeó con sus brazos y sintió su pelo corto acariciándole la barbilla, palpó sus huesos bajo la piel y disfrutó de su aroma, fresco y limpio como la brisa de la mañana.

Ya era hora de irse. Cuando el sol cayó sobre las sábanas, cubriendo el cuerpo de Gizelle de luces y sombras, Lissa se levantó de la cama, la besó por última vez en los labios y desapareció.

LIBRO SEXTO

OBRAS DE ARTE

Una obra de arte siempre es producto
de haber estado en peligro, de
haber ido hasta el final de una experiencia,
allí donde ningún hombre puede ir más allá.

RAINER MARIA RILKE

Capítulo setenta y tres

Lissa sentía que tenía el control. Había tomado una decisión y ahora se sentía más relajada de lo que jamás lo había estado. Sólo tenía que atar los cabos sueltos. Cuando eso ocurriera, entonces podría seguir con su vida.

Cuando bajó del avión que la había llevado de París a Londres, sintió que alguien la observaba y se volvió esperando encontrarse con alguno de los participantes en aquel juego: ¿Colin?, ¿Marcus?, ¿Gina?, ¿Gizelle? Buscó entre la multitud una cara que le resultase familiar. Nadie. Y, sin embargo, pudo sentir cómo hombres y mujeres la miraban al pasar. Tal vez fuera su recién estrenada confianza la que atrajese las miradas de los extraños.

Se pasó una mano por el pelo, recién cortado, y se acarició la nuca. Con aquel corte se sentía medio desnuda, sin poder esconderse tras los gruesos mechones de su pelo, pero era una sensación agradable. Ya no quería seguir escondiéndose. Ya no quería tener que disfrazar sus deseos.

Para el encuentro de aquella mañana se había puesto un traje negro, sobrio y de corte masculino, y sus botas favoritas de tacón alto. La altura no era algo secundario, sino que la ayudaba a controlar aquellas nuevas sensaciones que experimentaba desde que tomó la decisión. Salió de la terminal del aeropuerto, paró un taxi, le dio la dirección al conductor y luego se puso cómoda.

Primero se ocuparía de Colin. Luego le llegaría el turno a Marcus.

Más tarde ya tendría tiempo de dormir.

Capítulo setenta y cuatro

Cuando Colin abrió la puerta, Lissa dio un salto, asustada. Detrás de él, en el recibidor, había una estatua de ella, una de las piezas de cera. Seguramente se había puesto en contacto con la galería y Gizelle se la había enviado a Londres. Allí estaba ella, doblada en una postura de yoga en un rincón de la habitación, con el pelo cayéndole sobre la cara y el culo hacia la puerta. Entró en el apartamento y en seguida vio la segunda escultura, aquella en la que se cubría con una manta, con un brazo sobre la cabeza y los labios abiertos, plácidamente dormida. Estaba sobre el sofá, y la figura era lo suficientemente realista como para que pareciese que era ella misma echándose una siesta un domingo por la tarde.

Se mordió el labio inferior mientras recorría la sala de estar con la mirada. Colin había comprado las siete versiones de Lissa y las había repartido por toda la estancia, como si su casa fuese el escaparate de un centro comercial. Sintió una sensación extraña y desagradable en su interior.

Colin había chasqueado los dedos.

Cuando ella le miró, él se limitó a bajar la cabeza y a mirarla con ojos de cordero degollado, observándola con los ojos entornados. Algo se había roto en su interior, Lissa podía sentirlo, como también sentía que ambos sabían que aquella visita no era más que una despedida.

Antes de que pudiera hablar, Colin le hizo un gesto para que avanzase y cerró la puerta detrás de ella. Lissa retrocedió, con la espalda contra la puerta, sin querer dar ni un paso más.

—¿Una copa? —preguntó él, dirigiéndose rápidamente hacia el mueble bar y sirviéndole una antes de que tuviese tiempo de reaccionar. Cuando ella negó con la cabeza, Colin apuró la bebida de un solo trago y se estremeció por la sensación de calor en su garganta—. ¿Has leído mi carta? —preguntó.

Ella asintió, encontrando finalmente su voz.

—Sí.

—Así que lo entiendes todo.

—Sí —respondió otra vez, mientras por el rabillo del ojo se veía a sí misma en posición de caminar, como si avanzase en dirección a la habitación, tal vez en busca de la pala o de algún vibrador. Colin había cubierto la escultura con su ropa interior, un corsé negro y unas medias de malla. Era extraño verse a sí misma por todo el apartamento cuando sabía que en realidad estaba a punto de marcharse para siempre. En cierto sentido, allí siempre estarían juntos.

—¿Y has vuelto…? —preguntó él, y su voz se quebró en una nota de esperanza.

Lissa negó con la cabeza.

—Colin, no puedo… —Quería continuar, explicarle sus razones y pedirle también algunas explicaciones, pero él no la dejó.

—Entonces que te jodan. —No levantó la voz, sino que lo dijo como si le estuviese deseando buena suerte. Pero entonces lanzó el vaso contra la pared con tal fuerza que la hizo temblar. Los trozos de cristal cayeron al suelo y allí se quedaron, brillando como si fuesen diamantes. Colin repitió las palabras lentamente, como si las arrancara de su interior y luego las escupiera—. Que te jodan.

Lissa le miró, desconcertada. Nunca la había insultado, ni le había oído decir una palabrota. En todo el tiempo que habían pasado juntos, jamás le había levantado la voz, ni siquiera durante las sesiones de sexo más intensas. Ahora que la insultaba, las palabras sonaban extrañas en su boca. Era como ver una película mal doblada, en la que además era incapaz de seguir el argumento.

—Por Dios, Lissa. No me dejes…

Aquello no tenía ningún sentido. La maldecía y al mismo tiempo quería que se quedase con él, cuando todo lo que había hecho en el pasado había sido para alejarla. Tuvo que hacer un esfuerzo para poder moverse y avanzar hacia donde estaba Colin, apoyado contra la pared y mirándola con ojos llorosos. Levantó una mano y le apartó un mechón de pelo de la cara, pero aquél era un gesto falso. Ella debería haber sido la que llorara y él debería haber actuado como el amante comprensivo. Al menos así era como habían sido siempre las cosas entre ellos.

Colin apartó su mano de un golpe.

—Por favor… —repitió de nuevo, esta vez sin mirarla a los ojos. Lissa sabía que él era incapaz de implorar y que aquello le estaba matando por dentro. Lo entendía y sin embargo no sentía nada al respecto.

—No era más que un juego —le recordó Lissa—. Y has ganado tú. ¿Por qué no puedes aceptarlo?

Colin se tapó la cara con las manos y se dejó caer al suelo con la espalda pegada a la pared. Lissa, impertérrita, vio las arrugas en la camisa, el cuello abierto y los pantalones sin planchar. Nunca antes le había visto así. Parecía una versión fracasada de su antiguo yo.

Detrás de él, en la pared, colgaba un retrato que no había visto antes. Sus ojos se detuvieron en él y no pudo evitar llevarse una mano a la boca. Era una foto suya, en pleno clímax, con los ojos cerrados y los labios abiertos. ¿Cuándo había tomado aquella imagen? No lograba entender qué estaba pasando, pero sintió que aquel hombre no era más que un desconocido para ella.

—Lissa, por favor… —imploró, y de pronto rompió a llorar.

Allí estaba el que había sido su amo y señor durante los últimos seis meses, llorando como un niño, el cazador cazado que se había roto entre sus manos como una pieza de porcelana fina. La ironía era tan evidente que Lissa estuvo a punto de sonreír, pero se contuvo.

—Por favor… —repitió Colin de nuevo, y ella pudo oír aquellas palabras en su propia voz, como un eco de la memoria, suplicando por todo y por nada. Placer. Alivio. Más. Eso era lo que él había querido, lo entendió perfectamente, como si de pronto hubiese sido capaz de descifrar un nuevo idioma. Él no la quería. No quería amor. Simplemente quería más.

—Tengo que irme —dijo ella. Pasó frente a la réplica de sí misma sentada a la mesa del comedor. Al menos tenía aquellas figuras para recordarla. Se imaginó a Colin frotándose contra la brillante superficie de cera. Tal vez le gustase la sensación de tenerla allí con él para siempre, o quizá sufriese sabiendo que ya no volvería nunca. No tenía importancia. Ya no quería volver a preocuparse por él.

La escultura que había junto a la puerta llevaba su alianza de bodas puesta. Sorprendida, Lissa recuperó el anillo y cerró la mano a su alrededor. Detrás de ella, Colin emitió un quejido, como el de un animal herido, un sonido ronco y agudo que provenía de las profundidades de su garganta.

Capítulo setenta y cinco

Marcus esperaba de pie en el centro del patio, rodeado de figuras de hierro. En otras circunstancias, se hubiese preguntado cuál era el significado de aquella obra durante un milisegundo, justo antes de decidir que le parecía horrorosa, que no tenía ningún sentido, no más que un montón de juguetes infantiles esparcidos por el suelo.

Leyó el folleto que había cogido en el mostrador de la entrada. Por lo visto, todas las figuras eran copias del artista. Normalmente hubiese atacado al artista por semejante muestra de egocentrismo. Dios, ¿cómo podía gustarle aquello a alguien?

Sin embargo, ese día era diferente. Armado con una nueva perspectiva, esperando encontrarse con Lissa en el lugar acordado, trató de ver las figuras a través de los ojos de ella. Imaginó su voz a partir de recuerdos, de otras situaciones distintas. Recordó la luz que brillaba en sus ojos grises cuando hablaba de sus obras favoritas. ¿Por qué nunca le había prestado atención? ¿Por qué no había intentado aprender de ella? La suya era una mente analítica, lo cual no quería decir que tuviera que ser inmune al arte.

Tal vez había sentido miedo a equivocarse. Ahora que había estado a punto de perderla ya no pensaba que el miedo fuese algo racional. Tenía que ir tras aquello que quería, sin importar lo que costase, sin importar que pudiese sentirse como un estúpido. Al infierno con la falsa modestia.

Mientras leía el folleto, imaginó que era ella la que le describía la pieza. Sesenta reproducciones del artista, doce formas distintas. Miró a su alrededor. Muchas de las figuras masculinas colgaban boca abajo del techo del museo. Le gustaban, por algo se empezaba. No entendía la obra, pero había encontrado algo que le gustaba. Lissa siempre decía que aquél era el primer paso para entender el arte: encontrar algo que te conmueva por la razón que sea y empezar desde ahí.

Los hombres de hierro que descansaban sobre el suelo no acabaron de gustarle, pero se le ocurrió algo mirando a los que colgaban boca abajo. Se imaginó a Lissa suspendida por los tobillos, suspendida del techo de su habitación sobre la enorme cama de matrimonio. Había tantas cosas que podían hacer ahora los dos juntos... La puerta estaba abierta de par en par. Pensó en las últimas fotos que Colin le había hecho llegar. Cada una era más obscena que la anterior, pero en su opinión era arte, más evocador que Monet o Matisse. Todo dependía del espectador, ¿verdad? Eso también se lo había enseñado ella.

Oyó el sonido de sus pasos a su espalda y se volvió. Conocía su forma de andar, el ruido de sus tacones contra el pavimento. Algo que siempre le había cautivado en ella era que andaba como si siempre tuviese un objetivo. Incluso cuando paseaba seguía una línea recta y definida, con pasos largos, dilatados. Le encantaba verla en movimiento, pero ahora, al verse el uno al otro, se detuvo en seco y la miró a los ojos.

¿Por qué no decía nada? ¿Acaso estaba enamorada de Colin? ¿Pensaba poner punto y final a su relación?

Esperó. «¡Ven conmigo! —le rogó en silencio—. Por favor. Si das un paso al frente, todo irá bien.» Ni siquiera se reprendió a sí mismo por haber suplicado. Esta vez, no.

Lissa inclinó la cabeza hacia adelante y él se fijó en su postura, con la cabeza agachada, sin querer mirarle a los ojos.

—Lissa. —Algo en la voz de Marcus hizo que levantase la mirada del suelo. En sus ojos brillaba aquella luz que hacía tanto tiempo que les faltaba—. Lissa. —Repitió su nombre de nuevo y ella, como si tuviese miedo de que saliese corriendo, dio un paso y se dejó caer entre sus brazos, con la cabeza sobre su pecho, y rompió a llorar.

—Ahora no —susurró Marcus—. Ya no tienes por qué llorar.

Lissa se aferraba a Marcus, sin saber muy bien cómo procesar tantos sentimientos. Incluso después de la extraña confrontación con Colin, había acudido a la cita con su marido sintiéndose muy segura de sí misma. Pero ahora, al verle, con la cabeza sobre su fuerte pecho, no pudo contener las lágrimas.

¿Sabía que era él desde el principio? Tal vez. Puede que una parte de su cerebro hubiese estado alerta, guardando el secreto intencionadamente a buen recaudo. Desde el encuentro en París, había tratado de descifrar el plan al completo. Algunas partes tenían sentido. Había encontrado su diario electrónico y descubierto así las fantasías que guardaba en secreto desde hacía años. Después de saber qué quería, Marcus había convertido todas las fantasías en realidad, al menos a su manera. Sin embargo, aún había un millón de preguntas sin respuesta, como por qué se había marchado después de lo de Amsterdam. ¿Por qué no le había revelado entonces su identidad?

Levantó la cabeza para mirarle a los ojos, lista para hablar, pero se detuvo. Recorrió el contorno de su rostro con los dedos. Sus oscuros ojos la observaban y de pronto supo que ya no necesitaba respuestas. Lo único que necesitaba saber era que aquel encuentro era lo correcto. Abrió la boca y pronunció exactamente las mismas palabras que le había dicho a Colin el día en que se conocieron: «Lo siento.»

¿Eran aquellas palabras la primera cosa que Lissa decía siempre? No, Marcus recordaba aquel primer encuentro en la universidad. Él la había visto por el campus, pero nunca se había atrevido a decirle nada, aunque le hubiese gustado. Había sido ella la primera en hablar, un día junto a la biblioteca, para preguntarle por un aula que no lograba encontrar. Entonces también se había disculpado. «Lo siento, ¿tienes idea de dónde...?» «Lo siento», siempre pidiendo perdón por cosas que no eran culpa suya.

Marcus la sujetó con fuerza entre sus brazos. ¡Cuánto había echado de menos la sensación de aquel cuerpo contra el suyo...! La cogió de los brazos y la apartó un poco para poder mirarla. Dios, había extrañado su cara, las líneas que la definían, el brillo plateado de sus ojos. Nadie tenía unos ojos como aquéllos. Ojos de lobo. ¿No era así como la llamaba cuando iban a la universidad? ¿Por qué le parecía que hacía tanto tiempo que no se miraban? En ese aspecto, Colin tenía toda la razón. A veces echamos de menos cosas que siempre hemos tenido al alcance y no somos capaces de ver las necesidades de alguien porque damos por sentado que esa persona estará siempre con nosotros.

—Lo siento... —repitió Lissa de nuevo, y Marcus supo que estaba a punto de confesarle todo lo que había hecho los últimos seis meses con Colin. Evidentemente, él ya conocía todos los detalles. No necesitaba que se los describiese, al menos no ahora. Tendrían tiempo de sobra para hablar cuando ella estuviese atada a la cama y él listo para interpretar el papel de su confesor. Y su verdugo.

—Lissa —le dijo suavemente—, qué bonita eres.

Ella tragó saliva y bajó la mirada hasta el suelo con un gesto adorable.

—No lo sientas —continuó, mirando una última vez hacia las estatuas antes de centrarse en sus ojos. Aquellos ojos, de un brillante color gris, contenían todas las promesas que necesitaba y le hacían estar seguro de que había tomado la decisión correcta. La besó en el cuello y le susurró al oído, para que Lissa supiera que era suya para toda la vida. Le daría cualquier cosa que quisiera o que necesitara. Desde ese momento eran un equipo.

—No lo sientas ahora, Lissa —murmuró—. Espera a que sea un poco más tarde.

Cuando se apartó de ella, Lissa le estaba mirando a los ojos. En sus labios se formó una sonrisa y Marcus supo que había entendido perfectamente sus palabras, que dejar Londres no era el final de su historia, sino sólo el principio.